U0127959

# 詞林散步

## 唐宋詞結構分析

陳滿銘　著

# 目次

南宋篇

# 例言

一、本書係供大專「詞選」教學或中等學校學生課外閱讀、社會青年進修之用。而所選作品，以兩宋爲主，並兼及唐、五代，其餘則一概割愛，不予選錄。

二、本書所錄，唐、五代共十家、二十九首；北宋共十三家、五十三首；南宋共九家、三十八首；都三十二家、一二〇首。凡久享盛譽之詞家、廣經傳誦之名作，皆在選錄之列，足以藉觀唐、宋詞嬗變之迹。

三、本書所選各家，均以時代先後爲序，除各選一首或若干代表作外，並於每家之前，綴以小傳，每首詞作之後，另加「注釋」、「分析」兩欄，並附以「結構分析表」，以爲深究、鑑賞之階。

四、本書注釋，以訓釋名物典故、考定本事爲主；分析則以闡明作品義蘊及其結構技巧爲重；故非必要，不事鋪陳，以免流於駁雜。至如徵引文字，或詳或略，全視需要而定，故時有刪節，但未敢增竄。

五、本書以「分析」爲核心，故此欄均採語體書寫，以收一目了然之效。至於作者之介紹、語句之解釋，則仍以淺易文言爲之，以減省篇幅。

六、本書之末附有「詞之認識」、「詞牌平仄譜」（二十五例）、「《詞林正韻》常用字表」等三種，以供檢閱參考之用。

七、本書之完成，得力於萬卷樓總經理梁錦興先生之催促，而其有關資料，則得助於國立台灣師大國研所博士班仇小屏同學之整理者特多，在此一併致深摯之謝忱。由於筆者識見有限，且又倉卒成稿，疏漏之處，在所難免。尚祈　博雅君子，多所指正。

# 怎樣賞析一首詞（代序）

## 以李煜的〈清平樂〉及蘇軾的〈念奴嬌〉詞爲例

詞是韻文文體的一種。它興起於中唐，盛行於兩宋。由於它脫胎自近體詩，可以歌唱，且又句式長短不一，所以也稱詩餘、樂府或長短句。又由於它是先有調譜，然後才依照調譜塡詞的，因此，每首詞都有調名，稱爲詞調，也叫做詞牌，如〈采桑子〉、〈夜遊宮〉等就是。而每個詞調的字數、片數、平仄和韻叶，也都有一定的格式。其中依其字數，又可分爲小令（五十八字以內）、中調（五十九字至九十字）、長調（九十一字以上）等三種；依其片數而分，則有單調（一段）、雙調（兩段）、三疊（三段）、四疊（四段）等四類。

正因爲每一個詞調各有它不同的格律，所以在欣賞一首詞之先，必須對它的格律作必要的探討。就以李煜的〈清平樂〉而言，它又名〈憶蘿月〉，雙調，四十六字，爲一小令。它的平仄、韻叶爲：

別來春半（韻），觸目愁腸斷（叶）。砌下落梅如雪亂（叶），拂了一身還滿（叶）。
雁來音信無憑（換平），路遙歸夢難成（叶平）。離恨恰如春草（句），更行更遠還
生（叶平）。

李煜的這首詞，依據清戈載《詞林正韻》，在上片押的是第七部的仄聲韻，在下片押的是第十一部的平聲韻，聲情是極爲哀淒的。

再如蘇軾的〈念奴嬌〉，又稱〈百字令〉、〈大江東去〉、〈酹江月〉，雙調，一百字，爲一長調。它的平仄、韻叶是：

大江東去（句），浪淘盡（豆）、千古風流人物（韻）。故壘西邊（句），人道是
（句），三國周郎赤壁（叶）。亂石崩雲（句），驚濤裂岸（句），捲起千堆雪
（叶）。江山如畫（句），一時多少豪傑（叶）。遙想公瑾當年（句），小喬初嫁了
（句），雄姿英發（叶）。羽扇綸巾（句），談笑間（句），強虜灰飛煙滅（叶）。故

國神遊（句），多情應笑我（句），早生華髮（叶）。人生如夢（句），一尊還酹江月（叶）。

蘇軾此調，是〈念奴嬌〉詞調的別格，其句式與韻叶，與正格的〈念奴嬌〉略有不同。他在這首詞裡，押了第十八部的入聲韻，使得聲情特別顯得激切。

探討了格律，就可以嘗試去了解作品。通常要了解一篇作品，首先須對它的本事、背景或作者的有關生平作概括的認識，欣賞詞也不例外。先拿李煜的〈淸平樂〉來說吧！這是他在宋太祖開寶九年（西元九七六年）國破被俘、初至汴京時所作的。由於他在被俘之前，本是一國之君，雖然早在即位之時，就已奉行宋曆，但是透過結歡修貢的妥協手段，也確實爲江南一隅之地謀得苟安的局面，使他得以在舒適豪華的宮廷裡，過著最藝術、最浪漫的生活。因爲這種生活，和被俘後那種生不如死的日子，相比起來，實在判若天淵，差得太遠了，所謂的「往日的歡樂適足以增添眼前的痛苦」，自然地讓他「日夕以淚洗面」（《避暑漫抄》），愈感絕望；而愈感絕望，則愈加爲往日的種種而追悔不已，這就難怪他在被俘後的作品會流露出無比的沈痛、哀傷了。譬如：

林花謝了春紅，太匆匆！無奈朝來寒雨晚來風。　胭脂淚，相留醉，幾時重？自是人生長恨水長東。（〈相見歡〉）

人生愁恨何能免？銷魂獨我情何限。故國夢重歸，覺來雙淚垂。　高樓誰與上？長記秋晴望。往事已成空，還如一夢中。（〈子夜歌〉）

這兩首詞，一爲春恨，一抒秋愁，是可以和這首〈淸平樂〉詞合讀的。

至於蘇軾的〈念奴嬌〉詞，則當作於宋神宗元豐五年（西元一〇八二年）。這時作者正謫居黃州。他所以會被貶黃州，可以說導因於「烏臺詩案」。這個詩案，打從他因反對王安石變法，自請外調杭州當通判開始，就著手進行，由朝廷派人收集他批評朝政的莫須有證據，一直到元豐二年（西元一〇七九年），終於在改調密州、徐州任滿，剛改官至湖州之際，把他逮捕下獄。經過了幾個月的「鍛鍊」（羅織入罪），東坡自分必死，結果卻因皇太后曹氏命神宗熟察，得以死裡逃生，以黃州團練副使安置於黃州。作者經歷了這番重大的打擊，對自身的前途，比從前更不敢有所展望。他當年那種「有筆頭千字，胸中萬卷，致君堯舜，此事何難」（〈沁園春〉）與「會挽雕弓如滿月，西北望，射天狼」（〈江城子〉）的雄心壯志，已逐漸被無法一償所願的殘酷現實所磨損了。這使他既焦急又難過，而這種時日已無多、英雄依然無用武之地的悲痛，豈是水光山色所能平復得了的？於是無奈地常假歌詞將它宣洩出來。這首〈念奴嬌〉詞，就是其中的代表作。

認識了作品的本事、背景或作者的相關生平後，便可藉以進一步地走進作品。這時對題目或本文的生難詞語和典實等，如李、蘇這兩首詞的「春半」、「愁腸斷」、「雁來音信無憑」、「赤壁」、「三國周郎」、「小喬」等；修辭技巧，如「落梅如雪亂」、「恰如春草」、「捲起千堆雪」的譬喻，「故國神遊」、「多情應笑我」的倒裝，與「亂石崩雲」、「驚濤裂岸」的夸飾等，都要一一加以處理或領會，以爲進一層的深究鑑賞築好橋梁。

深究鑑賞，可以說是讀詞章最關緊要的部分，是不能稍予輕忽的。在此階段，首先要探究的是一篇主旨之所在。通常一篇主旨，以其安置的部位而言，不外四種：一在篇首，二在篇腹，三在篇末，四在篇外。就以李煜的這首〈清平樂〉來看，它的主旨是「離恨」，而蘇軾的〈念奴嬌〉則爲「赤壁懷古」時所觸生的無限感慨，即「多情」，都安置在篇末。掌握了這安置於篇末的主旨，即可進一步地據以審辨運材、布局的手法。

李煜的〈清平樂〉，主旨既爲「離恨」，而可用以寫「離恨」的材料卻很多，結果在這闋詞裡，他特別選了眼前「觸目」所及的材料，主要的，近如落梅，遠如雁來、路遙與無邊的春草，以襯出「離恨」。作者選了這些材料，是有原因的。因爲「落梅」，除了它的物象可藉以表示作者的憐惜哀傷之情外，「梅」的本身更是「離恨」的象徵。相傳在南朝時，范曄有一個朋友叫陸凱的，曾托信差從江南帶一枝梅花，並附一首詩送給范曄，以表示對他的思念之情。詩是這樣寫的：

折梅逢驛使，寄與隴頭人。江南無所有，聊贈一枝春。

從此，梅便與離情結了緣，並由朋友擴大到家人、男女身上，以表示對他（她）們的思念之情。如唐代宋之問的：

明朝望鄉處，應見隴頭梅。（〈題大庾嶺北驛〉詩）

又如王維的：

來日綺窗前，寒梅著花未？（〈雜詩〉）

便是很好的例子。至於「雁來」，用的是蘇武雁足繫書的故事，當然更與離情有關，如王灣〈次北固山下〉詩說：

**鄉書何處達？歸雁洛陽邊。**

而杜甫〈月夜憶舍弟〉詩說：

**戍鼓斷人行，邊秋一雁聲。露從今夜白，月是故鄉明。**

這不是明顯的證據嗎？再如「路遙」，將空間愈拓愈遠，足以使「離恨」變得更無窮無盡，自然也是有它的作用的。最後如「春草」，則與離情尤有關連。因爲草逢春而漫生無際，一方面既時時入離人眼目，一方面又可藉以襯出「離恨」之「多」與「新」來，所以自來詞章家都喜歡用草來襯托離情，如盧綸〈送李端〉詩說：

**故園衰草遍，離別正堪愁。**

而王維〈送別〉詩則說：

春草明年綠，王孫歸不歸？

諸如此類的例子，多得不勝枚舉。

至於蘇軾的〈念奴嬌〉，主旨既是「多情」；而自己之所以「多情」，是由於時不我予，且英雄無用武之地的緣故。因此，他就從出現在「赤壁」的古代英雄裡去搜尋材料，結果搜到了當年大敗曹軍於此的主帥——周瑜，於是以他的材料爲賓，與自己的主材料「早生華髮」對列在一起，用以借賓定主。這樣，「人」的材料在下片裡已充分具備了，再在上片的部分，就自己親至「赤壁」所見「江山如畫」的景物中去搜尋材料，結果就「水」而言，搜得了「大江東去」、「浪」、「驚濤裂岸，捲起千堆雪」與「江」等；就「山」而言，搜得了「故壘西邊」、「赤壁」、「亂石崩雲」與「山」等。從而將「千古風流人物」、「三國周郎」與「多少豪傑」等嵌入山水景物中，爲下片所敍寫的「人」事，預先鋪好路子。由此看來，蘇軾這一首，在運材的手段上，與李煜的〈清平樂〉，是一樣高妙的。

一個作家，尋得適當的材料來表現主旨，固然重要，但是，如果不能經由巧妙的布局手法，將各種材料構成合乎「秩序、聯貫、統一」三大要求的組織，還是不能成爲好作品的。因此，探討了運材手段後，必須再進一層地探究布局的技巧。試看李煜的〈清平樂〉詞，作者首先以起句「別來春半」，點明別離的時間。其次以次句「觸目愁腸斷」，用「觸目」作一泛敍，以領出後面實寫「觸目」所見之各種景物；用「愁腸斷」，爲主旨「離恨」初就本身作形象之表出。繼而以「砌下落梅如雪亂」兩句，承次句之「觸目」，並下應結尾之「離恨」，寫落花之多與佇立之久，進一步地就外物與本身，表出無限之「離恨」來。接著以「雁來音信無憑」兩句，用「雁來」與「路遙」，承次句，寫「觸目」所見；用「音信無憑」與「歸夢難成」，大力地再將「離恨」推深一層。然後以結二句，藉「春草」之「更行更遠還生」，承次句，寫「觸目」所見，並拈出「離恨」，以統括全詞。這樣一路寫來，其脈絡是極其明晰的。

再看蘇軾的〈念奴嬌〉詞，全詞共安排成三個部分來寫：頭一部分自篇首至「一時多少豪傑」止，採先條分、後總括的方式，寫赤壁如畫的江山勝景，且由景而及於三國當年破曹的英雄豪傑，作歷史的追溯，暗含著古今興亡的感慨，預爲篇末的「多情」蓄勢。第二部分自「遙想公瑾當年」至「强虜灰飛煙滅」止，承上個部分的「豪傑」，即「周郎」，用「遙想」由今領入往昔，寫「三國周郎」當年的少年英姿、功業與不可一世的雄風，表出自己對他的無比欣羡之情，以反逼出下個部分的「多情」來。第三部分自「故國神遊」至篇末，作者以「故國神遊」一句，將上個部分的敍寫作一收束，把時間由三國時候拉回到現在，以帶出「多情應笑我」四句，從古代的周郎拍到自己身上，藉自身年老、一事無成的衰頹形象，特意與周郎的「雄姿」作成尖銳的對比，以激出自己年華虛度、人生如夢的深切感慨——「多情」，以回抱全篇，寫得眞是「感慨雄壯」到了極點。王元美說：「果令銅將軍於大江奏之，必能使江波鼎沸」（《弇州山人詞評》），說得一點也不過分。

探討了布局手法後，就有足夠的憑藉去鑑賞作品了。在此時，可以藉助錄音帶，或直接由自己吟唱，並利用若干媒介，如唱片、錄影帶、影片及有關資料，掌握作品的要旨，使自己浸淫於作品的深處，細心地體會作者的思想情意與藝術成就。如以這兩首詞來說，它們的風格，一屬陰柔，一屬陽剛，正可以揣摩它們詞意的曲直、字句的疾徐、音韻的洪細與氣象的剛柔，以拉近作品的距離，呈現文藝欣賞與品格陶冶的最大價值。

# 唐五代篇

# 李白（七〇一～七六二）

字太白，祖籍隴西成紀（今甘肅天水附近）人。先世在隋末，因罪流徙西域。白生五歲，隨父遷居綿州（今四川綿陽）青蓮鄉，因自號青蓮居士。二十五歲時，隻身出蜀，漫遊求仕。初至長安，太子賓客賀知章讀其詩，歎爲「天上謫仙」。天寶初，玄宗召見，供奉翰林，曾有龍巾拭吐、御手調羹、力士脫靴、貴妃捧硯，至今傳爲風流韻事。後因權臣讒謗，乃於天寶三年，去官離京，浪遊大江南北。肅宗時，曾坐永王李璘事，長流夜郎，中途遇赦。越四年，病卒於族叔李陽冰家。有《李太白集》三十卷傳世。

# 憶秦娥

簫聲咽，秦娥①夢斷秦樓月。秦樓月，年年柳色，灞陵傷別②。樂遊原③上清秋節，咸陽④古道音塵絕。音塵絕，西風殘照，漢家陵闕⑤。

## 注釋

①秦娥：猶言秦女。《列仙傳．上》：「簫史者，秦穆公時人，善吹簫，能致孔雀白鶴於庭。穆公有女字弄玉好之，公遂以女妻焉。日教弄玉作鳳鳴。居數年，吹似鳳聲，鳳凰來止其屋。公爲作鳳臺，夫婦止其上，一旦皆隨鳳凰飛去。」

②灞陵傷別：古灞陵橋，簡稱灞橋。《三輔黃圖》：「灞橋在長安，跨水作橋，漢人送客至此橋，折柳贈別。」

③樂遊原：本名樂遊苑，在漢長安城東南。至唐稱樂遊原，又名樂遊園。因地勢高敞，每逢三三或九九佳節，士女咸登臨祓禊。

④咸陽：秦故都，在今陝西咸陽縣。

⑤漢家陵闕：漢時諸帝墓陵，如長陵、安陵、陽陵、茂陵、平陵等五陵，皆在長安。杜牧〈登樂遊原〉詩：「長空澹澹孤鳥沒，萬古銷沈向此中。看取漢家何事業，五陵無樹起秋風。」

## 〔分析〕

這是一首抒寫別恨的作品。

作者首先以起三句，寫一長安女子於重陽夜晚夢醒後對月相思的情景，藉簫聲之「咽」與樓邊之「月」，將別恨作初步之襯托。接著以「年年柳色」兩句，將時間由現在拉回過去，敍明幾年來面對灞陵柳色的感傷，由「灞陵」點明地點，由「年年柳色」逼出一篇之主旨「傷別」，以貫穿全詞。繼而以換頭三句，採追敍之方式，寫此女於白天隻身登上樂遊原的情形，用咸陽古道此刻之「音塵絕」與過去重陽節之車水馬龍作成强烈的對比，以增强「傷別」的意思。然後以結二句，寫斜陽下「五陵無樹起秋風」（杜牧〈登樂遊原詩〉）的秋殘景象，暗含「悔教夫婿覓封侯」（王昌齡〈閨怨〉）的意思，抱緊「傷別」作收。

作者這樣先寫「夜有所夢」，再敍「日有所思」，而將主旨「傷別」置於中間，使得全詞流貫著無限的「傷別」之情，手段是相當高明的。

結構分析表

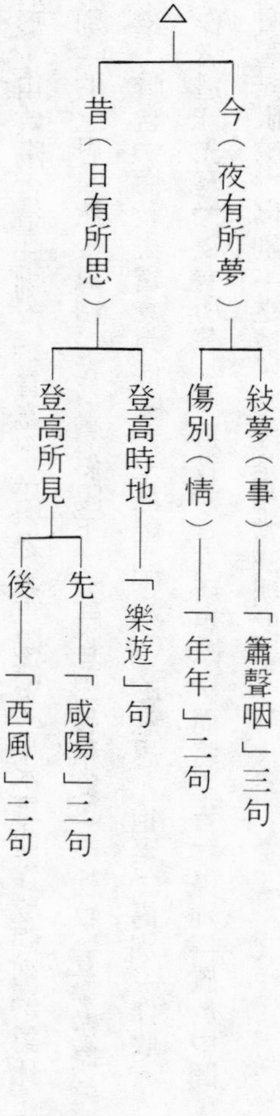

## 菩薩蠻

平林①漠漠②煙如織，寒山一帶傷心碧，暝色③入高樓，有人樓上愁。

玉階④空佇立，宿鳥⑤歸飛急。何處是歸程，長亭連短亭⑥。

### 注釋

①平林：平地之樹林。《詩經・大雅・生民》：「誕寘之平林，會伐平林。」

②漠漠：廣布貌。王維〈積雨輞川莊作〉詩：「漠漠水田飛白鷺，陰陰樹木囀黃鸝。」

③暝色：暮色。謝靈運〈石壁精舍還湖中作〉詩：「林壑斂暝色，雲霞收夕霏。」

④玉階：一作「玉梯」，一作「欄干」。

⑤宿鳥：歸巢之鳥。吳融〈西陵夜居〉詩：「林風移宿鳥，池雨定流螢。」

⑥長亭句：古者五里一短亭，十里一長亭，以供休憩或送別之用。庾信〈哀江南賦〉：「十里五里，長亭短亭。」連，一作「更」。

## 〔分析〕

這是一首望遠懷人的作品。

首以起二句，就遠，寫「平林」、「寒山」的淒涼景象。次以「暝色入高樓」兩句，就近，寫人佇立樓上望遠的情景，拈出「愁」字，喚醒全篇。接著以換頭兩句，一承「有人樓上愁」（近），寫人在發愁的樣子；一承「寒山」、「平林」（遠），寫歸鳥疾飛的動景，從反面激出遊子遲遲未歸的意思，以表出哀愁。然後以結二句，將空間由「寒山」、「平林」向無窮的遠方推擴出去，寫「長亭連短亭」的漫漫歸程，以襯出不見歸人的無限愁思。如此詠來，語語含蓄，令人咀嚼不盡。

### 結構分析表

△
- 遠——「平林」二句
- 近
  - 接榫——「暝色」句
  - 泛寫——「有人」句
  - 具寫——「玉階」句
- 遠
  - 次遠——「宿鳥」句
  - 最遠——「何處」二句

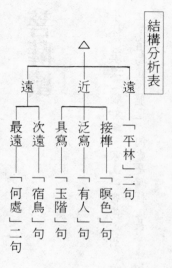

# 張志和

本名龜齡，字子同，婺州金華人。唐肅宗時待詔翰林。後隱居江湖間，自號煙波釣徒。著書名《玄真子》，亦以自號。每垂釣，不設餌，志不在魚也。

# 漁歌子

西塞山①前白鷺飛，桃花流水鱖魚②肥。青箬笠③，綠蓑衣，斜風細雨不須歸。

## 注釋

①西塞山：在浙江吳興縣西。《西吳記》：「湖州磁湖鎮道士磯，即志和所謂西塞山前也。」

②鱖魚：巨口細鱗，體中淡黃帶褐色，有黑斑，味甚美。

③箬笠：竹箬所編成之斗笠。箬一本作「篛」。皮日休〈魯望以輪鉤相示緬懷高致〉詩：「蓑衣舊去煙波重，篛笠新來雨打香。」

## 〔分析〕

這是詠漁父閑逸生活的一首作品。

作者在此，以起首「西塞」兩句，寫漁父生活的山水環境，而依次用「白鷺飛」、「桃花」、「鱖魚肥」的動、靜物態加以點綴，構成一幅生機盎然的優美畫面，且由「鱖魚肥」

撩起漁父垂釣的動機，巧妙地領出「青箬笠」三句，將戴笠、披簑，不理會「斜風細雨」以垂釣的漁父嵌入畫面裡，使人事與自然臻於非常和諧的境界，以寄托詞人自己閑逸的情懷，詠來極其蕭灑生動。

蘇東坡論王維之作「詩中有畫，畫中有詩」，若移過來看這首詞，說它「詞中有畫」，不是也很恰當嗎？

**結構分析表**

△
- 因（漁釣環境）
  - 山——「西塞」句
  - 水——「桃花」句
- 果（漁釣意願）
  - 因——「青箬笠」二句
  - 果——「斜風」句

# 劉禹錫

（七七二～八四二）

字夢得，彭城（今江蘇徐州）人。貞元進士，授監察御史。時王叔文得幸太子，禹錫以名重一時，與之交。太子即位，是爲順宗，叔文引禹錫及柳宗元，與議禁中。及憲宗立，叔文敗，貶爲朗州司馬，居留十年，曾採民歌，改作新詞。禹錫久落魄，鬱鬱不自聊，其吐辭，多諷託幽遠。元和十年，召還，宰相欲任南省郎，而禹錫作〈玄都觀看花君子〉詩，語涉譏刺，執政不悅，改授連州刺史。越四年，徵還，復作〈遊玄都觀〉詩，以詆權近，再徙夔、和二州。後裴度薦爲禮部郎中，遷太子賓客。有《劉夢得文集》傳世。

# 竹枝詞

山桃①紅花滿上頭，蜀江春水拍山流。花紅易衰似郎意，水流無限似儂愁②。

注釋

①山桃：花名。爲桃之一種。謝靈運〈酬從弟惠連〉詩：「山桃發紅蕚，野蕨漸紫苞。」

②儂愁：指己之愁。儂，女子自稱，吳越多用之。

## 〔分析〕

此詞也可看作是一首詩，乃用「先寫景後抒情」的形式所寫成。

其中起首兩句，用以寫山水之景，由於詞面上沒有留下絲毫主觀情感的痕迹，所以用的是一般客觀的寫景法。不過，由三、四兩句看來，便曉得原來起句是爲三句而寫，次句是爲結句而寫，是兩兩呼應的。如此，起首兩句所寫山水之景，在實質上，便透過作者「似郎意」、「似儂愁」的情思，而由無情變爲有情了。這也就明白地告訴我們，起首兩句所寫的客觀之景，是經過作者主觀情感之簡擇的。這樣，外景與內情自然能達於相糅相襯的地步，而產生更大的感染力。

吳綀青說：「此詩首二句寫景，『拍』字用得生動。下二句由景生情，以『紅花』比郎意，但紅花易謝，以喻郎之情愛雖好，惜時日無多。以『流水』比儂愁，流水無限，則儂愁亦綿綿無絕期了。詞氣悽婉，富有極活潑的想像力」（《唐詩評解》），評解得十分中肯。

**結構分析表**

- △
  - 景
    - 山——「山桃」句
    - 水——「蜀江」句
  - 情
    - 賓（郎）——「花紅」句
    - 主（儂）——「水流」句

# 白居易

（七七三～八四六）

字樂天，下邽（今陝西渭南）人。自幼敏悟絕倫，生六七月，乳母抱立屏下，指之無二字認之，百試不爽。弱冠，名未振，觀光上國，謁顧況，時況爲著作郎，恃才，少所推許，因謔之曰：「長安百物皆貴，居大不易！」及覽詩卷，至〈離離原上草〉一篇，乃歎曰：「有句如此，居天下亦不難！」元和初，以直言爲當道所忌，出爲江州司馬。長慶中，任杭州、蘇州刺史。晚年好佛，號香山居士。居易在元和、長慶間，與元稹唱和，世稱「元白」，時號爲「長慶體」。其詩主六義，不尚艱難，老嫗都解。近人以其作品多歌民生疾苦，稱之爲社會詩人。有《白氏長慶集》傳世。

# 憶江南

江南好，風景舊曾諳①。日出江花紅勝火，春來江水綠如藍②。能不憶江南？

注釋

①諳：音安，熟悉之意。

②藍：藍草，蓼藍，可製靛青。

〔分析〕

這首詞和張志和的〈漁歌子〉一樣，都是詠本意之作。也就是說：詞的內容與詞調的名義完全一致。本詞內容在敘寫作者對江南好風景的回憶之情，詠的正是「憶江南」。

起首兩句爲泛敍的部分，泛敍「舊曾諳」的江南好風景。三、四兩句爲具寫的部分，以春日「江花」之「紅」與「江水」之「綠」，具寫江南好風景，將江南風景點染得非常鮮明亮麗，而又富於生趣，大力地爲末句蓄勢。末句爲收束的部分，轉因爲果，拈出主旨，抒發出對江南好風景的無限思念之情，寫得眞是詞有盡而情不盡，令人回味不盡。

這樣由因而果地寫來，結構極爲嚴整。

**結構分析表**

△
- 因
  - 泛寫——「江南好」二句
  - 具寫
    - 江花——「日出」句
    - 江水——「春來」句
- 果——「能不憶江南」

# 長相思

汴水①流，泗水②流，流到瓜州③古渡頭。吳山④點點愁。

思悠悠，恨悠悠，恨到歸時方始休。月明人倚樓。

## 注釋

①汴水：河名。亦曰汴渠，受黃河之水，由河南之鄭州、開封、歸德北境，經江蘇徐州，合泗水入淮河。

②泗水：源出山東泗水縣，入江蘇省境，經沛縣至淮陰縣入淮河。

③瓜州：在今江蘇江都縣南，長江北岸，當運河之口，與鎮江斜對，爲南北水道交通要處。

④吳山：吳地之山。賈至〈送李侍郎赴常州〉詩：「雪晴雲散北風寒，楚水吳山道路難。」

## 〔分析〕

這是一首抒寫別恨的作品。

作者在上片，寫的是自己置身於瓜州古渡所見到的景物：首以「汴水流」三句，寫向北所見到的「水」景，藉汴、泗二水之不斷奔流，襯托出一份悠悠別恨；再以「吳山點點愁」一句，寫向南所見到之「山」景，藉吳山之「點點」又襯托出另一份悠悠別恨來，使得情寓景中，全力爲下半的抒情預鋪路子。到了下片，則即景抒情，一開頭就將一篇之主旨「悠悠」之恨拈出，再以「恨到歸時方始休」作進一層的渲染。然後以結句，寫自己在樓上對月相思的樣子，將「恨」字作更具體之描繪，所謂「以景結情」，有著無盡的韻味。

黃屏說：「這是白居易寫閨怨的一首名作，前人認爲這是他的作品中最『純粹的詞體』，因爲它充分表現了詞最初含而不露、婉轉多情的特色。」（《詞林觀止．上》）看法很正確。

**結構分析表**

△
- 景
  - 水——「汴水流」三句
  - 山——「吳山」句
- 情
  - 現在——「思悠悠」二句
  - 未來——「恨到」句
- 景——「月明」句

# 溫庭筠

（八一二～？）

本名岐，字飛卿，太原祁縣人。大中初（約八五〇），應進士，不第。徐商鎮襄陽，署爲巡官。商知政事，用爲國子助教。商罷相，黜爲方城尉，再遷隋縣尉。卒於咸通八年（八六七）以前。庭筠士行塵雜，不修邊幅，能逐絃吹之音，爲側艷之詞。每入試，押官韻作賦，凡八叉手而八韻成，其才思敏捷如此，時號「溫八叉」。詩與李商隱齊名，世稱溫李。詞開五代、宋詞之盛，與韋莊並稱「溫韋」。詞有《握蘭集》、《金荃集》，今不傳。惟《花間集》中尚存其詞六十六首，《全唐詩》附詞收五十九首，《金奩集》收六十二首。

# 菩薩蠻

小山①重疊金明滅②，鬢雲欲度③香腮雪。懶起畫蛾眉，弄妝梳洗遲。照花前後鏡，花面交相映。新貼④繡羅襦，雙雙金鷓鴣⑤。

## 注釋

①小山：小山屏之簡稱，亦稱屏山。古人帷屏與牀榻相連，屏上多畫山水，亦有逕作山字形者。

②金明滅：旭日照映，山形忽明忽暗。金，指金黃色之陽光，即旭日。

③鬢雲欲度：猶言鬢絲撩亂。度，含有飛動意。

④貼：一作「帖」，熨貼之意。

⑤鷓鴣：鳥名。似鶉而大，背蒼灰色，有紫斑點，腹前有白圓點，其鳴聲如曰「行不得也哥哥」。

## 〔分析〕

此闋是抒寫怨情的作品。

作者在首句，即寫旭日明滅、繡屏掩映的景象，爲抒寫怨情安排了一個適當的環境，並從中提明了地點與時間，以引出下面寫人的句子。而自次句至末，則按時間的先後，寫屏內美人的各種情態與動作，首先是睡醒，其次是懶起，再其次是梳洗、弄妝、畫眉，接著是簪花，最後是穿衣。作者便藉著這些尋常的動作或情態，從篇外逼出這位美人無限的幽怨來。

唐圭璋評說：「此首寫閨怨，章法極密，層次極清。」（《唐宋詞簡釋》）是一點也不錯的。

**結構分析表**

- △
  - 環境──「小山」句
  - 人物
    - 甫醒時──「鬢雲」句
    - 懶起後
      - 梳妝──「懶起」二句
      - 簪花──「照花」二句
      - 穿衣──「新貼」二句

# 更漏子

玉爐香①，紅蠟淚②。偏照畫堂秋思③。眉翠薄，鬢雲殘，夜長衾枕寒。

梧桐樹，三更雨，不道離情正苦④。一葉葉，一聲聲，空階滴到明。

## 注釋

①玉爐香：玉爐，精美之香爐。古人置香爐於室中，以爲薰衣炙手之用。香，一作「煙」。

②紅蠟淚：謂蠟燭溶化，下流如淚。李商隱〈無題〉詩：「春蠶到死絲方盡，蠟炬成灰淚始乾。」紅蠟，一作「紅燭」。

③畫堂秋思：畫堂，指有畫飾之內室。秋思，謂秋思之人。

④「不道」句：不道，不理會。離情，一作「離愁」。正苦，一作「最苦」。

## 〔分析〕

此首爲詠離情。

作者首先以起三句，寫美人在閨房內獨對爐香、蠟淚而悲秋的情景，作爲敍寫的開端；再以「眉翠薄」三句，針對美人悲秋之情，用眉薄、鬢殘與輾轉無眠，初步作形象之描繪；然後以下片六句，承「夜長衾枕寒」句，寫美人獨聽梧桐夜雨、滴階至明的情景，將悲秋之情，也就是離情，進一層作形象之表出。

這樣由室內寫到室外，使離情化抽象爲具體，不但散入雨聲、爐香、蠟淚與寒衾、寒枕裡，更爬滿薄眉、殘鬢之上，致全詞處處含情，有著無盡的感染力。

## 結構分析表

△
- 室內
  - 物象
    - 玉爐——「玉爐香」
    - 紅蠟——「紅蠟淚」
  - 人事
    - 泛寫——「偏照」句
    - 具寫——「眉翠薄」三句
- 室外
  - 景（雨打梧桐）——「梧桐樹」二句
  - 情（插敍）——「不道」句
  - 景（雨滴空階）——「一葉葉」三句

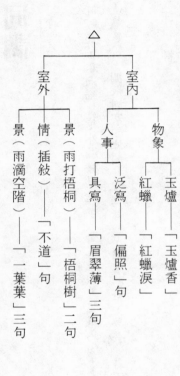

## 同調

柳絲長，春雨細，花外漏聲迢遞①。驚塞雁②，起城烏③，畫屏金鷓鴣。香霧薄，透簾幕④，惆悵謝家⑤池閣。紅燭背⑥，繡簾⑦垂，夢長⑧君不知。

### 注釋

①漏聲迢遞：漏聲，更漏之聲。迢遞，緜邈悠長貌。

②塞雁：塞上雁鳥。

③城烏：城上烏鴉。

④簾幕：一作「重幕」。

⑤謝家：唐李德裕鎮浙日，悼亡妓謝秋娘，用隋煬帝所作〈望江南〉詞，撰〈謝秋娘曲〉，其後詞人遂以「謝娘」、「謝家」爲妓女妓館之別稱。一說：謝家爲「王謝之家」之謝家，用以稱豪華大族人家。

⑥背：謂轉移燭臺方向，使光不直射。

⑦繡簾：一作「繡幃」。
⑧夢長：一作「夢君」。

## 〔分析〕

這是寫相思之情的作品。

上片首三句，由更漏之聲爲此詞拉開序幕，而特地襯以柳絲之長與春雨之細，使漏聲顯得更綿邈，以含蘊深永的相思之情。繼而以「驚塞雁」三句，依然訴諸聽覺，由漏聲牽引出塞雁、城烏的淒清鳴聲，並關涉視覺，拈連出屏上鷓鴣「行不得也」的無聲悲啼，將相思之情又往深處推進一層。到了下片，則承上片末句，由室外寫到室內，先以「香霧薄」四句，寫這位女性主人翁獨守空閨的孤寂情景，再以結句，寫漫漫長夜的相思，而由「君不知」三字，委婉地表出悵怨之意作收。

這樣由景而情，由室外寫到室內，由聽覺而及於視覺，依序詠來，詠得極其綺豔委婉，表現出溫詞的最大特色。王國維說：「畫屏金鷓鴣，飛卿語也；其詞品似之」（《人間詞話》），是很有見地的。

結構分析表

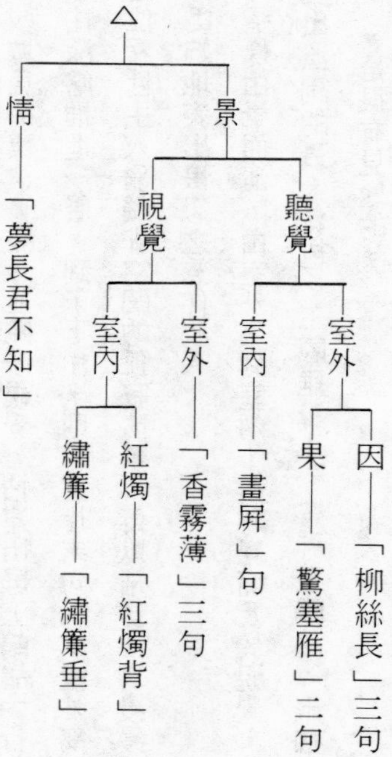

# 夢江南

梳洗罷，獨倚望江樓①。過盡千帆皆不是，斜暉脈脈②水悠悠。腸斷白蘋洲③。

注釋

①望江樓：泛指江邊高樓。

②脈脈：含情相視貌。《文選．古詩十九首》：「盈盈一水間，脈脈不得語。」一說：乃連續不斷之意，與悠悠意近。

③白蘋洲：泛指生長白蘋之水中沙洲。蘋花白色，故稱白蘋。趙微明〈思歸〉詩：「猶疑望可見，日日上高樓。惟見分手處，白蘋滿芳洲。」

〔分析〕

此詞寫別恨。

起二句，寫一早倚樓凝望的情景，以「梳洗罷」與「獨倚」透出孤單、激切之情，預為下文的敘寫鋪路。「過盡」二句，寫凝望所見：先是千帆過盡，不見歸人；後是斜暉脈脈，綠水悠悠，將情寓於景，作進一層的敘寫。末句揭明「斷腸」之意，而由「白蘋洲」與三、四兩句之景連成一片，以具體襯出別恨。所謂「情景交融」，詠來餘味不盡。

許建平說：「全詞圍繞『望』字展開，委婉含蓄地道出從盼望到失望、最後絕望的心理過程，風格疏淡，在多施濃彩的溫詞中別具一格。」（《詞林觀止．上》）說得一點也不錯。

結構分析表

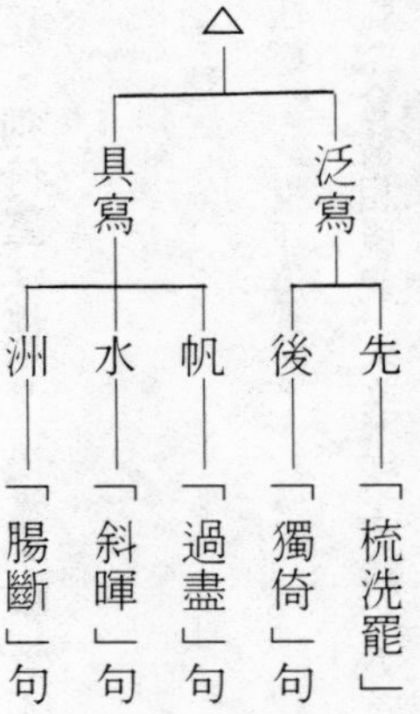

# 韋莊

（八三六～九一〇）

字端己，京兆杜陵人。僖宗廣明元年（八八〇），應舉入長安。時值黃巢兵至，莊陷重圍。中和三年（八八三），著〈秦婦吟〉一篇於洛陽，以紀其事，時人號「秦婦吟秀才」。未幾南遊，至昭宗景福二年（八九三）始還京師。次年成進士，授校書郎，時年且六十矣。昭宗天復元年（九〇一）入蜀，王建辟爲掌書記。六年後唐亡，王建稱帝，莊爲宰相，一切開國制度，多出其手。卒謚文靖。因在成都時曾居杜甫草堂故址，故詩集號《浣花集》。劉毓盤輯其詞爲《浣花詞》一卷，共得五十五首，刊入《唐五代宋遼金元詞六十種》中。

# 菩薩蠻

紅樓①別夜堪惆悵，香燈半掩流蘇帳②。殘月出門時，美人和淚辭。　琵琶金翠羽③，絃上黃鶯語。勸我早歸家，綠窗人似花。

## 注釋

①紅樓：本指豪門富家之住所，後轉爲婦女居處之通稱。白居易〈秦中吟〉：「紅樓富家女，金縷繡羅襦。」

②流蘇帳：一種帷帳，以五彩羽毛或絲線製成。王維〈扶南曲〉：「翠羽流蘇帳。」

③金翠羽：琵琶之飾物，在捍撥上。

## 〔分析〕

這是一首抒寫別恨的作品。

它的主旨「別夜惆悵」（即別恨），在起句即直接點明，這是「凡」的部分。接著先以

「香燈半掩流蘇帳」一句，就「紅樓」寫夜別的所在，爲夜別安排一個適當的環境；再以「殘月出門時」兩句，藉「殘月」與「淚」，具體的寫在門外夜別的惆悵；這是「目一」的部分。然後於下片，承「香燈」句，追敘在樓上夜別的情景，經由美人之琵琶與言語，將「別夜惆悵」更具體的從中帶出來，這是「目二」的部分。作者用這種先總括（凡）、後條分（目）的形式詠來，使人讀後，也不禁爲之惆悵不已。

陳弘治說：「本詞情意眞摯，造語自然，能於閑婉平澹中透露出無限情致，無怪乎況周頤《蕙風詞話》說他能『運密入疏，寓濃於淡，花間羣臣，殆鮮其匹』了。」（《唐宋詞名作析評》）說出了本詞之特色。

## 結構分析表

- △
  - 凡——「紅樓」句
  - 目
    - 紅樓之上——「香燈」句
    - 別夜惆悵
      - 門外——「殘月」二句
      - 樓上——「琵琶」四句

## 同調

人人盡說①江南好，遊人只合江南老。春水碧於天，畫船聽雨眠。　壚邊②人似月，
皓腕凝霜雪。未老莫還鄉，還鄉須③斷腸。

### 注釋

①盡說：一作「盡道」。

②壚：亦作「鑪」。指大酒缸。《後漢書．孔融傳》注：「鑪，累土爲之，以居酒甕，四邊隆起，一面高，如鍛鑪，故名鑪。」

③須：一作「空」。

### 〔分析〕

這是一首抒寫別恨的作品。

起二句爲「凡」的部分，寫的是人人所共認的一個事實，那就是：江南由於它有美好的

景色、人物，所以是遊人度過晚年的樂土。就這樣，直截了當的拈出「江南好」、「江南老」兩個有著因果關係的意思，以分別領出下面「目」的部分來。「春水碧於天」四句，爲「目一」的部分，緊承「凡」部分的「江南好」，就作者一己之經歷，各以兩句，依次寫江南景色之麗與人物之美，以敍明「江南」果然爲「好」，使「江南好」得以具象化，以增強它的感染力量。末兩句爲「目二」的部分，寫的是有家歸不得、必須終老江南的悲哀，以回應「凡」部分的「只合江南老」作收。

唐圭璋說：「『只合』二字，無限悽愴！」（《唐宋詞簡釋》），而譚獻也說作者「強顏作愉快語，怕腸斷，腸亦斷矣。」（《譚評詞辨》）兩人對此詞的體味，是相當深刻的。

### 結構分析表

△
- 凡
  - 江南好——「人人」句
  - 江南老——「遊人」句
- 目
  - 江南好
    - 一——「春水」句
    - 二——「畫船」句
    - 三——「壚邊」二句
  - 江南老
    - 果——「未老」句
    - 因——「還鄉」句

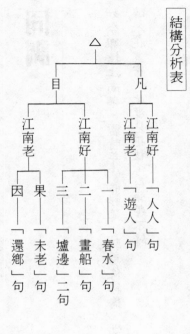

# 同調

如今卻憶江南樂，當時年少春衫薄。騎馬倚斜橋，滿樓紅袖①招。翠屏金屈曲②，醉入花叢宿。此度見花枝，白頭誓不歸。

注釋

①紅袖：本指婦女之紅色衣袖，後用以代指美女。杜牧〈南陵道中〉詩：「正是客心孤迥處，誰家紅袖倚江樓。」

②屈曲：即屈戌，亦作屈膝。爲門窗或屏風上之環紐、搭扣。李商隱〈驕兒〉詩：「凝走弄香奩，拔脫金曲戌。」

〔分析〕

這是客中感舊之作。

作者首先以起句提明重至江南引起快樂回憶的事實，拈出「江南樂」三字，作一總括，以生發下文；接著以「當時年少春衫薄」五句，承上句的「江南樂」，將時間由現在推回到「當年」，寫當年流浪江南的無限樂事；然後以結二句，將時間又由「當時」拉回到現在，反照篇首的「樂」字，寫「未老莫還鄉，還鄉須斷腸」的悲哀作收。很顯然的，這是採「先逆後順」的形式所寫成的一首作品。

唐圭璋說：「此首陳不歸之意。語雖決絕，而意實傷痛。」（《唐宋詞簡釋》）看法很正確。

**結構分析表**

△
- 今——「如今」二句
- 昔
  - 凡——「當時」句
  - 目
    - 因——「騎馬」二句
    - 果——「翠屏」二句
- 今——「此度」二句

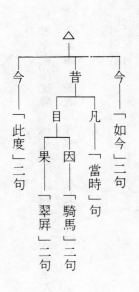

## 同調

勸君今夜須沈醉，樽前莫話明朝事。珍重主人心，酒深情亦深。　須愁春漏①短，莫訴金盃滿。遇酒且呵呵②，人生能幾何！

注釋

①春漏：猶言春宵。漏爲古時計時之器。韋應物〈聽鶯曲〉：「還棲碧樹鎖千門，春漏方殘一聲曉。」

②呵呵：笑聲。《晉書・石季龍載記》：「臨韜喪不哭，直言呵呵，便舉衾看屍，大笑而去。」

〔分析〕

這是敍寫主客情深的作品。

全詞共分三部分：頭一部分即開端兩句，第二部分爲三、四兩句，第三部分則是下半闋四句。在第一、三兩部分裡，作者先後記敍了主人在夜晚對客（作者）勸酒的話語。這段話語原是前後銜接的，而作者卻特意把它上下撐開，插入「珍重」兩句，成為第二部分，拈出「主人」、「情深」的主旨，以統括全詞。作者用了這種安排的方式，不得不說是相當特殊的。

陳弘治說：「這首詞寫出了詩人多少思鄉之苦衷，勉强想要求歡自醉的低徊往復的情意，我們讀了這詞，心目中自然顯現出一個滿腔悲憤、故作曠達語的酒徒的影像來。」（《唐宋詞名作析評》）看法很正確。

**結構分析表**

- △
  - 目（勸酒內容）——「勸君」二句
  - 凡
    - 因——「珍重」句
    - 果——「酒深」句
  - 目（勸酒理由）
    - 一（今夜）——「須愁」二句
    - 二（人生）——「遇酒」二句

# 李珣

字德潤，先世爲波斯人，家於梓州。前蜀時秀才，王衍昭儀李舜絃兄。國亡，不仕。工詩，有《瓊瑤集》，多感慨之音。其詞亦有名，《花間集》錄三十七首，《全唐詩》錄五十四首。

# 南鄉子

乘綵舫①，過蓮塘，棹歌②驚起睡鴛鴦。帶香遊女偎伴笑，爭窈窕③，競折團荷遮晚照。

## 注釋

①綵舫：畫船。

②棹歌：行船時所唱之歌。亦作櫂歌。張志和〈漁父歌〉：「青草湖中月正圓，巴陵漁父棹歌連。」

③窈窕：美好貌。有妖冶意。《詩經・周南・關雎》：「窈窕淑女，君子好逑。」

## 〔分析〕

李珣共有〈南鄉子〉十七首，都是詠東粵風情之作。本詞爲其中的第四首，寫的是粵女遊湖的天眞活潑畫面。

全詞以「遊女」爲中心，先敘事而後寫景，由她們的「棹歌」、「偎伴笑」、「爭窈窕」、「折團荷」、「遮晚照」等動作，串成一線，而用「綵舫」、「蓮塘」、「鴛鴦」作點綴，構成一幅清新愉悅的地方風物圖，讀來令人賞心悅目。

陳弘治說此詞「佳處全在眞切，並且饒有清氣，使讀者如看一幅親切的地方風物圖」（《唐宋詞名作析評》），體會得很眞切。

**結構分析表**

- △
  - 敘事——「乘綵舫」二句
  - 寫景
    - 船夫——「棹歌」句
    - 遊女
      - 偎伴——「帶香」句
      - 爭豔——「爭窈窕」
      - 折荷——「競折」句

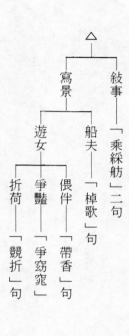

# 馮延巳

（九〇四～九六〇）

一名延嗣，字正中，廣陵人。有才學，多技藝，烈祖以爲秘書郎，使與元宗李璟遊處。元宗立，屢爲宰相。後罷爲宮傅卒，年五十七。延巳工詞，詞風遠溜而近韋，而堂廡特大，開北宋一代風氣。有《陽春集》傳於世。

# 謁金門

風乍起①，吹皺一池春水。閑引鴛鴦芳徑②裡，手挼③紅杏蕊。　鬥鴨闌干④遍倚⑤，碧玉搔頭⑥斜墜。終日望君君不至，舉頭聞鵲喜⑦。

## 注釋

①乍起：一作「突起」。

②芳徑：即花徑。一作「香徑」。

③挼：音「挪」，揉搓之意。

④鬥鴨闌干：指作鬥鴨形狀之闌干。鬥鴨，蓋指闌干之華飾。一說：係圈養鬥鴨之闌干，鬥鴨，殆與鬥雞相似，自古有之，以供豪家之娛樂。

⑤遍倚：一作「獨倚」。

⑥搔頭：簪之別名。

⑦鵲喜：世俗以鵲噪爲報喜。《開元天寶遺事》：「時人之家，聞鵲喜皆以爲喜兆，故謂之靈鵲報

喜。」

# 〔分析〕

這是一首春日懷人的作品。首以起三句，就遠，寫「望君」於池水旁，藉風皺池水之景親托出一份愁來，這是「目一」的部分。次以「閑引鴛鴦芳徑裡」兩句，就次遠，寫「望君」於花徑裡，藉成雙的「鴛鴦」反襯出孤單、「手挼紅杏」之動作表出另一份愁來，這是「目二」的部分。接著以「鬥鴨闌干遍倚」兩句，就近，寫「望君」於闌干前，藉「搔頭斜墜」的樣子，又襯托出一份愁來，這是「目三」的部分。最後以結二句，將上面「目」部分的意思作個總括，而用「鵲喜」的喜反逼出「愁」來，這是「凡」的部分。

無疑的，這是採「先目後凡」、「由遠及近」的形式所寫出的一篇傑作。

結構分析表

- △
  - 目
    - 望於春水前——「風乍起」二句
    - 望於芳徑裡——「閑引」二句
    - 望於闌干旁——「鬥鴨」二句
  - 凡
    - 正——「終日」句
    - 反——「舉頭」句

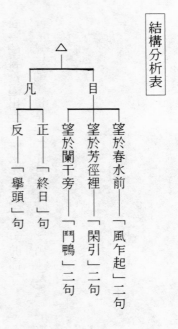

## 51 馮延巳

# 蝶戀花

誰道閑情拋棄①久？每到春來，惆悵還依舊。日日花前常病酒②，不辭鏡裡朱顏瘦。

河畔青蕪堤上柳，為問新愁，何事年年有？獨立小橋風滿袖，平林新月人歸後。

### 注釋

①拋棄：一作「拋擲」。

②病酒：猶言困酒；謂飲酒過量，沈醉如病。《晏子春秋．諫上》：「景公飲酒酲，三日而後發。晏子曰：『君病酒乎？』」

### 〔分析〕

這是抒寫春愁的作品，是採「先凡後目」的結構寫成的。

作者在此以設問開端，由一問一答中，把主旨「惆悵依舊」道出，這是「凡」的部分。而緊接而來「日日」兩句，從表面上看，寫的雖是「病酒」、「顏瘦」，但也依然未離「惆悵」兩字，因爲「病酒」、「顏瘦」正是惆悵的結果啊！這是「目一」的部分。至於下片，則由景而生情，所謂「青蕪」、「堤柳」，其嫩芽恰如在舊恨中添了新愁一般，自是年年而有；十分明顯的，所寫的也是惆悵，只不過是換了個寫法而已；這是「目二」的部分。末兩句，則更進一層的描繪了作者佇立風橋、對月惆悵的樣子，所謂「以景結情」，意味是十分深長的；這是「目三」的部分。

　如此以「惆悵」直貫到底，眞是「如行雲流水，不染纖塵」（唐圭璋《唐宋詞簡釋》）

**結構分析表**

△
- 凡
  - 問——「誰道」句
  - 答——「每到」二句
- 目
  - 惆悵一——「日日」二句
  - 惆悵二——「河畔」三句
  - 惆悵三——「獨立」二句

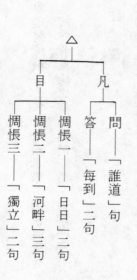

## 53 馮延巳

# 同調

幾日行雲何處去？忘了①歸來，不道春將暮。百草千花寒食②路，香車③繫在誰家樹。

淚眼倚樓頻獨語。雙燕來時④，陌上相逢否。撩亂⑤春愁如柳絮，依依⑥夢裡無尋處。

### 注釋

①忘了：一作「忘卻」。

②寒食：節令名。在農曆清明前一或二日。《荊楚歲時記》：「去冬節一百五日，即有疾風甚雨，謂之寒食；禁火三日，造餳大麥粥。」

③香車：指華貴之車。李邕〈春賦〉：「跨浮雲之寶騎，頓流水之香車。」

④來時：一作「飛來」。

⑤撩亂：紛亂。王昌齡〈從軍行〉：「撩亂邊愁彈不盡，高高秋月照長城。」一作「掩亂」。

⑥依依：一作「悠悠」。

〔分析〕

這是一首春日傷別的作品。

起三句爲「目一」的部分，以暮春時行雲（象徵遊子）不知飄向何處，表出「無尋處」的一層「春愁」。「百草千花寒食路」兩句爲「目二」的部分，進一步的以寒食時香車不知繫於何處，表出「無尋處」的另一層「春愁」。下片開頭三句爲「目三」的部分，則以暮春（寒食）日不知雙燕是否與遊子相逢，表出「無尋處」的又一層「春愁」。結二句爲「凡」的部分，以夢後「無尋處」所湧生的「春愁」譬作撩亂的柳絮，回抱上三個「目」部分的意思作結。

這樣，作者夢後「無尋處」的內情，便透過所見「無尋處」的外景，具體的表達出來了。

結構分析表

- △
  - 目
    - 無尋處一——「幾日」三句
    - 無尋處二——「百草」二句
    - 無尋處三——「淚眼」三句
  - 凡
    - 果——「撩亂」句
    - 因——「依依」句

# 同調

六曲闌干①偎碧樹。楊柳風輕，展盡黃金縷。誰把鈿箏②移玉柱③，穿簾燕子④雙飛去。

滿眼游絲兼落絮，紅杏開時，一霎清明雨。濃睡⑤覺來鶯亂語⑥，驚殘好夢無尋處。

## 注釋

①六曲闌干：指闌干之有六道彎曲者。如橋有九道彎曲，則謂之九曲橋。

②鈿箏：指以金花爲飾之箏。溫庭筠〈和友人悼亡〉詩：「寶鏡塵昏鸞影在，鈿箏絃斷雁行稀。」

③玉柱：箏瑟上用以繫絃之小木柱。沈約〈詠箏〉詩：「秦箏吐絕調，玉柱揚清曲。」

④燕子：一作「海燕」。

⑤濃睡：一作「濃醉」。

⑥鶯亂語：一作「慵不語」。

## 〔分析〕

這是一首抒寫「驚殘」況味的作品。

作者首先在上片，寫輕風「驚」柳、鈿箏「驚」燕的景象，將景寓以一「驚」字，這是「目一」的部分。再在下片的首三句，寫游絲落絮、杏花遭雨的春殘景象，將景寓以一「殘」字，這是「目二」的部分。然後以「濃睡覺來鶯亂語」一句作接榫，引出結句，回抱前意作收；這是「凡」的部分。

就這樣，使得風吹柳絮、燕飛花落的外景，與「驚殘好夢」的內情，產生相糅相襯的效果，令人讀了也感染到極爲强烈的「驚殘」況味。

### 結構分析表

△
- 目（驚殘之景）
  - 目一（驚景）
    - 一——「六曲」三句
    - 二——「誰把」二句
  - 目二（殘景）——「滿眼」三句
- 凡（驚殘之情）
  - 因——「濃睡」句
  - 果——「驚殘」句

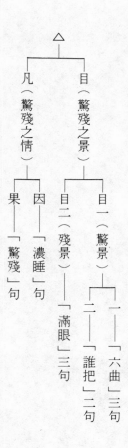

# 李璟

（九一六～九六一）

字伯玉，徐州人。烈祖元子。烈祖受禪，封吳王，改封齊王。嗣位，改元保大，在位十九年，以宋建隆二年（九六一）殂於洪都（今南昌），年四十六。史稱南唐中主。今存詞四首。

# 攤破浣溪沙

菡萏①香銷翠葉殘，西風愁起綠波②間。還與韶光③共憔悴，不堪看。

細雨夢回雞塞④遠，小樓吹徹⑤玉笙寒。多少淚珠何限恨⑥，倚⑦闌干。

## 注釋

①菡萏：音漢旦，荷花之別名。《詩經・陳風・澤陂》：「彼澤之陂，有蒲菡萏。」傳：「菡萏，荷華也。」

②綠波：一作「碧波」。

③韶光：一作「容光」。

④雞塞：當指南京附近之雞鳴山，用以借指南京。聞汝賢《詞選》：「按中宗此時因避周患，徙洪都，即今南昌，太子李煜留守南京舊都。此處之雞塞，或渾指雞鳴山而言，因此時之南京，正當國防要塞之主力線，中宗日夜憂思，不免時縈魂夢。」

⑤吹徹：謂吹至最後一樂章。徹，大曲中之最後一遍。

⑥多少句：一作「簌簌淚珠多少恨」。

⑦倚：一作「寄」。

## 〔分析〕

這是繫念家國的一首作品。

作者此時正避居南昌，見到秋風繞池、菡萏香銷、翠葉凋殘的衰景，自然地湧生無限之「愁」來，又何況本身已步入人生的暮年，那就更難以面對韶光憔悴之景象了。既然不堪看憔悴之秋景，於是退臥小樓之上，由「有所思」而夢回建康（今南京市），卻恨好夢不長，只好借笙遣愁，沒想到「愁」卻因而愈積愈多，結果不由自主地倚闌面對原本「不堪看」之秋殘景物而不斷淚下。這些情事，作者透過藝術的手法，以「殘」爲綱領加以貫串，將自己對家國的無限愁緒表達得極爲眞摯、生動。

傅庚生說：「意以爲全闋固脈注於一『殘』字耳。『菡萏香銷翠葉殘』，是荷殘也；『西風愁起綠波間』，是秋殘也；『還與韶光共憔悴，不堪看』，是人在殘年對殘景，誠然其不堪看也，王氏（王國維）之所云『有美人遲暮之感』者，蓋如此；『細雨夢回雞塞遠』，是夢殘也；『小樓吹徹玉笙寒』，是曲殘也；人在殘年感已多，『多少淚珠何限恨』，矧更『倚闌干』對此殘景乎？全闋脈絡貫通，若拆散便不可得其解；而意相聯屬，似亦並不宜摘句以欣賞之耳。」

（《中國文學欣賞舉隅》）分析得十分深入。

**結構分析表**

△
- 夢前（日）
  - 秋殘——「菡萏」二句
  - 人殘——「還與」二句
- 夢後（夜）
  - 夢殘——「細雨」句
  - 曲殘——「小樓」句
  - 淚殘——「多少」二句

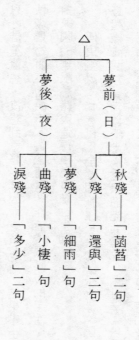

# 同調

手捲真珠①上玉鈎，依前②春恨鎖重樓。風裡落花誰是主？思悠悠。　青鳥③不傳雲外信，丁香空結雨中愁④。回首綠波三楚⑤暮，接天流。

注釋

①眞珠：即眞珠簾。

②依前：即依舊。韓愈〈月蝕詩效玉川子作詩〉：「依前使兎操杵臼，玉階桂樹閑婆娑。」

③青鳥：《漢武故事》：「七月七日，忽有青鳥，飛集殿前，東方朔曰：『此西王母欲來』，有頃，王母至，三青鳥夾侍王母旁。」後人因稱傳遞信息之使者爲青鳥。

④丁香句：丁香，一名雞舌香，作香料用，可含之口中。李商隱〈代贈詩〉：「芭蕉不展丁香結，同向春風各自愁。」

⑤三楚：地名，指西楚、東楚、南楚。用以泛稱兩湖一帶地方。阮籍〈詠懷詩〉：「三楚多秀士，朝雲進荒淫。」一作「三峽」。

〔分析〕

此詞旨在寫春恨，是採「先凡（總括）後目（條分）」的結構寫成的。

以「凡」的部分來說，僅兩句，即開篇二句。首句用以寫主人翁舉手捲起眞珠簾的動作，這算是引子，爲此詞之敍寫先拉開序幕。次句用以寫重重關閉住樓閣的春恨，明白拈出「春恨」二字以貫穿全詞。以「目」的部分來說，是從「風裡」句至篇末止，針對著「凡」部分所拈出的「春恨」，共分爲三小目來具寫它。首先是「風裡」二句，藉風裡不由自主地飄落的花來具寫春恨；其次是「青鳥」二句，藉雨中的丁香來具寫春恨；末了是「回首」二句，藉晚春黃昏時接天的水流來具寫春恨。

就這樣由「凡」而「目」、由「近」而「遠」地寫出春恨，使作品自首至尾都充盈著悠悠長恨，令人玩味不盡。

## 結構分析表

- △
  - 凡
    - 引子——「手捲」句
    - 春恨——「依前」句
  - 目
    - 近
      - 風裡落花——「風裡」二句
      - 雨中丁香——「青鳥」二句
    - 遠（接天水流）——「回首」二句

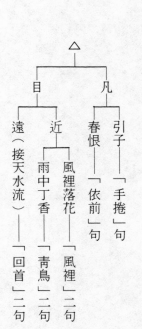

# 李煜

（九三七～九七八）

初名從嘉，字重光，元宗第六子。宋太祖建隆二年（九六一）嗣位爲南唐國主，在位十五年。開寶八年（九七五），宋曹彬破金陵，煜出降，封違命侯，改封隴西郡公。太平興國三年（九七八）七月七夕卒，年四十二。史稱南唐後主。煜善爲歌詞，而后周氏，善歌舞，尤工琵琶，故時多吟詠，惟作品多已散佚。後人輯存，僅得詩詞數十篇而已。

# 菩薩蠻

花明月黯籠輕霧，今宵好向郎邊去。剗襪①步香階，手提金縷鞋。　畫堂南畔見，一晌②偎人顫。奴為出來難，教郎恣意憐。

注　釋

①剗襪：謂以襪貼地。剗，一作「衩」。

②一晌：片時。同「一餉」。晌，一作「向」。

〔分析〕

此闋寫一女子（當係小周后）偸偸與情郎（即作者）幽會的情事。

起句寫最適合於「向郎邊去」幽會的良辰美景，爲因；次句寫「向郎邊去」幽會的動機，爲果。三、四兩句，承次句寫「向郎邊去」幽會的過程；在這裡，作者寫這位女子手提繡鞋，以襪貼地，將她極欲「向郎邊去」而又怕被人發現的情狀，描摹得極爲細膩傳神。

換頭四句，寫「向郎邊去」幽會的結果；其中「畫堂」兩句，寫相見的地點與情景，由「偎人顫」的動作，承上片三、四兩句，傳達出「餘悸猶存」的心理與一晌相見的嬌態；結二句，寫相憐之情，透過女子之口，將難得出來幽會的歡愛，巧妙地輕托而出，一方面用以收拾上文，一方面又留下無限的空間，令讀者自己去體會。這樣就自然收到「描寫雖膩，而不流於淫淺」（陳弘治《唐宋詞名作析評》）的效果，手法非常高明。

結構分析表

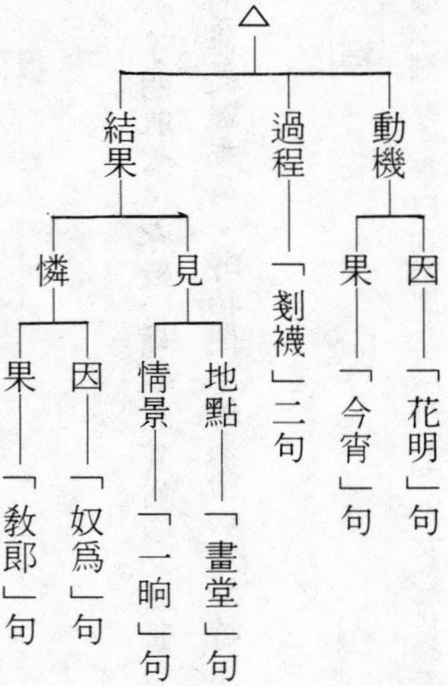

# 玉樓春

晚妝初了明肌雪，春殿①嬪娥魚貫列②。鳳簫③吹斷水雲間④，重按霓裳⑤歌遍徹。

臨風⑥誰更飄香屑，醉拍闌干情未⑦切。歸時休放⑧燭花紅，待踏馬蹄清夜月。

## 注釋

①春殿：御殿。李白〈越中覽古〉詩：「宮女如花滿春殿，只今惟見鷓鴣飛。」

②魚貫列：謂如魚貫而排列。

③鳳簫：即古之雲簫，以其管參差如鳳翼，故名。劉長卿〈九日題蔡國公主樓〉詩：「水餘龍鏡色，雲罷鳳簫音。」

④水雲間：形容其地之高而遠。

⑤霓裳：即〈霓裳舞衣曲〉，起於唐玄宗時。《唐逸史》：「羅公遠多祕術，嘗與玄宗至月宮，仙女數百，皆素練霓衣，舞於廣庭，問其曲，曰霓裳羽衣，帝默記其音調而還。明日召樂工，依其曲調，作霓裳羽衣曲。」據陸游《南唐書》謂：盛唐時〈霓裳羽衣曲〉，於安史之亂後絕不復尋，

至南唐昭惠后得殘譜，以琵琶奏之，於是開元天寶之遺音，復傳於世。

⑥臨風：一作「臨春」。

⑦情未：一作「情味」。

⑧休放：一作「休照」。

## 〔分析〕

此闋寫宴遊之樂。

作者首先在上片，藉著春日宮中歌舞的盛況，寫出聽覺和視覺上的享受；然後在下片，藉著風裡「飄香」的助興、「醉拍闌干」的狂態，與踏月而歸的雅趣，寫出嗅覺、味覺和心靈上的享受，使得全詞雖未著一「樂」字，卻無處不洋溢著「樂」的氣息。

李于麟說：「上敍鳳輦出遊之樂，下敍鑾輿歸來之樂。」（《草堂詩餘雋》）他從篇外尋得一個「樂」字來貫穿上下片，是極具眼力的。

結構分析表

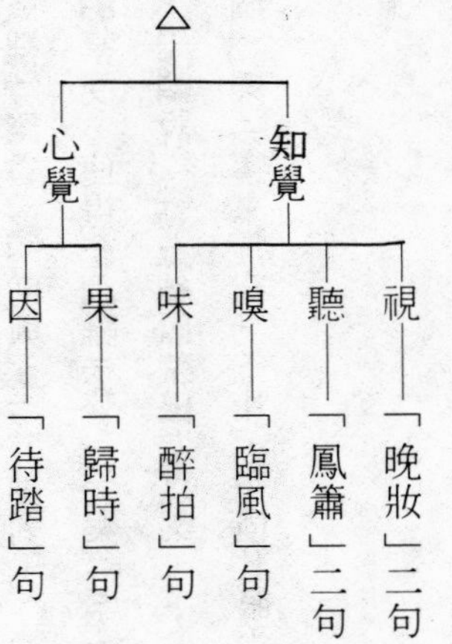

# 清平樂

別來春半，觸目愁腸斷。砌下落梅如雪亂，拂了一身還滿。　雁來音信無憑，路遙歸夢難成。離恨恰如①春草，更行更遠還生。

注釋

①恰如：一作「卻如」。

〔分析〕

此詞詠離恨。

作者首先以起句「別來春半」，點明別離的時間。其次以次句「觸目愁腸斷」，用「觸目」作一泛寫，以領出後面實寫「觸目」所見之各種景物；用「愁腸斷」，爲主旨「離恨」，初就本身作形象之表出。繼而以「砌下落梅如雪亂」兩句，承次句之「觸目」，並下應結尾之「離恨」，寫落花之多與佇立之久，進一步的就外物與本身，表示無限之「離恨」

來。接著以「雁來音信無憑」兩句，用「雁來」與「路遙」，承次句，寫「觸目」所見；用「音信無憑」與「歸夢難成」，大力的再將「離恨」推深一層。然後以結二句，藉「春草」之「更行更遠還生」，承次句，寫「觸目」所見，並拈出「離恨」以收拾全詞。

這樣以「先凡後目」的結構一路寫來，其脈絡是極其明晰的。

結構分析表

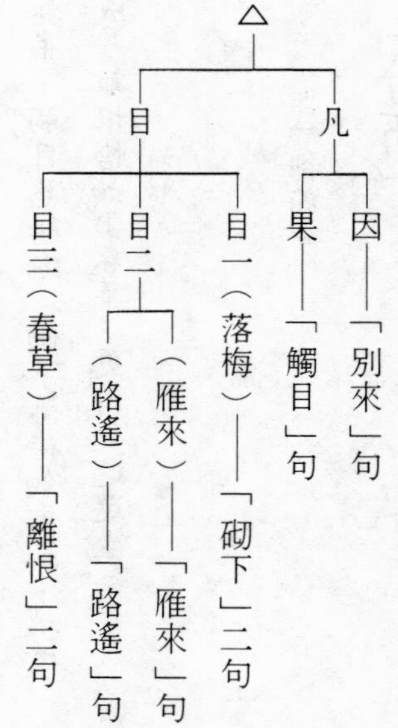

# 虞美人

春花秋月何時了，往事知多少？小樓昨夜又東風，故國不堪回首、月明中①。
玉砌②應猶在，只是朱顏③改。問君能有④幾多⑤愁？恰似⑥一江春水、向東流。

雕闌

## 注釋

①故國句：《西清詩話》：「南唐李後主歸朝後，每懷故國，且念嬪妾散落，鬱鬱不自聊。」
②雕闌玉砌：雕飾花紋之闌干與玉石砌成之庭階，以喻華美之宮殿。
③朱顏：有三解：一指容貌，一指山河，一指宮女。
④能有：一作「還有」，一作「都有」。
⑤幾多：一作「許多」。
⑥恰似：一作「恰是」。

## 〔分析〕

這是篇感懷故國的作品。

起首兩句，由眼前的「春花秋月」牽出過去那段擁有美好「往事」的「春花秋月」，而過去的那段「春花秋月」愈爲美好，那麼眼前的這段「春花秋月」更難於讓人面對，所謂「過去的歡樂適足以增添眼前的痛苦」，所以作者就眼前的「春花秋月」說：「何時了」、就「往事」（過去的「春花秋月」）說：「知多少」，以預爲結尾的「愁」字做好鋪墊。三、四兩句，承「往事」句，以昨夜再度敲窗的東風爲媒介，寫在月明中對故國（往事）不堪回首的情景，進一步地又爲結尾的「愁」字蓄力。

下片開端兩句，承上片末句，透過想像，將空間由汴京移至建康（今南京市），虛寫故國「物是人非」的淒涼景象，更進一層地再爲結尾的「愁」字加强它的感染力量。結尾兩句，採設問的方式，將一篇的主旨——「愁」拈出，並譬作不停向東流的一江春水，將全詞作一總束，吐出心中萬斛愁恨，令人不忍卒讀。

相傳由於這首詞兩用「東」字，暗含收復故國的心願，因此在七月七日作者生辰那一夕，在寓中命故妓作樂，唱了這闋詞，聲聞於外，致觸怒宋太宗，結果命秦王趙廷美賜牽機藥，將作者毒死。這樣說來，這可說是作者的催命詞了。

結構分析表

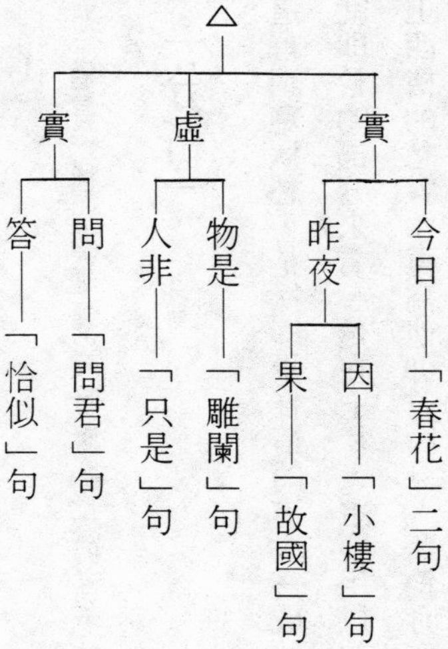

# 相見歡

無言獨上西樓，月如鈎。寂寞梧桐深院、鎖清秋。　剪不斷，理還亂，是離愁。別是一般①滋味、在心頭。

## 注釋

①一般：猶言一種。邵雍〈清夜吟〉：「一般清意味，料得少人知。」

## 〔分析〕

這首詞寫秋愁，是採即景抒情的方式寫成的。

就即景的部分來看，是在上片，主要用以勾畫出一片秋日愁境。它先寫主人翁默默無語地獨上西樓的愁容；再寫他仰首所見，藉鈎月作正面之映襯，以強化愁緒；然後寫他低頭所見，藉梧葉稀疏而深院的空地整個被落葉密密圍住的冷落景象，以推深他寂寞之情（愁）。

就抒情的部分來看，是在下片，主要用以抒發滿懷愁緒。換頭三句，寫的是離別之苦，指出

「離愁」就像千絲萬縷，是「剪不斷、理還亂」的，這樣使抽象變爲具體，產生了神奇的效果。而結尾句，寫的則是身世之感、家國之哀，這當然是有別於一般離愁，而只有自己才能領略，所以這種哀就更勝於痛苦流涕之哀，使人難於負荷。

黃昇《花菴詞選》以爲「此詞最悽惋，所謂亡國之音哀以思也」，體會得很深刻。

**結構分析表**

- △
  - 景
    - 仰觀所見——「無言」二句
    - 俯視所見——「寂寞」句
  - 情
    - 離別之苦——「剪不斷」三句
    - 家國之哀——「別是」句

## 同調

林花謝了春紅①，太匆匆。無奈②朝來寒雨③、晚來風。

胭脂淚，相留④醉，幾時重。自是人生長恨、水長東。

**注釋**

①春紅：春日之紅衣，指紅花。

②無奈：一作「常恨」。

③寒雨：一作「寒重」。

④相留：一作「留人」，一作「流人」。

### 〔分析〕

此詞寫春恨，和上一首一樣，是採「先景（實）後情（虛）」的形式寫成的。

先就「景」的部分來看，含上片三句，寫林花在寒風急雨的不斷摧殘下，很快地卸下它們的紅衣而哀謝。其中「林花」二句是「果」，而「無奈」句爲「因」。以「果」而言，林花謝紅的景象，原就令人爲之惋惜哀傷，而如今卻謝得「太匆匆」，使得本就已經十分濃摯的哀惜之情更趨强烈。而就「因」而言，則對林花何以匆匆謝紅的原因，作了直接的交代。在主人翁眼裡，這些花已不再是花，而是過去的一段美好時光。但這段時光，卻因曹彬以迅雷不及掩耳之勢兵臨城下，而整個結束了，這是萬萬想不到，是無可奈何的。

後就「情」的部分來看，含下片四句。它以「胭脂淚」三句，承上個部分之落紅來敍寫好景不再的哀愁。作者以「胭脂」代指花紅，又加上一個「淚」字，將它擬人化，以產生更大的感染力量。值得注意的是：在此「說花即以說人」（唐圭璋《唐宋詞簡釋》），而這「人」該是指「宮娥」而言。當年她們流著「胭脂淚」來送別，使作者自己也痛苦得「揮淚」相對（見〈破陣子〉）；如今面對著帶雨的落紅，豈不是會想到當年「辭廟」的一幕，而感傷重逢無日嗎？所謂「幾時重」，就表達了這種沈痛。寫到這裡，很自然地由這個「因」而帶出它的「果」，以「自是」句來總結這份悠悠長恨，作者在另一首〈子夜歌〉裡說：「人生愁恨何能免，銷魂獨我情何限！」表達的就是這種痛苦，令人難於負荷。

這首詞即景以抒情，通過春殘花謝的景象，抒發了人生失意的無限悵恨。而這種悵恨，顯然又已超越了李後主個人，而具有普遍性。其詞情之深在此，其詞境之大亦在此。

結構分析表

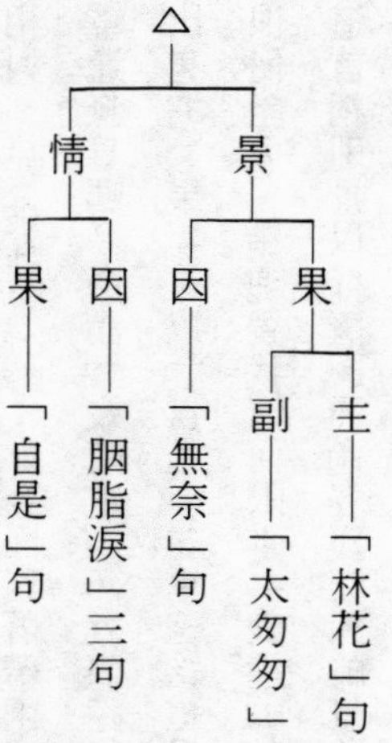

# 浪淘沙

簾外雨潺潺①，春意闌珊②。羅衾不耐五更寒。夢裡不知身是客，一晌③貪歡。

獨自莫憑闌，無限江山④。別時容易見時難。流水落花春去⑤也，天上人間。

## 注釋

①潺潺：雨聲。

②闌珊：衰殘。李羣玉〈九日詩〉：「絲管闌珊歸客盡，黃昏獨自詠詩迴。」

③一晌：片刻。

④江山：一作「江關」。

⑤春去：一作「歸去」。

## 〔分析〕

此詞旨在寫思念故國的哀痛心情，是採「由昔（敍夢）及今（敍望）」的結構寫成的。

敍「夢」（昔）的部分爲詞之上片。作者在此，用的是逆敍的手法，先敍夢後，再寫夢中。首句寫的是夢後所聞，有意以「雨」來襯托主人翁的愁心。次句寫的是夢後所感，所謂「春意」，說的是春天的氣息，也代表著希望或生命力；而「闌珊」，是衰殘的意思。作者說「春意闌珊」，既用以指衰殘的暮春，也用以寫希望破滅後淒涼的心情。第三句寫的該是主人翁夢醒時的感受，也交代了他由夢中凍醒的原因。意思是：五更時候所蓋的羅衾抵不過料峭的春寒，終於使自己從夢中醒了過來。這時既感受了五更時分的寒氣，也表達了心中的哀悽。而第四、五句，則寫的是夢境，藉夢裡之「歡」來反襯眼前孤單之苦，而且既然說因「不知身是客」而作「一晌」（片刻）之「貪」，則所反襯出來之悲也就愈無盡了。也由此可知主人翁在現實歲月中，一切歡樂已與他完全絕緣了，人生至此，又何以堪？

敍「望」（今）的部分爲詞之下片。作者在此，用的是「由遠而近」的順敍手法。開頭三句，寫的是憑闌遠眺之事。這位主人翁想要憑闌，卻因有過多舊日的痛苦經驗，告訴自己不能這麼做，所謂的「莫」就是這個意思。而這種痛苦的經驗就是憑闌後，「無限江山」會展現在眼前，面對著它會强烈地感到「別時容易」（過去）而「見時難」（現在、未來）；所以他只有遲疑再三了。不過，最後還是不由自己地憑闌而遠眺，看著無限江山而嗟悼不已。至於收結二句，寫的是憑闌近望的事。既然這位主人翁最後還是憑闌了，很自然地便遠由「無限江山」拉近到「流水落花」上，確定了「春去」的殘酷事實，而這所謂的「春」，既指自然之「春」，也指生命之「春」，更包括了過去的美好生活、所有夢裡「貪歡」的事和一切希望。末了作者說「天上人間」，猶言「天淵」，是用以形容今昔變化之大。所謂「天上」，是指「昔」，也指「春」和「夢」；而「人間」則指「今」，也指「（春）去也」和「夢」後。因爲對作者而言，如今所面對的「人間」，是充滿著「恨」的，他之所以如此，就是由於今昔的變化實在太大的緣故。以一國之君（昔）而竟成階下之囚（今），那就難怪要發出「天上人間」之歎，而痛哭流涕了。

結構分析表

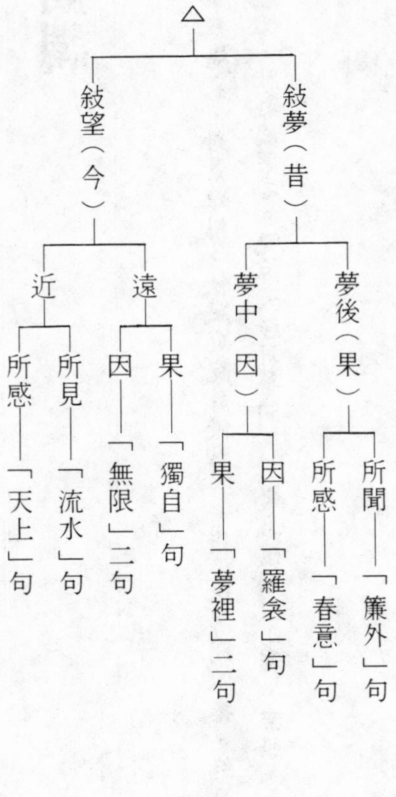

# 同調

往事只堪哀，對景難排。秋風庭院蘚侵階。一桁①珠簾閒不捲，終日誰來。金劍已沈埋②，壯氣蒿萊③。晚涼天淨月華開。想得玉樓瑤殿④影，空照秦淮⑤。

**注釋**

①一桁：猶言一排、一列。桁，音沆；一作「行」，一作「任」。

②金劍句：謂治國之利器已失，蓋傷故國之沈淪。《墨子．公孟》：「昔者齊桓公，高冠博帶，金劍木盾，以治其國。」劍，一作「鎖」。

③壯氣蒿萊：謂壯氣委於草莽。

④玉樓瑤殿：同瓊樓玉宇，指月殿。

⑤秦淮：即南京秦淮河，當時屬南唐，爲歌舞遊樂勝地。

〔分析〕

這是一首緬懷故國的作品。

作者首先在上片，以起二句，寫自已想及前塵往事所湧生的沈重哀痛，拈出一個「哀」字，來貫穿全詞，這是「凡」的部分。接著以「秋風庭院蘚侵階」一句，承上句「對景難排」之「景」字，寫秋天寥落的白晝景象；以「一桁珠簾閒不捲」兩句，承起句的「哀」字，寫極致孤寂的悲哀；這是「目一」的部分。到了下片，則以頭兩句，承上片起句的「往事堪哀」，寫故國淪亡、銷盡壯氣的痛苦，這是「目二」的部分。然後以「晚涼天淨月華開」句，承上片之「景」，寫秋月升空的淒涼夜景；以結二句，承上句的「月」、「空」，將空間由汴京推擴至金陵，虛寫失國後宮廷內外的冷落月色，表出對過去一切已無可挽回的一種沈哀，這是「目三」的部分。

這樣以「先凡後目」的形式來寫，寫得眞是語語慘然，使人不忍卒讀。

結構分析表

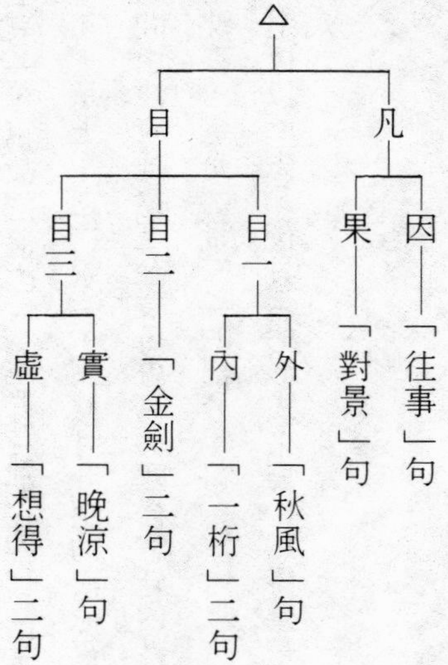

# 北宋篇

# 范仲淹

（九八九～一〇五二）

字希文，其先邠人，後徙蘇州吳縣。大中祥符八年（一〇一五）進士。官至樞密副使，參知政事。後以資政殿學士出爲陝西四路宣撫使，知邠州。守邊數年，羌人親愛，呼爲「龍圖老子」。以疾，請鄧州，尋徙荊南、杭州、青州。於仁宗皇祐四年（一〇五二）卒，年六十四。謚文正。詞流傳甚少，有《范文正公詩餘》輯本。

# 蘇幕遮

碧雲天，黃葉地。秋色連波，波上寒煙翠①。山映斜陽天接水。芳草無情，更在斜陽外。黯鄉魂②，追旅思③。夜夜除非，好夢留人睡。明月樓高休獨倚。酒入愁腸，化作相思淚。

## 注釋

①寒煙翠：一作「含煙翠」。

②黯鄉魂：謂思念家鄉而黯然銷魂。江淹〈別賦〉：「黯然銷魂者，惟別而已矣。」鄉魂，一作「芳魂」。

③追旅思：謂追憶逆旅中情懷。思，讀去聲。

## 〔分析〕

這是一首秋日懷鄉的作品。

這篇作品，大體說來，上片用以寫景，下片用以抒情。在上片寫景的部分裡，作者採用了頂眞的手法，一環套一環地將倚樓所見的秋日寂寥景色，由近及遠的一一寫下來，予人以纏綿的强烈感受。唐圭璋說：「上片，寫天連水，水連山，山連芳草；天帶碧雲，水帶寒煙，山帶斜陽。自上及下，自近及遠，純是一片空靈境界，即畫亦難到。」（《唐宋詞簡釋》）是說得一點也不錯的。

而在下片抒情的部分裡，則析分兩節來寫：頭一節爲開端四句，寫的乃淹留在外，時刻思鄉的情懷；就在這一節裡，作者直接用「黯」字、「追」字帶出「鄉魂」、「旅思」，將一篇的主旨「鄉思」（即鄉愁）明白的點了出來。第二節即結尾三句，這三句雖不脫抒情的範圍，但情中卻帶景，鈎勒了自己倚樓醉酒、對月相思的樣子，使得抽象的「鄉思」得以具象化，而與上片所寫的景融成一體，達於情景交鍊的境界，其手法之妙，也不得不令人讚歎不已。

結構分析表

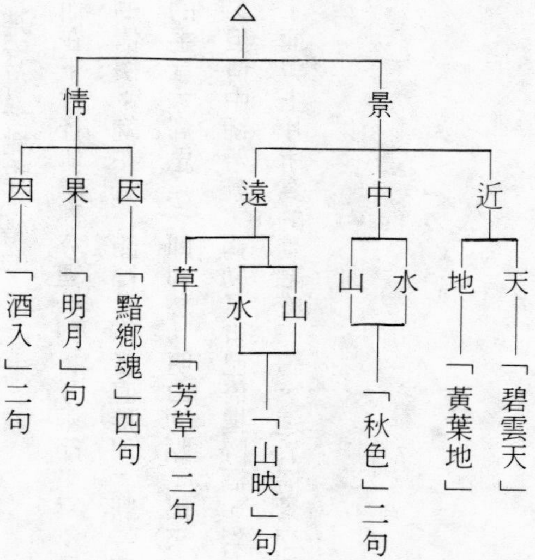

# 漁家傲

塞下秋來風景異，衡陽雁去①無留意。四面邊聲②連角起，千嶂③裡，長煙落日孤城閉。

濁酒一杯家萬里，燕然未勒④歸無計。羌管⑤悠悠霜滿地。人不寐，將軍白髮征夫淚。

## 注釋

①衡陽雁去：今湖南衡陽縣南衡山有回雁峯，相傳雁南飛至此不過，遇春而回。

②邊聲：邊塞之聲音，如馬鳴風號之類。李陵〈答蘇武書〉：「胡笳互動，牧馬悲鳴，吟嘯成羣，邊聲四起，晨坐聽之，不覺淚下。」

③千嶂：一作千障。嶂，山峯如屏障者。

④燕然未勒：謂功業未成。《後漢書・竇融傳》：「憲、秉遂登燕然山，去塞三千餘里，刻石勒功，紀漢威德，令班固作銘。」

⑤羌管：即羌笛。笛本出於羌中，故名羌笛或羌管。李商隱〈和鄭愚贈汝陽王孫家箏妓二十韻〉

詩：「羌管促蠻柱，從醉吳宮耳。」

## 〔分析〕

此詞作於作者守邊時。

上片全用以寫景，首先以「塞下」句作一泛敍，再依序以「孤城」爲中心，用衡陽雁去、邊聲四起、長煙落日等塞下秋來特異之景象，作具體的描寫，寫得極其悲涼壯闊，預爲下片的抒情鋪路。下片主要用以抒情，「濁酒」兩句，寫邊患未息，想要回家而不可得的愁苦；「羌管」兩句，性屬插敍，透過聽覺與視覺，承上片的「落日」，敍寫入夜情景，就外在景物將愁苦之情加以襯托；「人不寐」兩句，以「不寐」、「白髮」、「征夫淚」，就作者本身具寫愁苦之情，使得愁苦之情得以形象化，從而與上片所寫悲涼壯闊之景糅襯一片，達於情景交融的境地。

傅庚生說：「此詞豪壯滄涼，情景相稱。『千嶂裡，長煙落日孤城閉』，其雄偉堪與李白之『長風幾萬里，吹度玉門關』相頡頏；『人不寐，將軍白髮征夫淚』，其悲壯與魏武之『老驥伏櫪，志在千里；烈士暮年，壯心未已』伯仲間也。前闋寫景，後闋寫情，可以逐句比並，情意兩相聯屬：『塞下秋來風景異』，動人鄉思，與『濁酒一杯家萬里』相呼應；『衡陽雁去無留意』，雁歸人未歸，爲『燕然未勒歸無計』張本；『四面邊聲連角起』，已斷人腸，『羌管悠悠霜滿地』，益增忉怛；『千嶂裡，長煙落日孤城閉』，天寒日暮，窮途未返，『人不寐，將軍白髮征夫淚』，戍人遇此，宜不堪也。此詞既情意貫串，故能一氣呵成，雄其氣魄也。至其章法結構，非必原有比並相屬之意，倚興揮毫，自然中節耳。」（《中國文學欣賞舉隅》）評得很有道理。

## 結構分析表

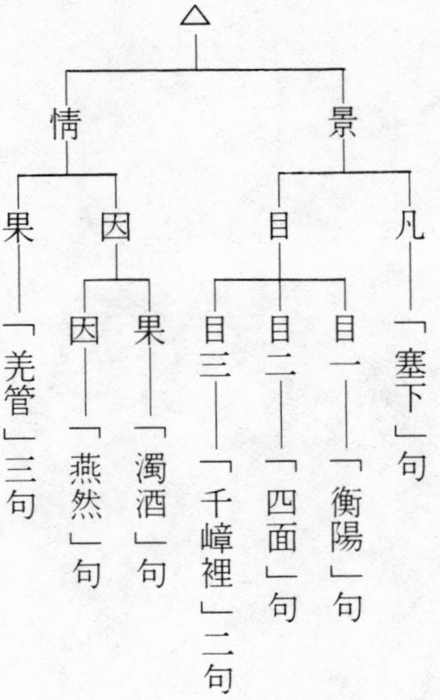

# 張先

（九九〇～一〇七八）

字子野，烏程人。仁宗天聖八年（一〇三〇）進士，歷官都官郎中。晚歲退居鄉里，常泛扁舟，垂釣爲樂，卒年八十九。子野善戲謔，有風味，居西湖時，常與蘇軾、陳襄諸人唱和，詩筆老妙，味極雋永。詞多長調，有《子野詞》傳世。

# 天仙子

〈水調〉①數聲持酒聽，午醉②醒來愁未醒。送春春去幾時回，臨晚鏡，傷流景③，往事後期空記省。 沙上並禽池上暝，雲破月來花弄影。重重簾幕④密遮燈，風不定，人初靜，明日落紅應滿徑。

## 注釋

①〈水調〉：曲調名。相傳爲隋煬帝所製，唐宋時甚爲流行。杜牧〈揚州〉詩：「誰家唱〈水調〉，明月滿揚州。」注：「煬帝開汴渠成，自作〈水調〉。」

②午醉：一作「午睡」。

③流景：猶言流光，指似水年華而言。

④簾幕：一作「翠幕」。

〔分析〕

這是一首暮春傷懷的作品。

首以起二句，寫午醉醒後的一番愁思，拈出「愁」字，以貫穿全篇；次以「送春春去幾時回」四句，承上拈的「愁」字，寫流光無情、人事多紛、往事空勞回首、後期徒勞夢想的感傷；再以「沙上並禽池上暝」兩句，寫入夜的淒寂景象，而藉「並禽」、「花影」反襯出自己的孤單淒涼，爲篇首的「愁」字作進一層的渲染；接著以「重重簾幕密遮燈」三句，寫夜半不寐、不敢面對落花的情景，具體的襯托出作者的「愁」來；然後以結句，由實轉虛，透過想像，寫明朝落花滿徑的淒涼景象，歸結到春愁的本意上作收。

作者這樣由午而至晚，由晚而夜，由夜而至明日，層層寫來，實有著不盡的傷春之意。

結構分析表

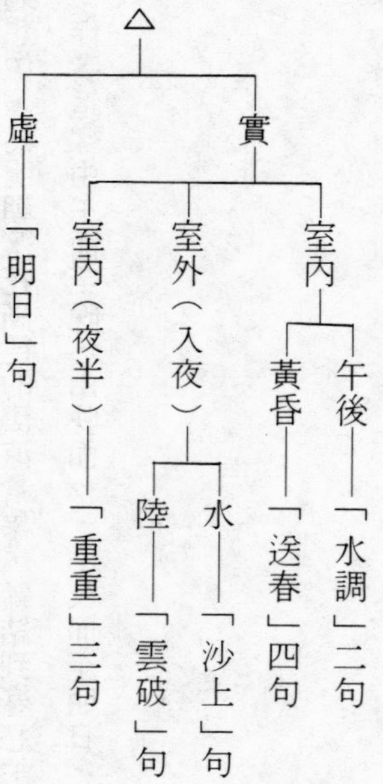

# 青門引

乍暖還輕冷，風雨晚來方定。庭軒寂寞近清明，殘花中酒①，又是去年病。

樓頭②畫角風吹醒，入夜重門靜。那堪更被明月，隔牆送過鞦韆影。

注釋

①殘花中酒：謂醉酒於殘花前。杜牧〈睦州〉詩：「殘春杜陵客，中酒落花前。」

②樓頭：指城上之戍樓。

③鞦韆：一作「秋千」。

## 〔分析〕

此詞寫閨恨。

起首兩句，以「乍暖還冷」、「風雨方定」寫暮春一個黃昏的天候，為下面的敍寫拉開序幕。「庭軒」三句，以「庭軒寂寞」上應「風雨方定」，「近清明」上應「乍暖還輕

冷」，寫與「去年」一樣面對殘花而中酒的情景，將閨恨作初步之刻畫。「樓頭」兩句，寫「畫角」之哀與「重門」之靜，續將閨恨作進一步的襯托。末兩句，則訴諸「鞦韆」，寫明月送影的情景，採含蓄的手法，由虛（鞦韆影）而實（鞦韆——人）地將閨恨作最後之渲染。這樣，全詞由「晚來」而「入夜」，依序詠來，詠得幽雋無比。

黃蓼園說：「落寞情懷，寫來幽雋無匹。不得志於時者，往往借閨情以寫其幽思。角聲而曰：『風吹醒』，『醒』字極尖刻；末句『那堪送過鞦韆影』，眞是描神之筆，極稀微窅渺之致。」（《蓼園詞選》）他指出此詞的好處，並且以爲它有所寄托，可供讀者作爲欣賞之參考。

結構分析表

△
- 昔（黃昏時）
  - 因
    - 目
      - 近清明——「乍暖」句
      - 庭軒寂寞——「風雨」句
    - 凡——「庭軒」句
  - 果——「殘花」二句
- 今（入夜後）
  - 聽覺
    - 醒——「樓頭」句
    - 靜——「入夜」句
  - 視覺——「那堪」二句

# 晏殊

（九九一～一〇五五）

字同叔，撫州臨川人。七歲能屬文，以神童薦。真宗景德二年（一〇〇五）召試，賜同進士出身。仁宗慶曆間，官至集賢殿學士，同平章事兼樞密使。後出知永興軍，徙河南，以疾歸京師，旋卒，年六十五。謚元獻。殊性格剛峻，學問淹雅，一時名士，如范仲淹、富弼、歐陽修等，皆出其門，文章贍麗，詩閑雅而有情思，間作小詞，亦溫潤秀潔。有《珠玉詞》傳世。

# 浣溪沙

一曲新詞酒一杯，去年天氣舊池臺①，夕陽西下幾時迴？　無可奈何花落去，似曾相識燕歸來。小園香徑②獨徘徊。

**注釋**

①去年句：鄭谷〈和知己秋日傷懷〉詩：「流水歌聲共不回，去年天氣舊池臺。」池，一作「亭」。

②香徑：花草小路。趙嘏〈靈巖寺〉詩：「倚船香徑晚，移石大湖秋。」

## 〔分析〕

這是一首懷舊之作。

由於作者懷舊之情特濃，便想藉著「酒」和「新詞」予以排遣，沒想到所面對的是與去年同樣的「天氣」與「亭臺」，使他湧生「物是人非」的悲哀來。所以非但無法將愁遣去，反而在舊愁上加添了新恨，這樣面對西下的斜陽就自然會興起度夜如年的深刻慨嘆。其實，使他湧生哀愁的，又豈止是「去年天氣舊亭臺」和「夕陽西下」而已，眼前的「花落」與「燕歸」兩種景象，更加深了他的懷舊之情。而這兩種景象本是自然，是沒有任何意識的，但作者卻加上了主觀的情感，使「花落」有了「無可奈何」之悵，「燕歸」有了「似曾相識」之辨，以透出好景不常、燕歸人未歸的感傷，這就難怪要徹夜失眠，在「小園香徑」裡「徘徊」不已了。

唐圭璋說：「此首諧不鄰俗，婉不嫌弱。明為懷人，而通體不著一懷人之語，但以景襯情。」（《唐宋詞簡釋》）採「以景襯情」的方法來寫，意味自然就格外雋永了。

結構分析表

- △
  - 人——「一曲」句
  - 物
    - 近（池臺）——「去年」句
    - 遠（夕陽）——「夕陽」句
    - 近
      - 花落——「無可」句
      - 燕歸——「似曾」句
  - 人——「小園」句

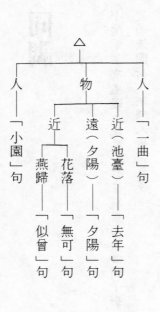

# 同調

小閣重簾有燕過，晚花紅片落庭莎①，曲闌干影入涼波。　一霎②好風生翠幕，幾回疏雨滴圓荷，酒醒人散得愁多。

注釋

①庭莎：庭前生長之莎草。

②一霎：猶言「一陣」。

〔分析〕

這是一首抒寫閑愁的作品。

此詞的主旨在末尾「酒醒人散得愁多」一句上，「酒醒人散」爲因，「得愁多」爲果，這是「凡」的部分。由於這種「愁」實在太抽象了，無從產生巨大的感染力，於是作者就特地安排了「酒醒人散」後映入眼簾的具體景物，把它襯托出來：首先是重簾下的過燕，由過燕之成雙反襯出自己之孤單，這是「目一」的部分；其次是庭莎上的落紅，由落紅蘊含好景不常——「人散」的感歎，這是「目二」的部分；再其次是涼波中的闌影，由闌影映襯「人散」後的寂寞，這是「目三」的部分；最後是翠幕間一陣好風與圓荷上的幾回疏雨，由雨打風荷、香銷葉殘的寥落景象，烘托出「人散」後的淒涼，這是「目四」的部分。

顯然的，這些由近及遠的景物，對一個「酒醒人散」的作者而言，每一樣都適足以增添他的一份愁，那就難怪他會「得愁」那麼「多」了。

結構分析表

- △
  - 目
    - 得愁一（燕過）——「小閣」句
    - 得愁二（紅落）——「晚花」句
    - 得愁三（闌影）——「曲闌」句
    - 得愁四（風荷）——「一霎」二句
  - 凡
    - 因——「酒醒人散」
    - 果——「得愁多」

# 清平樂

金風①細細，葉葉梧桐墜。綠酒②初嘗人易醉，一枕小窗濃睡。

紫薇朱槿③花殘，斜陽卻照闌干。雙燕欲歸時節，銀屏昨夜微寒。

注釋

①金風：秋風。戎昱〈宿湘江〉詩：「金風浦上吹黃葉，一夜紛紛滿客舟。」

②綠酒：酒之一種，因呈碧綠色而得名。陶潛〈諸人共遊周家墓柏下〉詩：「清歌散新聲，綠酒開芳顏。」

③紫薇朱槿：紫薇，花紫紅色，偶有白色者，自夏日開花，接續至八、九月，故又名百日紅。槿，亦名木槿，花大，有紅紫白等色，朝開夕萎，人家多植以爲籬。

## 〔分析〕

這首詞寫的是秋日偶感的一份淒清情懷。

上片先從秋景的蕭瑟詠起，然後借「易醉」和「濃睡」來表出內心的落寞之感。其中蕭瑟的秋景，作者特取風墜梧葉來寫，寫得極其輕淡幽細，以牽出縷縷的哀愁來，這比起李後主〈相見歡〉詞的「寂寞梧桐深院、鎖清秋」來，眞是「別有一般滋味」；而「易醉」，承起二句來寫，是由於有愁；至於「濃睡」，則承第三句而來，乃由於「易醉」；這樣由因而果，層層遞寫，寓情於景，充分地爲下片更進一步的描寫，預先鋪好路子。

到了下片，則承上片，各以兩句依次寫「濃睡」醒來所見黃昏之景與昨夜孤寒的回憶。在這裡，作者先透過紫薇、朱槿兩種花的凋殘，與上片的「梧桐墜」密相呼應，再藉由斜陽之「卻照闌干」，加强凋殘的況味，造成「一場愁夢酒醒時，斜陽卻照深深院」（〈踏莎行〉）的效果；然後以「雙燕」句，一方面用以襯托孤單，一方面用以承上啓下，帶出結句，與「易醉」、「濃睡」相呼應，寫昨夜獨宿的淒涼，使綿綿哀愁溢於篇外，令人咀嚼不盡。

結構分析表

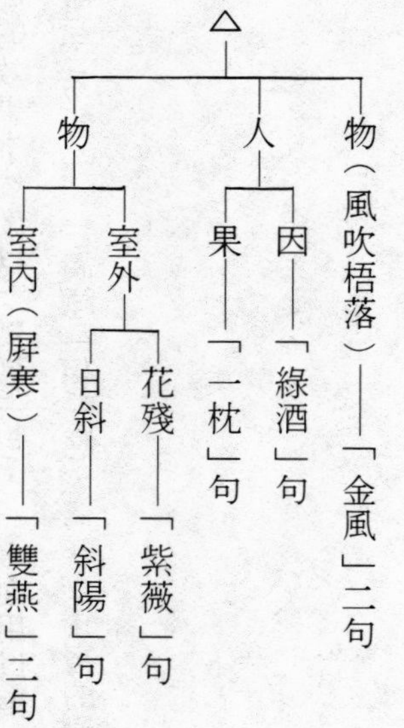

## 113 晏殊

# 踏莎行

小徑紅稀，芳郊綠遍①。高臺樹色陰陰見②。春風不解禁楊花，濛濛③亂撲行人面。

翠葉藏鶯，珠簾④隔燕。爐香⑤靜逐游絲轉。一場愁夢酒醒時，斜陽卻照深深院。

### 注釋

①綠遍：謂一片草綠。

②陰陰見：謂暗暗顯露。見，與「現」音義同。

③濛濛：微雨貌。此處用以形容亂撲之楊花。

④珠簾：一作「朱簾」。

⑤爐香：香爐中所燃之香。白居易〈北牕閑坐〉詩：「虛牕兩叢竹，靜室一爐香。」

### 〔分析〕

這首詞，黃昇《花菴詞選》題作「春思」，而內容是寫春暮夢回酒醒的一份惆悵。

作者在此，依序藉著小徑的殘紅、郊野的綠草、道上的楊花、葉裡的藏鶯、簾間的隔燕、靜室的爐香和深院的殘陽，先由遠而近，再由內而外地描繪了殘春裡所見靜謐寂寞的景象，從而糅襯出「愁」來。由於其中的草、楊花、鶯和燕等，都與離情有關，「草」如王維〈送別〉詩的「春草明年綠，王孫歸不歸」，又如李後主〈清平樂〉詞的「離恨恰如春草，更行更遠還生」；「楊花」如馮延巳〈南鄉子〉詞的「魂夢任悠揚，睡起楊花滿繡牀」，又如蘇軾〈水龍吟〉詞的「細看來，不是楊花點點，是離人淚」；「鶯」如金昌緒〈春怨〉詩的「打起黃鶯兒，莫叫枝上啼。啼時驚妾夢，不得到遼西」，又如馮延巳〈喜遷鶯〉詞的「宿鶯啼，鄉夢斷」；「燕」如無名氏〈後庭宴〉詞的「雙雙燕子歸來，應解笑人幽獨」，又如歐陽炯〈三字令〉詞的「人不在，燕空歸」。因此那所謂的「春思」，自與離情脫不了關係，鍾陵說：「最後點示『愁』字，寫傷春傷別的惆悵，春去人離，所以愁而飲酒，以至醉夢，但最難堪的還是酒醒夢回後的舊愁未消，新愁更生」（《唐宋詞鑑賞集成》），他認爲這闋詞寫的是「傷春傷別的惆悵」，看法是正確的。

而這種「傷春傷別的惆悵」，除了草、鶯、爐香與殘陽之外，作者又安排落花與隔燕來襯托，那就更加令人「難堪」了。

## 結構分析表

- △
  - 室外
    - 遠——「小徑」二句
    - 中——「高臺」三句
    - 近——「翠葉」二句
  - 室內——「爐香」二句
  - 室外——「斜陽」句

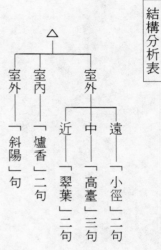

# 歐陽修

（一〇〇七～一〇七二）

字永叔，號六一居士，廬陵（今江西吉安）人。四歲而孤，母鄭氏親誨之學。家貧，以荻畫地學書。仁宗天聖八年舉進士，歷任西京推官，翰林學士，樞密副使，參知政事。英宗熙寧四年，以太子少師致仕。卒謚文忠。修始從尹洙遊，爲古文；又與梅堯臣遊，爲歌詩相唱和，遂以文章名冠天下。有《歐陽文忠公文集》傳世。

# 采桑子

春深雨過西湖①好，百卉爭妍，蝶亂蜂喧，晴日催花暖欲然②。

蘭橈③畫舸④悠悠去，疑是神仙。返照波間，水闊風高颺⑤管絃。

## 注釋

①西湖：指潁州西湖，在安徽省阜陽縣西北，湖長十里、廣二里，爲潁州諸水匯流處。

②然：同「燃」。

③橈：楫。

④舸：大船。

⑤颺：飛揚。

## 〔分析〕

這是作者詠西湖十三調中的一首，旨在詠雨過春深的潁州西湖好景，以襯托作者閑適的心情。

作者在此，先以起句「春深雨過西湖好」作一總敍，再以「百卉爭妍」三句，藉花卉、蜂蝶、晴日等自然景物，寫西湖隄上的春深好景，然後以「蘭橈畫舸悠悠去」四句，以畫船、返照、水闊、風高與管絃等糅合自然與人事的景物，寫西湖水上的春深好景。

敍次由凡而目，將西湖的春深好景，描寫得異常生動。

**結構分析表**

△
- 凡（西湖好）——「春深」句
- 目
  - 西湖好之一（隄上）——「百卉」三句
  - 西湖好之二（水上）——「蘭橈」四句

## 同調

羣芳過後西湖好，狼藉殘紅①。飛絮濛濛。垂柳闌干盡日風。　笙歌散盡遊人去，始覺春空②。垂下簾櫳。雙燕歸來細雨中。

### 注釋

①狼藉殘紅：謂落花散亂不整。狼起臥遊戲多藉草，穢亂不堪，後因謂雜亂爲狼藉。

②春空：謂春事歸於沈寂。

### 〔分析〕

這也是作者詠西湖十三調的一首，詠的是西湖「羣芳過後」的殘春好景，一樣用「先凡後目」的結構來寫，讓人在「笙歌散盡人去」後，從「殘紅」、「飛絮」、「風柳」、「細雨」和「燕歸」所組成的「春空」景物中領略出一種淒清的柔美的感受。

唐圭璋說：「通篇於景中見情，文字極疏雋。風光之好、太守之適，並可想像而知也。」（《唐宋詞簡釋》），幾句話便道盡了本詞的好處。

**結構分析表**

△
- 凡（西湖好）——「羣芳」句
- 目
  - 西湖好之一（殘紅）——「狼籍」句
  - 西湖好之二（風絮）——「飛絮」二句
  - 西湖好之三（人去）——「笙歌」二句
  - 西湖好之四（燕歸）——「垂下」二句

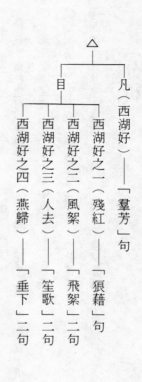

# 踏莎行

候館①梅殘，溪橋柳細。草薰風暖②搖征轡。離愁漸遠漸無窮，迢迢不斷如春水。
寸寸柔腸，盈盈粉淚。樓高莫近危闌倚③。平蕪④盡處是春山，行人更在春山外。

注釋

①候館：樓館之可以登臨觀望者。《周禮・地官・遺人》：「五十里有市，市有候館。」
②草薰風暖：江淹〈別賦〉：「閨中風暖，陌上草薰。」
③危闌倚：謂倚高欄。李商隱〈北樓〉詩：「此樓堪北望，輕命倚危闌。」
④平蕪：指草原。高蟾〈春〉詩：「明月斷魂淸靄靄，平蕪歸路綠迢迢。」

〔分析〕

這是春日送別的作品，可以分爲三個部分。
頭一部分即開端三句，第二部分爲中間五句，第三部分則是結尾三句。在第一、三部分裡，作者由近及遠的寫了目送行人遠去時所見到的各種景物，先是候館旁的殘梅，其次是溪橋邊的細柳，再其次是平原周遭的香草，最後是草原盡頭的春山。很顯然的，這些足以襯出離情的景物，是互相緊密的連接在一起的，而作者卻特意在草原之間把這個寫景的部分前後割開，插入了抒情的部分。這個抒情的部分是這樣寫的：首先將主旨「離愁」直接道出，然後依次用「迢迢春水」、「寸寸柔腸」和「盈盈粉淚」加以譬喻或渲染，把「離愁」具體的描寫出來，並且由「漸遠」（就行人言）上接第一個部分，由「危闌倚」下開第三部分，大力的將全詞連成一個整體。

經由這種連繫，那就難怪會使得第二部分的「內情」和第一、三部分的「外景」達於相糅相襯的地步了。這首詞之所以令人「不厭百回讀」（卓人月《詞統》），跟作者這種細密的安排，應具有密切的關係吧！

結構分析表

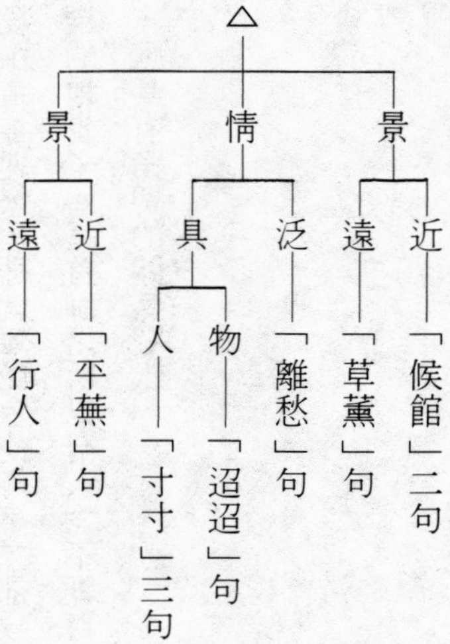

# 蝶戀花

庭院深深深幾許？楊柳堆煙，簾幕無重數。玉勒雕鞍遊冶處①。樓高不見章臺路②。

雨橫風狂三月暮。門掩黃昏，無計留春住。淚眼問花花不語③。亂紅飛過鞦韆去。

## 注釋

①玉勒句：玉勒，玉製之馬勒口；雕鞍，雕飾之馬鞍；兩者並爲華貴之馬飾，後人因用以借指華貴之車馬。遊冶，指恣情聲色之事。

②章臺路：即章臺街，在長安城內。《漢書．張敞傳》：「時罷朝會，走馬章臺街，自以便面拊馬。」本形容張敞之風流自賞，後人遂以走馬章臺爲冶遊之意，而章臺亦成爲妓女住所之代稱。

③問花花不語：溫庭筠〈惜春〉詞：「百舌問花花不話。」嚴惲〈落花〉詩：「盡日問花花不語，爲誰零落爲誰開？」

## 〔分析〕

這是一篇惜春懷舊之作，寫出了作者由殘春的幽寂裡所引發的一種寥落空虛的情懷。在這首詞裡，他用前段王孫公子走馬章臺的遊冶之樂，與後段春紅被風雨摧殘的淒涼景象，作成一個强烈的對比，以烘托出無限的遲暮之感來，寫得眞是情景交鍊，深婉到了極點。

就結構而言，它先敍「昔」（盛）而後敍「今」（衰）。在敍「昔」的部分，它先就「物」，寫庭院的深廣；再就「人」，寫遊冶之沈迷。在敍「今」的部分，先就「物」，寫風雨之狂横，預爲結句之「亂紅」作鋪墊；再就「人」，寫傷春的情懷；然後又就「物」，寫飛向鞦韆的亂紅，以帶出當年蕩鞦韆的人來，深婉地表達出懷舊的情意。

結構分析表

- △
  - 昔（盛）
    - 物
      - 問——「庭院」句
      - 答——「楊柳」二句
    - 人——「玉勒」二句
  - 今（衰）
    - 物——「雨橫」句
    - 人——「門掩」三句
    - 物——「亂紅」句

# 木蘭花

別後不知君遠近，觸目淒涼多少悶。漸行漸遠漸無書，水闊魚沈①何處問。

夜深風竹敲秋韻，萬葉千聲皆是恨。故欹單枕夢中尋，夢又不成燈又燼②。

## 注釋

①水闊魚沈：謂音訊渺茫。魚，謂魚書，即書札。

②燼：物體燃燒後殘餘之部分。在此作動詞用，有殘、滅之意。

## 〔分析〕

這是一首抒寫別恨的作品。

起三句爲「凡」的部分，作者在此，直接將一篇的綱領提出，而這個綱領共含兩層意思，一層是離別後不知「君」在何處，爲「因」；一層是周遭冷落，湧生了無限的哀愁——「多少悶」，爲「果」。提出了這一因一果的綱領，接著就先由「因」的一層，帶出「漸行漸遠漸無書」兩句，以寫離別後，由於無書，致不知對方一絲訊息的事實，這是「目一」的部分。然後由「果」的一層，帶出下片四句，以「夜深風竹敲秋韻」兩句，寫夜風敲竹（觸目淒涼之一）所攪起的一番離恨（多少悶之一），以「故欹單枕夢中尋」兩句，寫夢中難尋，獨對燈昏（觸目淒涼之二）的另一番離恨（多少悶之二），這是「目二」的部分。

無疑的，這首詞是採雙軌式的演繹法所寫成的。

**結構分析表**

- △
  - 凡
    - 因——「別後」句
    - 果——「觸目」句
  - 目
    - 因——「漸行」二句
    - 果
      - 室外——「夜深」二句
      - 室內——「故欹」二句

# 晏幾道

（一〇三一～？）

字叔原，號小山，晏殊第七子。早年曾任潁昌府許田鎮監，後爲乾寧軍通判、開封府推官。平生潛心六藝，玩思百家，持論甚高，未嘗以沽世。能文，尤工樂府，所作曲折頓挫，直逼花間。著有《小山詞》。

# 臨江仙

夢後樓臺高鎖，酒醒簾幕低垂。去年春恨卻來①時。落花人獨立，微雨燕雙飛②。

記得小蘋③初見，兩重心字羅衣④。琵琶絃上說相思。當時明月在，曾照彩雲⑤歸。

## 注釋

①卻來：又來，再來。鄭谷〈杏花〉詩：「小桃初謝後，雙燕卻來時。」

②落花二句：謂人獨立於落花前，燕雙飛於微雨中。翁宏〈春殘〉詩：「又是春殘也，如何出翠幃？落花人獨立，微雨燕雙飛。」

③小蘋：歌女名。《小山詞》作者自跋：「始時沈十二廉叔、陳十君寵家，有蓮鴻蘋雲，品清謳娛客。每得一解，即以草授諸見。」

④心字羅衣：楊慎《詞品》卷二：「心字羅衣，則謂心字香薰之爾，或謂女人衣曲領如心字。」

⑤彩雲：比喻美人；指小蘋。江淹〈麗色賦〉：「其少進也，如彩雲出崖。」李白〈宮中行樂詞〉：「只愁歌舞散，化作彩雲飛。」

## 〔分析〕

這是寫春恨的一首作品。

起二句，寫的是夢後酒醒所處的室內景象，以「高鎖」「低垂」，寫冷落淒寂，暗暗地襯出主人翁眼前的「春恨」來。「去年」一句，承上啓下，一面拈出「春恨」，以統括全詞，一面以「去年」預爲下片之憶舊開路。「落花」兩句，引用翁宏〈春殘〉詩的原句，寫的是夢後酒醒所處的室外景象，主要以「落花」、「燕雙」暗含伊人已去、好景無常的感慨，再經由「人獨」、「微雨」加以渲染，進一層地將「春恨」作更具體的表達。下片緊承「去年」，寫過去與伊人（小蘋）初見、交往的情景。以「記得」三句，寫初見與相思；以結拍「當時」兩句，將今昔綰合，化用李白〈宮中行樂詞〉的「只愁歌舞散，化作彩雲歸」，表示伊人已去，從而點出眼前與去年春恨的根由，以收束全詞。

唐圭璋說：「『落花』兩句，原爲唐末翁宏之詩，妙在拈置此處，襯副得宜，且不明說春恨，而自以境界會意。落花、微雨，境極美；人獨立、燕雙飛，情極苦」（《唐宋詞簡釋》），於此可領會作者援用成句以及牽花、燕入詞之妙。

## 結構分析表

△
- 今
  - 室內——「夢後」二句
  - 室外——「去年」三句
- 昔——「記得」三句
- 今——「當時」二句

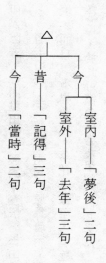

# 蝶戀花

欲減羅衣寒未去。不卷①珠簾，人在深深處。殘杏枝頭花幾許。啼紅正恨清明雨。

盡日沈香②煙一縷。宿酒③醒遲，惱破春情緒。遠信還因歸燕誤。小屏風上西江路。

注釋

①卷：同「捲」。

②沈香：名貴的薰香料。因質地堅硬，置於水中則下沈，故稱。產於亞洲熱帶地區。

③宿酒：隔夜之酒。

〔分析〕

此詞主要在寫閨怨。

起三句，寫思婦深鎖空閨、怯於減衣且面對春殘的情事，以表出思婦之怨。「殘杏」二句，則由屋內移到屋外，寫清明時雨打杏花的春殘景象，而特意地將「殘杏」擬人化，使它

「啼」，使它「恨」，以進一步地將「怨」具象化。到了下片，就空間來說，又由屋外拉回屋內，先以「盡日」三句，寫春暮思婦醉酒醒遲，愁緒如煙似縷，一觸四溢的情景，將「怨」又推深了一層。結拍二句，終於道出「怨」之由來，即「遠信」被「歸燕」所誤，這就如同李後主在〈清平樂〉詞裡所說的「雁來音信無憑，路遙歸夢難成」，叫人怨極愁極，無以排遣，於是只得向屏風山水圖上的「西江路」，去尋求行人蹤迹，以聊慰相思了。

縱觀此詞，以春殘的景物來襯托怨情，而春殘的景物又以「殘花」與「歸燕」爲主，一作正襯，一作反襯，使作品於畫面之外，添加了豐富的內涵與悠長的韻味。

**結構分析表**

- △
  - 室內
    - 因——「欲減」二句
    - 果——「人在」句
  - 室外
    - 花——「殘杏」句
    - 雨——「啼紅」句
  - 室內
    - 果
      - 物——「盡日」句
      - 人——「宿酒」二句
    - 因——「遠信」句
    - 果——「小屏」句

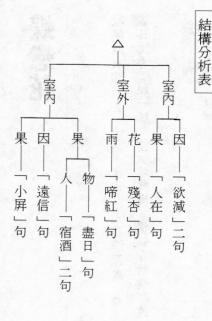

## 更漏子

檻花稀，池草遍。冷落吹笙庭院。人去日，燕西飛。燕歸人未歸。

數書期①，尋夢意。彈指②一年春事。新悵望，舊悲涼。不堪紅日長。

注釋

①書期：來信之日期。

②彈指：表示極短之時間。

### 〔分析〕

這是首懷人之作。

作者首先以起二句，寫庭院花稀草遍的冷落景象，此與晏殊〈踏莎行〉詞的「芳郊綠遍，小徑紅稀」，所寫地點雖不同，情景卻一致，而且也同樣地藉花之稀、草之遍來寫春殘，以襯出離情。接著以「人去日」三句，寫秋日人與燕去，而春暮「燕歸人未歸」的感傷，以正面交代離情。然後以「數書期」三句，承上片末三句，寫「人去」後，時光流逝、相思入夢、癡數書期的情事，使離情又加濃了一層。最後以「新悵望」三句，寫不堪長日想望的痛苦，在舊愁上加上新愁作結。

作者在這兒，除了用「花稀」、「草遍」來襯別恨，又以「燕歸」來襯「人未歸」，不但寫活了春殘之景，更襯出了無限的離愁，使得情景相符，增加了作品不少的感染力量。

結構分析表

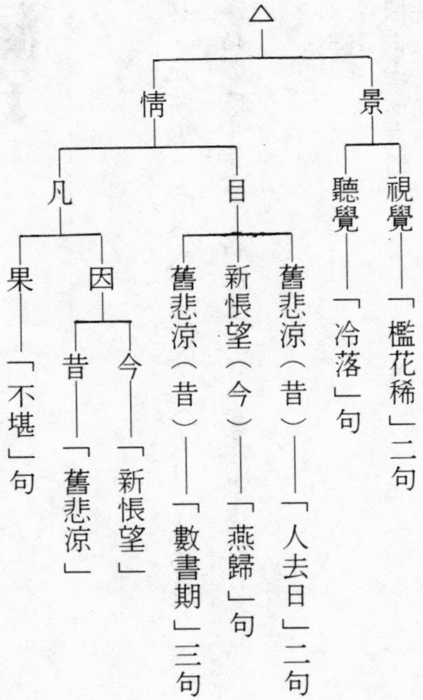

# 鷓鴣天

彩袖殷勤捧玉鍾①，當年拚卻②醉顏紅。舞低楊柳樓心月，歌盡桃花扇底風③。從別後，憶相逢，幾回魂夢與君同。今宵賸把銀釭④照，猶恐相逢是夢中。

## 注釋

①彩袖句：彩袖，指穿彩衣之歌女。玉鍾，精美之酒器。

②拚卻：不惜，甘願。

③舞低二句：謂雖月下楊柳，扇底風盡，亦猶歌舞不停。蓋極言一夜歌舞之酣暢，以見美人之殷勤。

④賸把銀釭：賸把，儘把；銀釭，銀燈。

## 〔分析〕

此詞旨在寫別後相逢之喜，是採「今、昔、今」的形式寫成的。

頭一個「今」，爲首句，寫一位穿彩衣的歌女捧著玉鍾殷勤勸酒的事。這說的雖是眼前（今）事，也可說是當年（昔）的事，所以就產生了亦今亦昔的效果。「昔」的部分，自「當年」句至「幾回」句止，先寫當年初識時，這位歌女以歌舞殷勤待客，而使自己不惜一醉的經過；再寫別後常縈魂夢中而疑夢爲眞的相憶深情。而後一個「今」，則爲收結二句，把時間由過去拉回現在，寫今日相逢而疑眞爲夢的情狀，透出無限驚喜，作完美的收束。

這樣以今昔映襯，巧妙地將相逢的驚喜之情，表達得十分成功。尤其是下半闋，更是曲折深婉，唐圭璋說：「上言夢似眞，今言眞似夢，文心曲折微妙。」（《唐宋詞簡釋》）很能道出此詞的好處。

**結構分析表**

- △
  - 今——「彩袖」句
  - 昔
    - 初識
      - 果——「當年」句
      - 因——「舞低」二句
    - 別後
      - 憶——「從別後」二句
      - 夢——「幾回」句
  - 今
    - 果——「今宵」句
    - 因——「猶恐」句

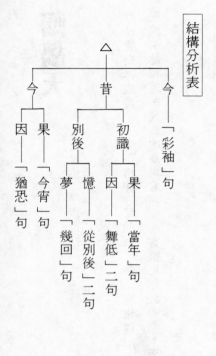

# 柳永

字耆卿，原名三變，崇安人。景祐元年（一〇三四）進士，官屯田員外郎，世稱柳屯田；排行第七，亦稱柳七。爲人放蕩不羈，善爲歌辭。教坊樂工，每得新腔，必求永爲辭，始行於世。以詞骪骳從俗，天下詠之，葉夢得嘗見一西夏歸朝官云：「凡有井水飲處，即能歌柳詞。」其流傳之廣如此。後卒於襄陽。死之日，家無餘財，羣妓合金葬之於南門外，每春月上冢，謂之弔柳七。有《樂章集》行世。

# 鶴沖天

黃金榜①上，偶失龍頭②望。明代暫遺賢，如何向③？未遂風雲④便，爭不恣遊狂蕩。何須論得喪，才子詞人，自是白衣卿相⑤。

煙花巷陌⑥，依約丹青屏障。幸⑦有意中人，堪尋訪。且恁偎紅倚翠⑧，風流事，平生暢。青春都一餉⑨，忍把浮名，換了淺斟低唱⑩。

## 注釋

①黃金榜：黃金所製看板，簡稱金榜。杜甫〈宣政殿退朝〉詩：「天門日射黃金榜。」

②龍頭：指狀元。梁顥〈及第謝恩〉詩：「也知年少登科好，爭奈龍頭屬老成。」

③如何向：猶云「如之何」。徐伸〈二郎神詞〉：「動是愁端如何向，但怪得新年多病。」

④風雲：謂飛黃騰達。潘岳〈楊荊州誄〉：「奮躍淵塗，跨騰風雲。」

⑤白衣卿相：謂身爲白衣之士，而有卿相之資。亦作白衣宰相。《南史・陶弘景傳》：「永明十年，陶弘景脫朝服，上表辭祿，詔許之，賜以束帛，敕所在，月給茯苓，時號白衣宰相。」

⑥煙花巷陌：謂花街柳巷。

⑦幸：正。白居易〈桂華曲〉：「月中幸有閑田地，何不中央種兩株？」

⑧偎紅倚翠：謂狎妓。陶穀《清異錄》載：五代南唐後主微行倡家，自題爲「淺斟低唱、偎紅倚翠大師，鴛鴦寺主。」

⑨一餉：片刻。同「一晌」。

⑩淺斟低唱：謂緩慢飲酒，聽人曼聲歌唱。

## 〔分析〕

這是一首感懷不遇的作品。

起四句是「目一」的部分，敍明自己參加科舉，卻榜上無名，以致仕途無望的遭遇，這是就結尾的「浮名」來說的。「未遂風雲便」至「平生暢」等十二句，是「目二」的部分，這個部分，先以「未遂風雲便」一句，作上下文的接榫，再以「爭不恣遊狂蕩」句，指出自己被迫走向「煙花巷陌」的無奈；接著用「何須論得喪」三句，自我解嘲，以爲才子佳人，身分地位也不亞於卿相；然後用「煙花巷陌」七句，直率地寫出自己走出名利場，轉向「煙花巷陌」，尋訪意中人，以暢快平生的意向、情事；這是就結尾的「淺斟低唱」來寫的。而末三句爲「凡」的部分，用「青春都一餉」句，承上啓下，領出「忍把浮名，換了淺斟低唱」的主旨，以牢籠全詞作收。

透過這種「先目後凡」形式，柳永便把自己懷才不遇的怨恨，很明白地表露出來。

結構分析表

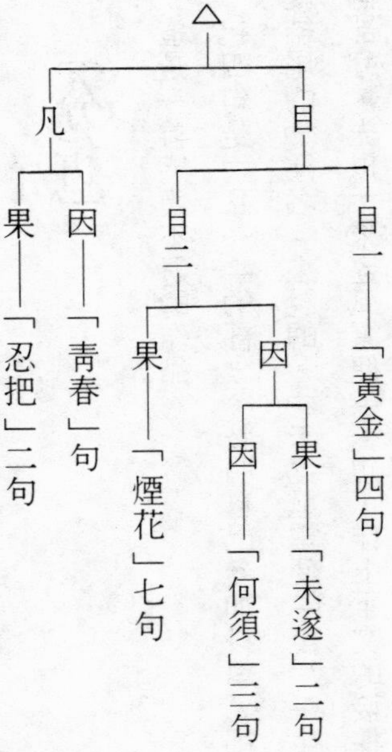

# 雨霖鈴

寒蟬①淒切，對長亭晚，驟雨初歇。都門帳飲②無緒，方留戀處，蘭舟催發。執手相看淚眼，竟無語凝噎③。念去去④、千里煙波，暮靄沈沈楚天闊⑤。　多情自古傷離別，更那堪、冷落清秋節。今宵酒醒何處？楊柳岸、曉風殘月⑥。此去經年，應是、良辰好景虛設。便縱有、千種風情⑦，更與何人說。

## 注釋

①寒蟬：蟬之一種，亦名寒蜩。《禮記．月令》：「孟秋之月，寒蟬鳴。」

②都門帳飲：謂於城郊設置帳幕餞行。《漢書．疏廣傳》：「廣徙爲太傅，廣兄子受字公子，亦以賢良舉爲太子家令。上疏乞骸骨，上以其年篤老，皆許之，加賜黃金二十斤，皇太子贈以五十金。公卿大夫故人邑子設祖道，供張東都門外，送者車數百輛，辭決而去。」

③凝噎：謂哽咽不已。噎，一作「咽」。

④去去：去後。曹植〈雜詩〉：「去去莫復道，沈憂令人老。」

⑤楚天闊：謂南天廣闊無邊。劉長卿〈石梁湖有寄〉詩：「相思楚天闊。」楚，指江南一帶，因皆故楚地，遂稱江南一帶之天空爲楚天。
⑥曉風殘月：韓琮〈露〉詩：「曉風殘月正潸然。」魏承班〈漁歌子〉詞：「窗外曉鶯殘月。」
⑦風情：風月情懷。白居易〈薔薇正開〉詩：「誠將詩句相招去，倘有風情或可求。」

## 〔分析〕

這是一首秋日傷別的作品，是作者採「先實後虛」的手法所寫成的。

實的部分自篇首至「竟無語凝噎」止，先以起三句，點明時地景物，藉長亭周遭的寂寥秋景，初步襯托出「傷別」之情；再以「都門帳飲無緒」三句，寫餞別時欲飲無緒、欲留不能的情事，使得「傷別」之情更加深了一層；然後以「執手相看淚眼」兩句，寫客主臨別「留戀」的情態，進一步的將「傷別」之情具體的給描繪出來。虛的部分則分三小節來寫：第一小節自「念去去」至「暮靄沈沈楚天闊」止，針對實的部分，寫「執手相看淚眼」時所設想「蘭舟」甫去當時的情景，藉空闊的水天晚景，極力的拓大「傷別」之情；第二小節自「今宵酒醒何處」至「曉風殘月」止，寫「執手相看淚眼」時所設想「蘭舟」離去當夜的情景，藉風柳曉月，再對「傷別」之情加以有力的烘托；第三小節自「此去經年」至篇末，寫「執手相看淚眼」時所設想「蘭舟」離去次日以至「經年」的情景，用「良辰好景」所激生的「千種風情」，把「傷別」之情作最後之宣洩，就在第一、二小節間，作者特地插入「多情自古傷離別」兩句，點明主旨，以統括全詞的意思。

如此布置得像行雲流水般，了無連接的痕跡，可謂巧妙到了極點。

### 結構分析表

- △
  - 實
    - 物（環境）——「寒蟬」三句
    - 人（惜別）——「都門」五句
  - 虛
    - 一（當時）——「念去去」二句
    - （插敍）——「多情」二句
    - 二（當夜）——「今宵」二句
    - 三（日後）——「此去」四句

# 八聲甘州

對蕭蕭暮雨灑江天，一番洗清秋。漸霜風淒緊①，關河②冷落，殘照當樓。是處③紅衰翠減④，苒苒物華休⑤。惟有長江水，無語東流。　不忍登高臨遠，望故鄉渺邈，歸思難收。歎年來踪迹，何事苦淹留⑥。想佳人、妝樓顒望⑦，誤幾回、天際識歸舟⑧。爭知我、倚闌干處，正恁凝愁⑨。

注釋

①淒緊：謂寒冷緊急。李白〈北山獨酌寄韋六〉詩：「川光晝昏凝，林氣夕淒緊。」一作「淒慘」。

②關河：猶言山河。羅鄴〈留題張逸人草堂〉詩：「關河客夢還鄉後，雨雪山程出店遲。」

③是處：猶言到處、處處。

④紅衰翠減：李商隱〈贈荷花〉詩：「翠減紅衰愁殺人。」翠減，一作「綠減」。

⑤苒苒句：謂景物逐漸凋殘而失去其色彩。苒苒，同冉冉，緩貌。物華，指自然景色。白居易

〈酬南洛陽早春見贈〉詩：「物華春意尚遲廻，賴有東風晝夜催。」

⑥淹留：久留。屈原〈離騷〉：「時繽紛其變易兮，又何可以淹留？」

⑦顒望：舉首凝望。一作「長望」。

⑧天際句：謝眺〈宣城郡出新林浦向板橋〉詩：「天際識歸舟，雲中辨江樹。」

⑨凝愁：一作「凝眸」。

## 〔分析〕

這是篇秋日懷鄉之作。

首以起二句，就時令與氣候，寫一雨成秋的情形；次以「漸霜風淒緊」七句，寫雨後寂寥的黃昏秋景；再以「不忍登高臨遠」三句，由景轉情，寫自己登樓望遠的情形，拈出「歸思」作一篇主意，以統括全詞；接著以「嘆年來蹤跡」二句，承上句，寫自己不得已淹留在外的痛苦；然後以「想佳人」至篇末，循著「長江水」，由登高處一線直通至故鄉，從對面著想，虛寫佳人憑樓顒望，哀怨至極的情狀，以回應篇首的「對」字與換頭的「歸思」二字，表出自己「倚闌」凝眸所湧生的無限哀愁來。

十分明顯的，這首詞就空間而言，是虛實並用的。

## 結構分析表

- △
  - 景
    - 冷落
      - 凡——「對蕭蕭」二句
      - 目
        - 霜風——「漸霜風」句
        - 山河——「關河」句
        - 斜日——「殘照」句
        - 衰花——「是處」二句
    - 無聲（江水）——「惟有」二句
  - 情
    - 實（此）
      - 思鄉之苦——「不忍」三句
      - 身世之歎——「歎年來」二句
    - 虛（彼）
      - 正——「想佳人」二句
      - 反——「爭知我」二句

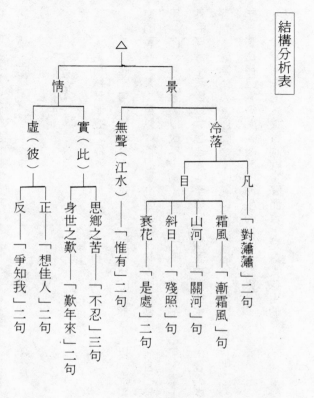

# 蝶戀花

竚倚危樓①風細細。望極春愁，黯黯②生天際。草色煙光殘照裡，無言誰會凭闌意。

擬把疏狂③圖一醉。對酒當歌④，強樂⑤還無味，衣帶漸寬⑥終不悔，為伊消得⑦人憔悴。

## 注釋

①危樓：高樓。

②黯黯：光線昏暗貌。

③疏狂：狂放不受拘束。

④對酒當歌：曹操〈短歌行〉：「對酒當歌，人生幾何？」

⑤強樂：勉強尋歡作樂。

⑥衣帶漸寬：喻人逐漸消瘦。〈古詩〉：「相去日已遠，衣帶日已緩。」

⑦消得：值得。

## 〔分析〕

這首詞旨在寫相思（含身世）之苦，主要是用「景、情、事」的順序寫成的。

寫「景」的部分，爲開篇四句，用了先泛寫、後具寫的技巧，寫倚樓所見。這裡所謂的「春愁黯黯生天際」，指的就是「草色煙光殘照裡」的具體景象。寫「情」的部分，爲「無言」句，說出了自己孤單、癡情地倚樓，卻不被了解的悲哀，很自然地就把「春愁」由外在而轉爲內在了；王國維說：「一切景語皆情語」（《人間詞話》），就是這個意思。

而「事」的部分，則承「無言」句，寫自己有了這種內在的「春愁」後的反應與結果，那就是想圖醉而歌，以求解脫，卻適得其反，結果只有使自己日漸消瘦而已。其中「不悔」一語，表達了對愛情（含事業）的執著，大有殉情（含道）的意味，感人至深。王國維以結二句比喻成就大事業、大學問者必經三種境界中的堅定不移、孜孜以求的第二種境界，眞是別有會心。

## 結構分析表

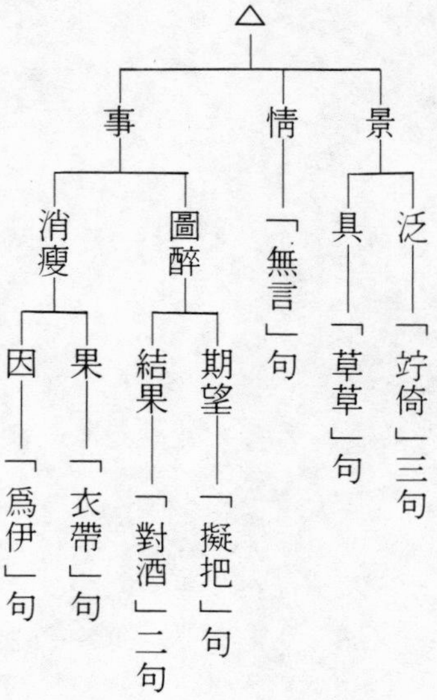

# 蘇軾

（一〇三七～一一〇一）

字子瞻，號東坡，眉州眉山（今四川眉山）人。仁宗嘉祐二年進士。因與王安石政見不合，曾出判杭州，徙知密州、徐州、湖州，謫黃州團練副使。哲宗立，召爲禮部郎中，翰林承旨，後又貶瓊州別駕。徽宗時，卒於常州。謚文忠。東坡天才既高，讀書復多，故其詩氣象宏闊，意趣超妙，渾涵光芒，雄視百代。嘗自謂：「作文如行雲流水，初無定質，但常行於所當行，止於所不可不止」，雖嬉笑怒罵之辭，皆可書而誦之。有《東坡集》傳世。

# 蝶戀花

京口得鄉書

雨後春容清更麗。只有離人，幽恨終難洗。北固山①前三面水。碧瓊梳擁青螺髻②。
一紙鄉書來萬里。問我何年，真箇成歸計。回首送春拚③一醉。東風吹破千行淚。

注　釋

①北固山：在江蘇省鎮江北，有南、中、北三峯。三峯三面臨江，形勢險要，故稱「北固」。
②「碧瓊梳」句：指碧浪擁青山。碧瓊梳，喻水；青螺髻，喻山。
③拚：不惜，甘願。

〔分析〕

這是首抒寫離恨的作品。

開端三句，泛寫清麗之景（凡—從）與離人之恨（凡—主），爲「凡」的部分。「北固山前三面水」二句，具寫京口北固山山水清麗之景，爲「目一」（從）的部分。「一紙鄉書來萬里」五句，具寫離人，也就是作者「得鄉書」（題目）卻不得歸去之恨，爲「目二」（主）的部分。

這樣來組合材料，採的正是雙軌式的演繹法。

結構分析表

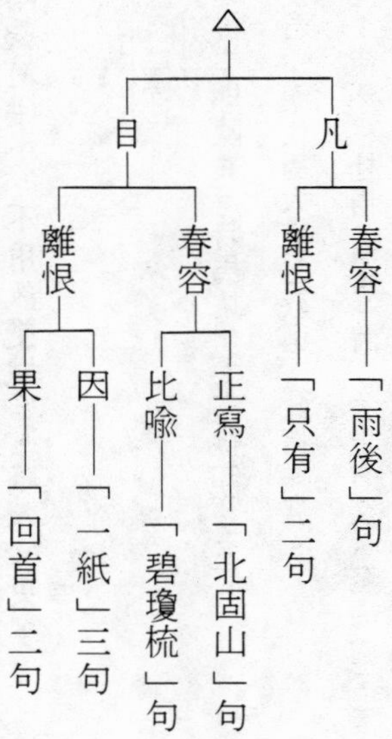

# 菩薩蠻

西湖送述古①

秋風湖上蕭蕭雨。使君②欲去還留住。今日漫③留君，明朝愁殺人。　佳人千點淚。灑向長河④水。不用斂雙蛾⑤，路人啼更多。

**注釋**

①述古：即陳襄，時爲杭州太守移知應天府。

②使君：漢代對太守之敬稱。此指陳襄。

③漫：徒然。杜甫〈有客〉詩：「豈有文章驚海內，漫勞車馬駐江干。」

④長河：指錢塘江。

⑤斂雙蛾：悲苦皺眉。斂，收縮。蛾：眉。

## 〔分析〕

這是首抒寫別情的作品。

它的綱領在篇腹，即「今日漫留君」二句，其中「今日漫留君」與「明朝愁殺人」各自成軌，這是「凡」的部分。作者爲了要具寫這兩軌意思，首先於篇首「秋風湖上蕭蕭雨」二句，針對「今日漫留君」來寫雨留人，這是「目一」的部分；然後於下片「佳人千點淚」四句，透過設想，針對「明朝愁殺人」來寫佳人與路人之淚，這是「目二」的部分。很清楚地可以看出，這是用「目、凡、目」的雙軌形式所寫成的作品。

**結構分析表**

△
- 目（漫留君）
  - 因——「秋風」句
  - 果——「使君」句
- 凡
  - 因（漫留君）——「今日」句
  - 果（愁殺人）——「明朝」句
- 目（愁殺人）
  - 美人（主）——「佳人」二句
  - 路人（賓）——「不用」句

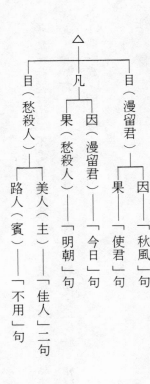

# 江城子

乙卯正月二十日夜記夢

十年生死兩茫茫①，不思量，自難忘。千里孤墳②，無處話淒涼。縱使相逢應不識，塵滿面，鬢如霜。　夜來幽夢忽還鄉。小軒窗，正梳妝。相顧無言，惟有淚千行。料得年年腸斷處，明月夜，短松岡③。

## 注釋

①十年句：東坡夫人王氏，於治平二年（一〇六五）乙巳五月，卒於京師，至熙寧八年（一〇七五）乙卯，恰爲十年。

②千里孤墳：作者亡妻之墳墓在四川彭山縣安鎮鄉，與作者當時所在地密州，東西相距數千里，故云。

③短松岡：遍植松樹之小山岡，指墓地。

## 〔分析〕

乙卯是宋神宗熙寧八年，當時作者正在密州。由詞題及詞意看來，曉得這是他在喪妻十年後，因夜夢亡妻而作的一闋悼亡詞。他首先在上片，寫了十年來對亡妻的深切思念與所經受的淒涼苦楚，然後在下片，承著上段「相逢」、「話淒涼」的願望，記述夢中和亡妻相會及醒後望月斷腸的情景；寫得眞是悽愴哀婉，充分的體現了作者對妻子永不能忘的情感。

從結構上看，此詞先以開篇三句，拈出主旨來統攝全詞，爲「凡」（總括）的部分；再以「千里」五句，採「先實後虛」的順序，寫十年來「不思量，自難忘」的思念，同時也帶出無限的身世之痛，這是「目一」的部分；然後以下半闋八句，針對著這一次的「夢」，一樣採「先實後虛」的順序，透過夢境與料想，將「不思量，自難忘」的思念之情推深一層，這是「目二」的部分。

如此以「先凡後目」的結構來寫，條理十分清晰。

結構分析表

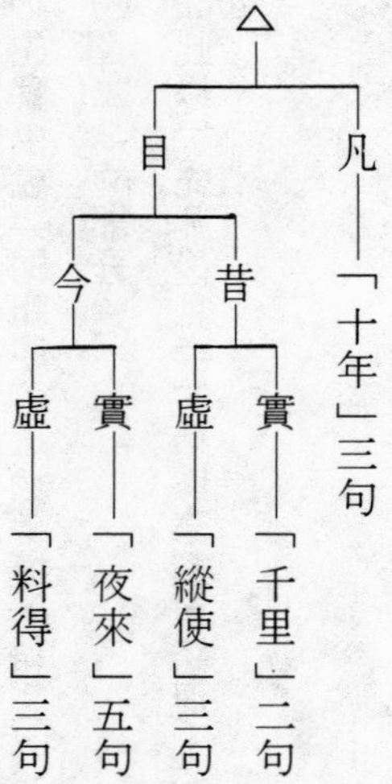

# 同調

## 密州出獵

老夫聊發少年狂，左牽黃，右擎蒼①。錦帽貂裘②，千騎③卷平岡。為報傾城隨太守④，親射虎，看孫郎⑤。

酒酣胸膽尚開張，鬢微霜，又何妨！持節雲中，何日遣馮唐⑥？會挽雕弓如滿月，西北望，射天狼⑦。

### 注釋

①左牽黃二句：謂左手牽黃狗，右臂舉蒼鷹。《梁書・張克傳》：「值克出獵，左手臂鷹，右手牽狗。」

②錦帽貂裘：錦帽，鋼蒙帽；貂裘，貂鼠裘；均爲古代顯貴者之服裝。

③千騎：古者諸侯千乘，今太守，猶古之諸侯，故出擁千騎。

④太守：作者自稱。

⑤親射虎二句：孫郎，指孫權。《三國志・吳主傳》：「（建安）二十三年十月，權將如吳，親乘馬，射虎於庱亭，馬爲虎所傷，權投以雙戟，虎卻廢。」

⑥持節二句：漢文帝時，魏尚爲雲中太守，匈奴入侵，魏尚親率車騎阻擊，斬獲甚衆。後以報功時文件上所載殺敵數字與實際不符，共少六首級，遂繩之以法。馮唐以爲賞太輕，罰太重，於是冒死陳言，文帝說，是日令唐持節赦魏尚，復以爲雲中守，而拜唐爲車騎都尉。事見《史記・馮唐傳》。

⑦天狼：星名，主侵掠。《楚辭・九歌・東君》：「舉長矢兮射天狼。」此處用以喻指西夏。

## 〔分析〕

這是首抒發豪情壯志的作品。

它先以「老夫聊發少年狂」一句，作個總括，以領起下文，這是「凡」的部分；次以「左牽黃」七句，藉「密州出獵」（題目）時威武的場面寫「狂」，這是「目一」的部分；其次以「酒酣胸膽尚開張」五句，用前三句作上下文之接榫，用後二句，藉期待朝廷用自己守邊的事寫「狂」，這是「目二」的部分；最後以結三句，一面用「挽雕弓」回應「目一」的部分，一面用「射天狼」回應「目二」的部分，緊扣著首句的「狂」字作收，表現出英雄欲用武以靖邊的強烈願望，這又是「凡」的部分。敍次由凡而目而凡，極爲分明。

徐中玉說：「這首詞通過打獵場面的描寫，表現了作者渴望效命疆場、建功立業的雄心壯志。」（《蘇東坡文集導讀》）把此詞之作意說得很清楚。

結構分析表

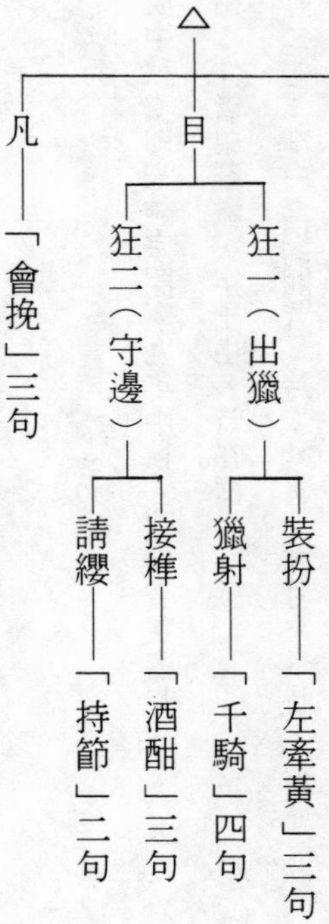

# 水調歌頭

丙辰中秋①，歡飲達旦，大醉，作此篇，兼懷子由②。

明月幾時有，把酒問青天③。不知天上宮闕，今夕是何年。我欲乘風歸去，惟恐瓊樓玉宇④，高處不勝寒⑤。起舞弄清影，何似在人間！　轉朱閣，低綺户，照無眠。不應有恨，何事長向別時圓。人有悲歡離合，月有陰晴圓缺，此事古難全。但願人長久，千里共嬋娟⑥。

## 注釋

①丙辰中秋：即宋神宗熙寧九年中秋。時作者在密州。

②子由：作者弟蘇轍，字子由，時在濟南。

③明月二句：李白〈把酒問月〉詩：「青天有月來幾時，我欲停杯一問之。」

④瓊樓玉宇：指月殿。《酉陽雜俎・天壺》：「翟天師曾於江岸，與弟子數十翫月。或曰：『此中竟何有？』翟笑曰：『可隨吾指觀。』弟子中兩人見月規半天，瓊樓金闕滿焉。數息間，不復見。」

⑤高處句:《明皇雜錄》:「八月十五日,葉靜能邀上遊月宮,將行,請上衣裘而往。及至月宮,寒凜特異,上不能禁,靜能出丹二粒進,上服之,乃止。」

⑥千里共嬋娟:謂千里共此一輪明月。謝莊〈月賦〉:「美人邁兮音塵絕,隔千里兮共明月。」嬋娟,本爲色態美好之意,詩人常用以稱美好之物。孟郊〈嬋娟篇〉:「花嬋娟,冷春泉;竹嬋娟,籠曉煙;妓嬋娟,不長妍;月嬋娟,眞可憐。」

## 〔分析〕

這首中秋詞,作於神宗熙寧九年(西元一〇七六年)作者在密州任知州時。

開篇四句,引用李白「青天有月來幾時,我欲停杯一問之」(〈把酒問月〉詩)的詩句,設問直起,針對中秋之「明月」,超脫人事,伸向無垠的時空,發出深切的宇宙情緒,這在「奮勵有當世志」,卻一直不爲時所用的作者來說,是十分自然的事。「我欲」三句,承篇首四句,將自己比作謫仙,寫極欲歸去月殿又怕它高寒的心理,以寄寓此刻出世(隱)、入世(仕)的矛盾思想。「起舞」兩句,承「高處不勝寒」之意,以「起舞弄清影」,表示入世(仕)等於出世(隱)的最後決心,所謂「心遠地自偏」(陶淵明〈飲酒〉詩),把「自求多福」的心意表露得極爲眞切。

換頭三句,依然不離「明月」,由上半夜寫到下半夜,以月照「無眠」帶出「恨」來。

「不應」兩句，以月「向別時圓」為理由，將自己的「恨」移到「明月」身上，說「明月」不應有「恨」，使「恨」又推深一層，「人有」三句，由月亮的「陰晴圓缺」推擴到人事之上，從感情轉入理智，化悲怨為曠達，表出萬事不能强求的意思，發揮了承上啓下的作用。結尾兩句，化用謝莊「美人邁兮音塵絕，隔千里兮共明月」（〈月賦〉）之句，對自己的弟弟發出深摯的慰問與祝願，以交代題目「兼懷子由」之意作收。

傅庚生說：「前闋首句用一『月』字，後闋將收尾時用一『月』字，而全篇固無一處離卻『月』字也。『天上宮闕』、『瓊樓玉宇』、『乘風歸去』意悉在於月宮也。『弄清影』，月影也。『轉朱閣，低綺戶，照無眠』，月之運行照臨也。『長向別時圓』，中秋月圓也。但願千里所共者，亦嬋娟之月也。是以『月』為綰轂，而敷辭為輻輳也。」（《中國文學欣賞舉隅》）作者便這樣以月為綰轂，關合人事，把自己對弟弟的思念之情與本身難言的身世之感，表達得極為深摯動人，胡仔說：「中秋詞自東坡〈水調歌頭〉一出，餘詞盡廢。」（《苕溪漁隱叢話》）斷非溢美之詞。

結構分析表

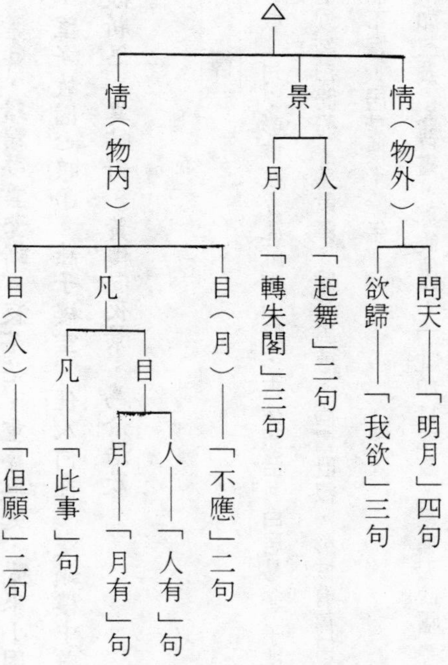
△
情（物外）
問天——「明月」四句
欲歸——「我欲」三句
景
人——「起舞」二句
月——「轉朱閣」三句
情（物內）
目（月）——「不應」二句
凡
目
人——「人有」句
月——「月有」句
凡——「此事」句
目（人）——「但願」二句

# 永遇樂

彭城夜宿燕子樓，夢盼盼①，因作此詞。

明月如霜，好風如水，清景無限。曲港跳魚，圓荷瀉露，寂寞無人見。紞如三鼓②，鏗然一葉③，黯黯夢雲驚斷。夜茫茫、重尋無處，覺來小園行遍。　天涯倦客，山中歸路，望斷故園心眼④。燕子樓空，佳人何在，空鎖樓中燕。古今如夢，何曾夢覺，但有舊歡新怨。異時對、黃樓⑤夜景，為余浩歎。

## 注釋

①彭城二句：彭城在今江蘇銅山縣，古徐州治。白居易〈燕子樓詩序〉：「徐州故尚書（張建封）有愛妓曰盼盼，善歌舞，雅多風態。尚書既沒，彭城有舊第，第中有小樓名燕子，盼盼念舊愛而不嫁，居是樓十餘年。」

②紞如三鼓：《晉書．鄧攸傳》：「紞如打五鼓，鷄鳴天欲曙。」紞，音膽，擊鼓聲。

③鏗然一葉：謂一葉落地，鏗然作聲。鏗，金石聲，在此用以指葉聲。韓愈〈秋懷〉詩：「空階一片下，琤若摧琅玕。」

④心眼：指心與眼。王僧孺〈夜愁〉詩：「誰知心眼亂，看朱忽成碧。」

⑤黃樓：在徐州城東門上，東坡守徐州時拆霸廳建之，以壓水患，因堊以黃土，故名。

## 〔分析〕

此詞作於元豐元年（西元一〇七八年），是首懷古傷今的作品。

上片寫作者夜宿燕子樓「夢盼盼」後所見到樓畔的清寂夜景：其中「明月」六句，透過視覺、觸覺與聽覺，寫燕子樓畔的無限情景；「紞如」三句，依然訴諸聽覺，交代夢醒；「夜茫茫」二句，寫醒後境況，一面以「小園行遍」上應「清景無限」，又一面以「重尋無處」爲下片的抒情鋪路。

下片主要寫失意的情懷。在這裡，作者先以「天涯」三句，寫自己歸鄉不得的痛苦；次以「燕子」三句，寫「盼盼」人去樓空的惆悵；再以「古今」三句，由自己與盼盼推擴出去，寫古今人「不曾夢覺」的哀傷；最後以「異時」兩句，將時間由過去、現在伸展到未來，發出無限失意的哀歎作結。

考作者自熙寧四年（西元一〇七一年），因論事觸怒王安石之黨徒受誣，乞求外任走避到現在，已經八易寒暑。在這八年期間，雖除暴安良，多所建樹，但依然爲人索瘢不已。他的弟弟轍所撰〈東坡先生墓誌銘〉說：「初，公既補外，見事有不便於民者，不敢言，亦不敢默視也。緣詩人之義，託事以諷，庶幾有補於國，言者從而媒孽之。上初薄其過，而浸潤不止，至是不得已，從其請。既付獄，必欲置之死。鍛鍊久之不決，上終憐之，促具獄，以黃州團練副使安置。」

作者安置於黃州是一兩年後的事，但作者此時的處境的困窘與內心的悲鬱，已可想而知。這闋詞會假借張建封燕子樓故事，以抒發他失意惆悵的情懷，從而轉興「古今如夢」的感慨，是很自然的事。

**結構分析表**

- △
  - 實
    - 景
      - 目（視覺）——「明月」二句
      - 凡——「清景無限」
      - 目（聽覺）——「曲港」五句
    - 事
      - 夢覺時——「黯黯」句
      - 夢覺後——「夜茫茫」二句
  - 虛（情）
    - 如今
      - 目
        - 自身——「天涯」三句
        - 佳人——「佳人」二句
      - 凡——「古今」三句
    - 未來——「異時」二句

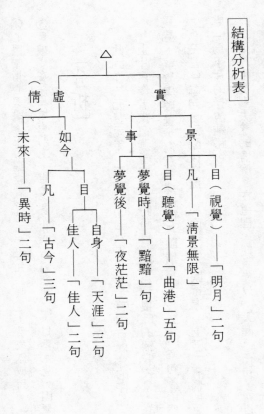

# 浣溪沙

十二月二日雨後微雪，太守徐君猷①攜酒見過，坐上作〈浣溪沙〉三首。明日酒醒，雪大作，又作二首。

覆塊②青青麥未蘇③。江南雲葉④暗隨車。臨皋⑤煙景世間無。

雨腳⑥半收檐斷線⑦。雪牀⑧初下瓦跳珠。歸來冰顆亂黏鬚。

## 注釋

①徐君猷：即徐大受，時知黃州事。

②覆塊：被泥土所蓋住。塊，泥土。

③蘇：形容小麥初發芽而未抽長之狀。指春已近。

④雲葉：猶言雲片、雲朵。南朝張正見〈初春賦得池應教〉詩：「春光落雲葉，花影發晴枝。」

⑤臨皋：在湖北省黃岡縣南，長江北岸。《黃州府誌》卷三：「臨皋亭在城南江邊，乃古之回車院也。宋蘇軾曾寓居，嘗曰：『亭臨大江，半是峨嵋雪水』。爲築南堂於此。後廢。」《東坡題跋》卷六〈書臨皋亭〉：「東坡居士酒醉飯飽，倚於几上，白雲左繞，清江右洄，重門開洞，林巒坌入。當是時若有思而無所思，以受萬物之備，慚愧慚愧。」

⑥雨腳：密集落地之雨點。

⑦檐斷線：形容屋檐之水滴如線而斷，不再滴下。

⑧雪牀：即霰。爲京師俚語。

## 〔分析〕

這是首描寫「臨皋」（作者所居，在黃岡）美景的作品。

它的主意在「臨皋煙景世間無」一句，採泛寫的方式，對臨皋之風景作了讚美，這是「凡」的部分。爲什麼作這樣子的讚美呢？它的依據有二：一是依據篇首「覆塊青青麥未蘇」二句所寫作者在車上所見遠距離的純自然清景，這是「目一」的部分；一是依據下片「雨腳半收檐斷線」三句所寫作者在車上所見近距離而融入人事的清景，這是「目二」的部分。有了這首尾兩個目的部分來爲篇腹的主意作有力襯托，作品的感染力自然增強不少。

**結構分析表**

- △
  - 目（煙景一）
    - 地面——「覆塊」句
    - 空中——「江南」句
  - 凡——「臨皋」句
  - 目（煙景二）
    - 屋簷——「雨腳」二句
    - 人身——「歸來」句

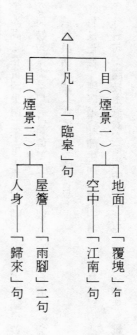

# 定風波

三月三日沙湖①道中遇雨，雨具先去，同行皆狼狽，余不覺。已而遂晴，故作此。

莫聽穿林打葉聲，何妨吟嘯且徐行②。竹杖芒鞋③輕勝馬，誰怕？一蓑煙雨任平生④。

料峭⑤春風吹酒醒，微冷，山頭斜照卻相迎。回首向來蕭瑟處，歸去，也無風雨也無晴。

## 注釋

①沙湖：在黃岡東南三十里，亦名螺師店。時作者正謫居黃州。

②何妨句：《晉書．阮籍傳》：「登山臨水，嘯吟自若。」《晉書．謝安傳》：「嘗與孫綽等泛海，風起浪湧，諸人並懼，安吟嘯自若。」

③竹杖芒鞋：陳師道〈和顏生同遊南山〉詩：「竹杖芒鞵取次行，琳瑯觸目路人驚。」

④一蓑句：謂披上蓑衣在風雨中過此一生，亦處之泰然。鄭谷詩：「來往煙波非定居，生涯蓑笠外無餘。」

⑤料峭：風寒貌。陸龜蒙〈開元寺〉詩：「料峭入樓于闐風。」

## 〔分析〕

此詞旨在寫「遇雨」的感懷，是按時間的順序加以抒寫的。

它的上片，主要用以寫遇雨，以先敍事、後抒情的方式，藉「莫聽」二句敍遇雨之事；藉「竹杖」三句寫遇雨後的感想。而下片，則主要用以寫放晴，一樣以先敍事、後抒情的方式，藉「料峭」三句寫放晴之事；藉「回首」三句寫當時之心境。這樣依序寫來，很有條理。

東坡自從元豐三年，因文字招尤，死裡逃生，貶到黃州以後，很明顯的，少年豪縱之氣已日漸斂抑，不特與僧道來往，且勤於神交莊周、陶潛，過其躬耕的田居生活。在這種生活下，由於經常可以接觸自然，與田父野老相從於溪谷之間，於是很自然的就產生了許多描述田園生活細節的新作品，右引的〈定風波〉詞，便屬此類之作。此詞是在元豐五年寫的，寫的雖是他在沙湖途中遇雨的一件小事，卻反映了作者在惡劣環境中善於解脫痛苦的曠達胸懷，詞裡所謂的「誰怕？一蓑煙雨任平生」及「歸去，也無風雨也無晴」，正道出了他不避苦難、經得起挫折的生活態度與只求平安、不計較得失的前途展望，令人讀了，但覺眞氣流行，空靈自在，而一種悲鬱懷抱，則隱隱的流露於字裡行間，這可說是東坡此類作品的共通特色。龍沐勛說他「憂讒畏罪，別具苦衷，故其詞驟視之，雖極蕭灑自然，而無窮傷感，光芒內斂。」（〈東坡樂府綜論〉）從首詞裡，我們是可以深切體會出來的。

結構分析表

- △
  - 遇雨（先）
    - 敘事—「莫聽」二句
    - 抒情—「竹杖」三句
  - 放晴（後）
    - 敘事—「料峭」三句
    - 抒情—「回首」三句

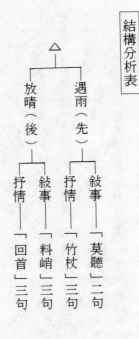

# 浣溪沙

遊蘄水清泉寺，寺臨蘭溪，溪水西流①。

山下蘭芽短浸溪，松間沙路淨無泥②。蕭蕭暮雨子規啼③。誰道人生無再少，門前④流水尚能西。休將白髮唱黃雞⑤。

## 注釋

①遊蘄水三句：《東坡志林》：「黃州東南三十里，爲沙湖，亦曰螺師店。予買田其間，因往相田得疾，聞痲橋人龐安常，善醫而聾，遂往求療。疾愈，與之同遊清泉寺，寺在蘄水郭門外二里許，有王逸少洗筆泉，水極甘，下臨蘭溪，溪水西流。」蘄水，即今湖北浠水縣。

②松間句：杜甫〈到村〉詩：「碧澗雖多雨，秋沙先少泥。」白居易〈三月三日祓禊洛濱〉詩：「柳橋晴有絮，沙路潤無泥。」

③蕭蕭句：白居易〈寄殷協律〉詩自注：「江南吳二娘曲詞云：『暮雨蕭蕭郎不歸。』」子規，杜鵑別名。

④門前：一作「君看」。

⑤休將句：白居易〈醉歌示妓人商玲瓏〉詩：「誰道使君不解歌，聽唱黃雞與白日。黃雞催曉丑時鳴，白日催年酉時沒。」作者在此反用其意，謂休要徒傷髮白，悲嘆衰老。

## 〔分析〕

此爲即景抒情之作。上片採客觀的寫景法，寫徜徉於蘭溪旁所見到的自然景物；起先是「蘭芽浸溪」，由「短」暗點春日；其次是「沙路無泥」，由「淨」强調明潔，由此構成一片清幽光潔的春日美景，從篇外襯托出作者初臨此地澄明愉悅的心境；最後則是「子規啼雨」的淒厲景象，明顯地折了個彎，轉清幽爲晦暗，由篇外襯托出作者日暮所生流浪的愁懷。有了上片這「寓情於景」的三句話充作橋樑。

到了下片，便很自然地由景生情。在這兒，作者本可就日暮所生愁懷加以渲染，卻意想不到地從對面，本著老莊之曠達，就地取材，以蘭溪溪水西流爲例，證人生能再少，並反用白居易〈醉歌示妓人商玲瓏〉詩「誰道使君不解歌，聽唱黃雞與白日，黃雞催曉丑時鳴，白日催年酉時沒」的意思，勸自己休要徒傷髮白，悲歎衰老，來儘量寬慰自己。

但事實可能如此嗎？是萬萬不可能的，於是作者那種到處流浪，以致年光虛擲、一事無成的悲哀，反從作品的深處隱隱地透了出來，所謂的「蕭蕭暮雨子規啼」，難道是偶然涉筆的嗎？這可說是此（黃州）期作品的普遍特色。

結構分析表

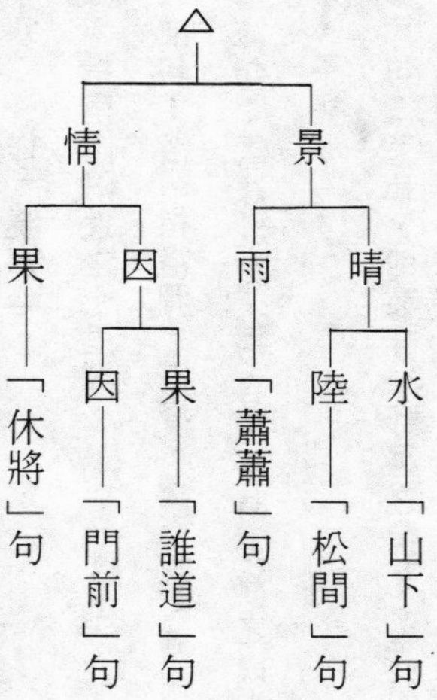

# 同調

元豐七年十二月二十日，從泗州劉倩叔遊南山。

細雨斜風作小寒①，淡煙疏柳媚晴灘②。入淮清洛漸漫漫③。

雪沫乳花浮午琖④，蓼茸蒿筍試春盤⑤。人間有味是清歡。

## 注釋

①小寒：一作「曉寒」。

②灘：指南山附近之十里灘。

③入淮句：洛，指洛澗。漫漫，瀰滿貌。漫，讀陽平聲。

④雪沫句：雪沫乳花，形容煎茶時上浮之白泡。宋時茶葉尚白，故以雪乳形容。琖，同「盞」字，茶杯。

⑤蓼茸句：蓼茸，即蓼芽，野菜之嫩芽。蒿筍，即萵苣筍。試春盤，嚐試春菜之意。《古今事物考》：「立春日，春餅生菜相饋食，號春盤。」

## 〔分析〕

這是敍寫清歡的作品。

作者在這兒，先以上片三句，寫「從泗州劉倩叔遊南山」（題目）時所見令人「清歡」之景，這是「目一」的部分；再以「雪沫乳花浮午琖」兩句，寫遊南山時所遇令人「清歡」之事，這是「目二」的部分；最後以結句，總括上面兩個「目」的部分，拈出「清歡」二字以收拾全詞，所謂「一筆兜裹」，收得十分高明。

徐中玉以爲此詞「善於發現、體會生活中的樂趣，反映了作者性格上開朗的一面」（《蘇東坡文集導讀》）看法正確。

**結構分析表**

△
- 目
  - 清歡一（春光）
    - 春候——「細雨」句
    - 春景——「淡煙」二句
  - 清歡二
    - 飲料——「雪沫」句
    - 山餚——「蓼茸」句
- 凡——「人間」句

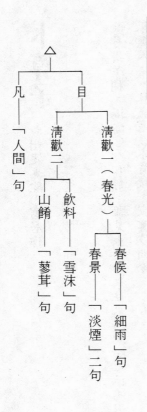

# 卜算子

黃州定惠院①寓居作

缺月掛疏桐，漏斷②人初靜。誰見幽人③獨往來，縹緲④孤鴻影。　驚起卻回頭，有恨無人省。揀盡寒枝不肯棲，寂寞沙洲冷。

**注釋**

①定惠院：在黃岡縣東南。

②漏斷：謂漏聲止；指夜深。

③誰見幽人：誰見，一作「時見」，一作「惟見」。幽人，隱士。《易．履卦》：「履道坦坦，幽人貞吉。」

④縹緲：高遠隱約貌。白居易〈長恨歌〉：「忽聞海上有仙山，山在虛無縹緲間。」

〔分析〕

此詞借「鴻」寫自己不肯與世俗妥協的「寂寞」，是採「先賓後主」的順序寫成的。

「賓」的部分，爲開篇二句，特以「缺月」、「疏桐」、「漏斷」、「人靜」作襯底，以引出「孤鴻」來。「主」的部分，自「誰見」句至篇末，專寫「孤鴻」；先以「誰見」二句，寫孤鴻之「影」；再以「驚起」二句，寫孤鴻之「驚」與「恨」；然後以「揀盡」二句，寫孤鴻不肯棲枝之「寂寞」作收。

由這種內容與安排看來，寫鴻就等於寫人，也就是作者自己。澄波在《詞林觀止．上》說：「從全詞看，此詞當是作者表示其清風亮節、矢志不移的作品。開端兩句以景喻情，把環境寫得那麼淸幽，引出第三、四句主人公來。第三句的『幽人』，當是作者自稱。蘇軾在元豐三年（一〇八〇年）謫居黃州期間，同時有〈定惠院寓居月夜偶出〉詩，其首句『幽人無事不出門』，亦以幽人自指。第四句『縹緲孤鴻影』寫鴻即是寫人，鴻、人一體。換頭以下全部描寫鴻，鴻品性孤高幽潔，正和蘇軾的思想感情一致。它不願棲息於高寒之枝，而甘願自守在冷漠的沙洲，遺憾的是當它受驚回首之時，又有誰能理解它心中隱含的淒恨和苦痛？這是蘇軾當時在官宦生涯中的實際遭遇。寒枝隱喻朝廷高位，沙洲猶如卑荒的黃州，作者以比興的手法出之，形象生動。在這時期，蘇軾另有詠定惠院東海棠詩『江城地瘴蕃草木，只有名花苦幽獨。嫣然一笑竹籬間，桃李漫山總粗俗』，又以幽獨的海棠自比。視此詞中的孤鴻爲蘇軾的自畫像，一點也不爲過。」說得很有道理。

結構分析表

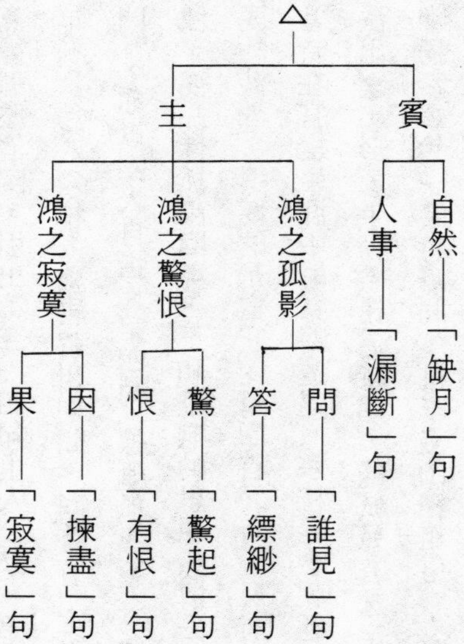

# 念奴嬌

赤壁①懷古

大江東去，浪淘盡，千古風流人物。故壘西邊，人道是：三國周郎②赤壁。亂石崩雲③，驚濤裂岸④，捲起千堆雪。江山如畫，一時多少豪傑。　遙想公瑾⑤當年，小喬⑥初嫁了，雄姿英發⑦。羽扇綸巾，談笑間，檣櫓⑧灰飛煙滅。故國神遊，多情應笑我，早生華髮。人間如夢，一尊還酹⑨江月。

## 注釋

①赤壁：山名，有四處，皆在湖北省境：一在嘉魚縣，即周瑜破曹處；二在黃岡縣（宋黃州治），即東坡所曾遊者；三在武昌縣；四在漢陽縣。《東坡雜記》：「黃州少西，山麓斗入江中，石色如丹，相傳所謂赤壁者，或曰非也。」可見作者亦未確認黃州赤壁即破曹處，故用「人道是」三字。

②周郎：即三國周瑜。《三國志・周瑜傳》：「周瑜字公瑾，廬江舒人也。長壯有姿貌。堅子策與瑜同年，獨相友善。策之衆已數萬矣，親自迎瑜，授建威中郎將，即與兵二千人，騎五十匹。

瑜時年二十四，吳中皆呼爲周郎。」

③崩雲：一作「穿空」。

④裂岸：一作「拍岸」。

⑤公瑾：周瑜字。

⑥小喬：周瑜妻。《三國志．周瑜傳》：「策欲取荊州，以瑜爲中護軍，領江夏太守，從攻皖，拔之。時得橋公兩女，皆國色也，策自納大橋，瑜納小橋。」喬，史作「橋」，姓。

⑦雄姿英發：謂風姿雄偉，英氣勃發。《三國志．呂蒙傳》：「孫權與陸遜論周瑜、魯肅及蒙曰：『公瑾雄烈，膽略兼人。又子明（蒙字）少時，孤謂不辭劇易，果敢有膽而已；及身長大，學問開益，籌略奇至，可以次於公瑾，但言議英發，不及之耳。』」

⑧檣櫓：一作「强虜」。

⑨酹：古時飲酒必祭，以酒澆地曰酹。

## 〔分析〕

此詞作於作者謫居黃州時。

全詞共安排成三個部分來寫：頭一部分自篇首至「一時多少豪傑」止，寫赤壁如畫的江山勝景，且由景而及於三國當年破曹的英雄豪傑，作歷史之追溯，暗含著古今興亡的感慨，預爲篇末的主旨「多情」蓄勢。第二部分自「遙想公瑾當年」至「强虜灰飛煙滅」止，承上個部分的「豪傑」，即「周郎」，用「遙想」由今領入往昔，寫「三國周郎」當年的少年英氣、功業事蹟和不可一世的雄風，表出自己對他的無比欣羡之情，以反逼出下個部分的「多情」來。第三部分自「故國神遊」至篇末，作者以「故國神遊」一句，將上個部分的敍寫作一收束，把時間由三國時候拉回現在，以帶出「多情應笑我」四句，從古代的周郎拉到自己身上，藉自身年老、一事無成的衰頹形象，特意與周郎的「雄姿」作成尖鋭的對比，以表出自己年華虛度、人生如夢的深切感慨——「多情」，以回應全篇，寫得眞是「感慨雄壯」到了極點，王元美說：「果令銅將軍於大江奏之，必能使江波鼎沸，」（《弇州山人詞評》）說得一點都不過分。

結構分析表

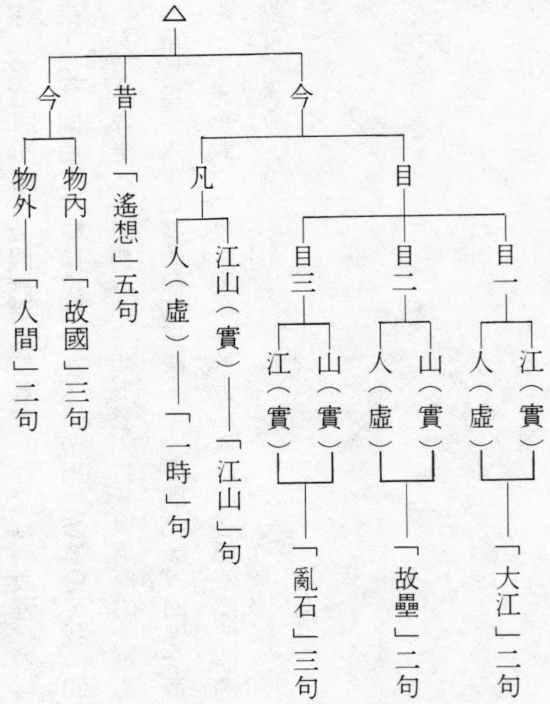
△
今
昔
今
凡
目
物外
物內
「遙想」五句
人（虛）
江山（實）
目三
目二
目一
「人間」二句
「故國」三句
「一時」句
「江山」句
江（實）
山（實）
人（虛）
山（實）
人（虛）
江（實）
「亂石」三句
「故壘」二句
「大江」二句

# 水龍吟

次韻章質夫〈楊花詞〉①

似花還似非花，也無人惜從教②墜。拋家③傍路，思量卻是，無情有思④。縈損柔腸，困酣嬌眼，欲開還閉。夢隨風萬里，尋郎去處，又還被、鶯呼起⑤。　不恨此花飛盡，恨西園、落紅難綴。曉來雨過，遺蹤何在，一池萍碎⑥。春色三分，二分塵土，一分流水。細看來不是楊花，點點是離人淚。

注釋

①章質夫〈楊花詞〉：章質夫名楶，蒲城人，仕至樞密院事。其〈楊花詞〉云：「燕忙鶯嬾花殘，正隄上柳花飄墜。輕飛點畫青林，誰道全無才思。閒趁游絲，靜臨深院，日長門閉。傍珠簾散漫，垂垂欲下，依前被風扶起。蘭帳玉人睡覺，怪春衣、雪霑瓊綴。繡牀漸滿，香毬無數，才圓卻碎。時見蜂兒，仰黏輕粉，魚吞池水。望章臺路杳，金鞍遊蕩，有盈盈淚。」

②從教：任使。

③拋家：一作「拋街」。

④無情有思：韓愈〈晚春〉詩：「楊花榆莢無情思，惟解漫天作雪飛。」
⑤夢隨風三句：金昌緒〈春怨〉詩：「打起黃鶯兒，莫叫枝上啼，啼時驚妾夢，不得到遼西。」
⑥一池萍碎：東坡自注：「楊花落水為浮萍，驗之信然。」

## 〔分析〕

這首詞主要是藉詠楊花來抒發離情，是用「先凡後目」的結構寫成的。

「凡」的部分，為起二句，針對所詠之楊花作一界定。唐圭璋以為此二句「詠楊花確切，不得移詠他花。人皆惜花，誰復惜楊花者？全篇皆從『惜』字生發」（《唐宋詞簡釋》），既由「惜」字生發，那麼「惜」就是一篇的綱領了。「目」的部分，自「拋家」句起至篇末，採「主、賓、主」的形式來組合：頭一個「主」，為「拋家」九句，以楊花之飄落、飛舞來寫「惜」意，在此，先以「無情有思」作一總括，再分兩目，即枝葉與花加以具寫，這是「目一」的部分；而「賓」，為「不恨」二句，特以百花之飄落作陪襯，使「惜」之意更深，這是「目二」的部分；至於後一個「主」，則為「曉來」八句，其中「曉來」六句寫楊花之蛻變，「細看來」二句寫楊花之歸宿，用畫龍點睛的手法點出楊花是離人之淚，將全篇提醒，這是「目三」的部分。

如此詠來，就像沈謙所說的「直是言情，非復賦物」（《塡詞雜說》），而所言之情，除了楊花之魂——離情外，當也寄寓了自己不得志之哀。王水照說：「至於所言之情，也非單一而是多層次的：既有借楊花自開自落的寂寞傳遞出感時傷春的幽怨之情，又有思婦念遠的別緒離愁，更寄寓了作者正遭貶謫的抑鬱之思，其精神內蘊是頗爲豐富的，極大地提高了咏物詞的品位，是蘇詞中婉約風格的代表作。」（見《詞林觀止・上》）很有見地。

**結構分析表**

△
- 凡——「似花」二句
- 目
  - 主（飄飛）
    - 凡——「拋家」三句
    - 目
      - 枝葉——「縈損」三句
      - 花——「夢隨風」三句
  - 賓——「不恨」二句
  - 主
    - 蛻變——「曉來」六句
    - 歸宿——「細看來」二句

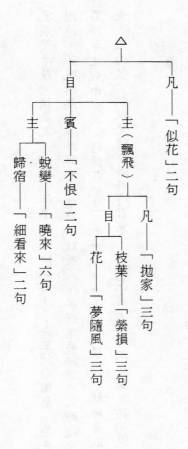

# 賀新郎

乳燕飛華屋。悄無人、桐陰①轉午，晚涼新浴。手弄生綃白團扇，扇手一時似玉②。漸困倚、孤眠清熟。簾外誰來推繡戶，枉教人、夢斷瑤臺曲③。又卻是，風敲竹④。石榴半吐紅巾蹙⑤。待浮花浪蕊⑥都盡，伴君幽獨。穠豔一枝細看取，芳心千重⑦似束。又恐被、秋風驚綠。若待得君來，向此花前，對酒不忍觸。共粉淚，兩簌簌⑧。

注釋

①桐陰：一作「槐陰」。

②手弄二句：《世說新語·容止》：「王夷甫容貌整麗，妙於談玄，恒捉白玉柄麈尾，與手都無分別。」

③瑤臺曲：瑤臺深處。瑤臺，傳說在崑崙山，仙人所居。屈原〈離騷〉：「望瑤臺之偃蹇兮，見有娀之佚女。」

④風敲竹：李益〈竹窗聞風寄苗發司空曙〉詩：「開門復動竹，疑是故人來。」

⑤紅巾蹙：白居易〈題孤山寺山石榴花〉詩：「山榴花似結紅巾。」

⑥浮花浪蕊：指百花。韓愈〈杏花〉詩：「浮花浪蕊鎭長有。」傅幹注：「石榴繁盛時，百花零落盡矣。」

⑦芳心千重：形容重瓣之榴花。

⑧簌簌：紛落貌。元稹〈連昌宮辭〉：「風動落花紅簌簌。」

## 〔分析〕

這一首是自傷幽獨之作。

作者在此詞的前段，寫了一位絕塵的美人，藉她本身及周遭的「幽獨」物事，再加上「新」、「白」、「玉」、「清」和「悄」、「孤」等字眼，以烘托出她的高潔與孤單。而在後段，則先分初放與盛開兩階段，來描寫不與「浮花浪蕊」爲伍而願「伴君幽獨」的榴花，並予以擬人化，以表出無限的幽獨「芳意」；然後由實入虛，透過想像，寫榴花驚風衰謝和美人哀憐落淚的失意情狀，使得情寓景中，達於人花交融的境界；到了這時候，究竟何者是花？何者是人？已完全無從分辨了。

從這種詞意與安排看來，我們不難明白；作者有意藉此以寓其懷才不遇的抑鬱情懷和不肯與流俗妥協的孤高人格的，這就無怪會有一股淸峻之氣流貫於篇什之間了。丁紹儀以爲此詞「寄托深遠，與詠雁〈卜算子〉同一比興」（《聽秋聲館詞話》），看法是非常正確的。

結構分析表

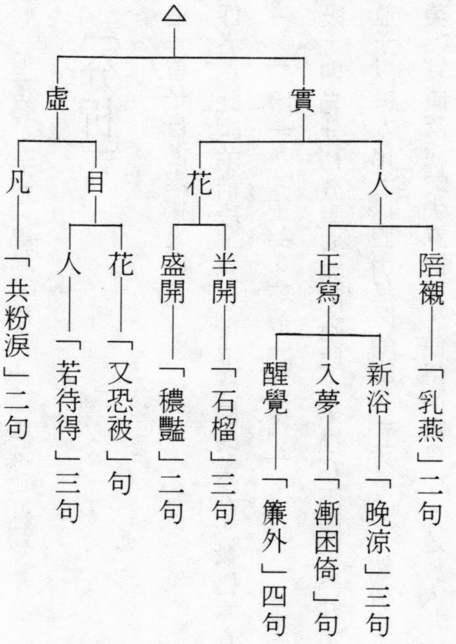

# 黃庭堅

（一〇四五～一一〇五）

字魯直，號山谷道人，洪洲分寧（今江西境内）人。英宗治平四年進士。歷任校書郎、實錄檢討官、國史編修官，出知宣州、鄂州。後貶涪州別駕。徽宗即位，起復，知太平州。繼因蔡京當國，以幸災謗國之罪，除名，編管宜州，卒。山谷與秦觀、張耒、晁補之，俱遊蘇軾之門，並稱「蘇門四學士」。山谷尤長於詩，與蘇軾合稱「蘇黃」，蘇軾嘗稱其詩文，超軼絕塵，世久無此作。其詩後人宗人，號爲「江西詩派」。有《山谷集》傳世。

# 清平樂

春歸何處？寂寞無行路。若有人知春去處，喚取歸來同住。

春無蹤跡誰知？除非問取黃鸝①。百囀②無人能解，因風飛過③薔薇④。

## 注釋

①黃鸝：黃鶯之別名。王維〈積雨輞川莊作〉詩：「漠漠水田飛白鷺，陰陰夏木囀黃鸝。」

②囀：鳥鳴。庾信〈春賦〉：「新年鳥聲千種囀。」

③飛過：一作「吹過」。

④薔薇：落葉灌木，高四、五尺。初夏開花，五瓣，有紅、白、黃、淡紅、淡黃等色。

## 〔分析〕

此詞旨在傷春，是用「先因後果」的順序寫成的。

「因」的部分，爲上片四句，寫惜春；其中「春歸」二句寫春歸之實，爲「因」；「若有」二句寫追惜之情，爲「果」。「果」的部分，爲下片四句，寫尋春不得的結果；其中「春無」二句寫尋問黃鸝；「百囀」二句寫它的結果，所謂「不答之答」，藉初夏開花的薔薇暗示春歸已無跡，很富於情韻。

這首詞設想奇妙，情懷悠長。張晶說：「詞人通過奇妙的、一連串的想像，把惜春之情、尋美之意，表現得微妙曲折而又淋漓盡致。」（《唐宋詞鑑賞集成》）這種讚美是一點也不過分的。

結構分析表

△
- 因（惜春）
  - 春歸（因）
    - 問——「春歸」句
    - 答——「寂寞」句
  - 追惜（果）——「若有」二句
- 果（尋春）
  - 尋問
    - 問——「春無」句
    - 答——「除非」句
  - 結果——「百囀」二句

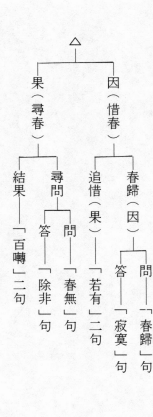

# 秦觀（一〇四九～一一〇〇）

字少游，一字太虛，號淮海居士，揚州高郵人。元豐八年（一〇八五）進士，任定海主簿、蔡州教授。元祐初，以蘇軾之薦，除太學博士，兼國史編修官。紹聖初，坐黨籍，出通判杭州，貶監處州酒稅。削秩，徙郴州，繼編管橫州，又徙雷州。徽宗立，放還，道卒於藤州，年五十三。觀工於詩文，有《淮海集》行世。詞集名《淮海詞》，亦稱《淮海居士長短句》；傳本甚多，近人葉公綽取宋刊本兩種，影印行世，最稱善本。

# 滿庭芳

山抹微雲，天黏衰草①，畫角聲斷譙門②。暫停征棹，聊共引離尊。多少蓬萊舊事③，空回首、煙靄紛紛。斜陽外，寒鴉數點，流水繞孤邨④。銷魂。當此際，香囊暗解⑤，羅帶輕分⑥。謾贏得青樓，薄倖名存⑦。此去何時見也，襟袖上、空惹啼痕。傷情處，高城望斷，燈火已黃昏。

## 注釋

①天黏衰草：張祜〈草〉詩：「草色黏天鷓鴣恨。」黏，一作「連」。

②譙門：城門上爲高樓可以望遠者，即譙樓。《漢書．陳勝傳》：「戰譙門中。」師古注：「門上爲高樓以望，曰譙。」

③多少句：《藝苑雌黃》：「程公闢守會稽，少游客焉，館之蓬萊閣。一日席上有所悅，自爾眷眷不能忘情，因賦長短句。」

④斜陽外三句：隋煬帝詩：「寒鴉千萬點，流水遶孤村。」邨，同「村」。

⑤香囊暗解：暗中解下香囊，以作臨別之紀念。古男子有佩香囊之風氣，見《世說新語・假譎篇》。
⑥羅帶輕分：表示輕別。古者以結帶象徵相愛，帶分即表示離別。
⑦謾贏得句：杜牧〈遺懷〉詩：「十年一覺揚州夢，贏得青樓薄倖名。」

〔分析〕

此詞主要用以寫別情，是採「今、昔、今」的結構寫成的。頭一個「今」的部分，爲上片十句。在此，先以「山抹」三句，分視覺與聽覺，寫遠景；再以「暫停」四句，事中帶情，敍明離別，很技巧地以「蓬萊舊事」，爲寫「昔」事預作鋪墊；然後以「斜陽」三句，寫眼前近景，襯托無限離情。「昔」的部分，爲換頭六句，其中「銷魂」四句，用回憶之筆，寫當時在「蓬萊」之輕別情景；「謾贏得」二句，在表面上用以歎負人之深，而實際卻敍身世之痛。後一個「今」的部分，爲「此去」五句，在此，先就自身寫啼痕，將離情推深；再就遠處，寫高城燈火，回應「譙門」，以景結情，使悠悠離恨蕩漾生波，令人讀後爲之低迴不已。

這樣以「今、昔、今」組合全詞，將事、情、景打成一片，使作品產生了極大的感染力。朱德才以爲此詞「善於將事、情、景三者融匯一氣，是該詞藝術表現上的一大特色。全詞敍事僅兩處：『暫停征棹，聊共引離尊』和『香囊暗解，羅帶輕分』，卻是作品抒情的基礎，即所謂即事抒情。詞的上片以寫景爲主，景中寓情；下片以抒情爲主，情中有景。景色從微雲度山寫入，繼之以斜陽歸鴉，收之以燈火黃昏，時間逐步推移，景色漸次昏暝，人事則由停棹餞飲，到贈囊話別，到舟發人遠，脈絡清晰，層次井然。而融貫全詞的則是『黯然銷魂』的無限傷離之情。」（《唐宋詞鑑賞集成》）體會得很眞切。

**結構分析表**

△
- 今
  - 景（遠）——「山抹」三句
  - 事（情）——「暫停」四句
  - 景（近）——「斜陽外」三句
- 昔
  - 情（分離）——「銷魂」
  - 事（輕別）——「當此際」三句
  - 情（身世）——「謾贏得」二句
- 今
  - 近——「此去」二句
  - 遠——「傷情處」三句

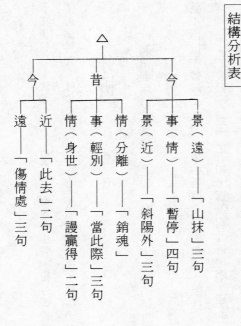

# 鵲橋仙

纖雲弄巧，飛星傳恨，銀漢迢迢暗度①。金風玉露②一相逢，便勝卻人間無數。

柔情似水，佳期如夢，忍顧鵲橋歸路③。兩情若是久長時，又豈在朝朝暮暮。

## 注釋

①銀漢句：徐堅《初學記》卷四注：「吳均《續齊諧記》曰：『桂楊城武丁有仙道，忽謂其弟曰：「七月七日織女當渡河，吾向已被召。」弟問：「織女何事渡河？」答曰：「暫詣牽牛。」』世人至今云：織女嫁牽牛是也。」銀漢，天河。

②金風玉露：指秋日景況。李商隱〈辛未七夕〉詩：「由來碧落銀河畔，可要金風玉露時。」

③忍顧句：謂織女傷離別，就歸路時，不忍回顧鵲橋。《風俗記》：「七夕織女當渡河，使鵲爲橋。」

## 〔分析〕

這首詞藉牛郎織女相會的故事，來歌頌歷久不渝的愛情，是用「先實後虛」的結構寫成的。

「實」的部分，自篇首至「金風」句止。其中「纖雲」句，暗用織女巧手善織雲錦的典實，描繪出空中彩雲變幻的景象，爲下面的敍事安排一個良好環境。「飛星」三句，直寫牛郎織女在七夕，懷著別恨，暗中渡河相會的本事。而「虛」的部分，則自「便勝卻」句起至篇末。其中「便勝卻」句，即事（景）說理，歌頌牛郎織女的眞情摯意。「柔情」三句，由「因」而「果」，寫牛郎織女由於兩情綢繆、相聚甜美，所以依依不捨，不忍踏上歸路，從正面抒情，有著無盡的酸辛。「兩情」二句，忽又轉情爲論，從酸辛中超拔而出，給眞情者以莫大的安慰。沈際飛說：「七夕以雙星會少別多爲恨，獨謂情長不在朝暮，化臭腐爲神奇。」（《草堂詩餘正集》）說得一點也不錯。

從表面上看來，此詞似寫牛郎織女，而實際上卻未離自己。陳弘治以爲「秦觀這首詞，能不拾人牙慧，自出機杼。看他通篇句句寫天上，寫牛郎織女，其實句句是寫人間，寫自己的情懷。」（《唐宋詞名作析評》）很有見地。

## 結構分析表

△

- 實
  - 景——「纖雲」句
  - 事
    - 暗度——「飛星」二句
    - 相逢——「金風」句
- 虛
  - 論——「便勝卻」句
  - 情
    - 因——「柔情」二句
    - 果——「忍顧」句
  - 論——「兩情」二句

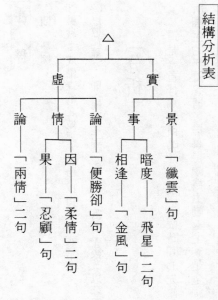

# 桃源憶故人

玉樓深鎖薄情種，清夜悠悠誰共？羞見枕衾鴛鳳，悶①則和衣擁。

無端畫角嚴城②動，驚破一番新夢。窗外月華霜重，聽徹〈梅花弄〉③。

注釋

①悶：憂煩。

②嚴城：戒備森嚴之城郭。多用以指邊城或京城。

③〈梅花弄〉：即〈梅花三弄〉。本為一笛曲，後改以琴彈奏，亦簡稱〈三弄〉。

〔分析〕

這是一首抒寫怨情的作品。作者依時間的先後，由夢前寫到夢後，將一位女子獨守空閨所觸生的無限怨情，描摹得頗為生動。尤其是全詞末下一「怨」字，而「怨」卻從篇首貫到篇末，就技巧而言，是相當高明的。

作者在開端兩句，即將這位女子的怨情作了初步的描寫。這兩句採設問的形式，寫出了女子設想薄情郎在漫漫清夜裡不知共誰深鎖玉樓的情事，而以「薄情」、「誰共」等語透出深深怨情來。三、四兩句，則由設想轉入現實，寫女子不敢面對鴛衾鳳枕，愁悶地擁衣而臥的情景。由於枕衾上所繡的鴛鴦和鳳凰，都是成雙成對的，是美滿的象徵，而自己則在「悠悠」「清夜」裡獨守空閨，那自然就會「羞見」而「悶」而「和衣擁」了。經由這樣的具體描寫，把怨情又毫不費力地推深了一層。下片起首兩句，承著上片末句的「和衣擁」而寫，寫的是女子在一大早被畫角驚斷「一番新夢」的情狀，以進一步表出怨情。作者在此，把「和衣擁」後入夢的過程，悉予省略，而直接寫夢醒，造成了藕斷絲連的效果，這在上下片的連接上是最爲得法的。末兩句，則寫女子夢醒後，一面對著窗外的晨霜曉月，一面聽著〈梅花三弄〉曲子的情景，將怨情作最後的烘托，使得情遺言外，有著無盡的韻味。

張叔夏說：「秦少游詞，體制淡雅，氣骨不衰，清麗中不斷意脈，咀嚼無滓，久而知味。」（《詞源》）這首詞是個很好的例證。

結構分析表

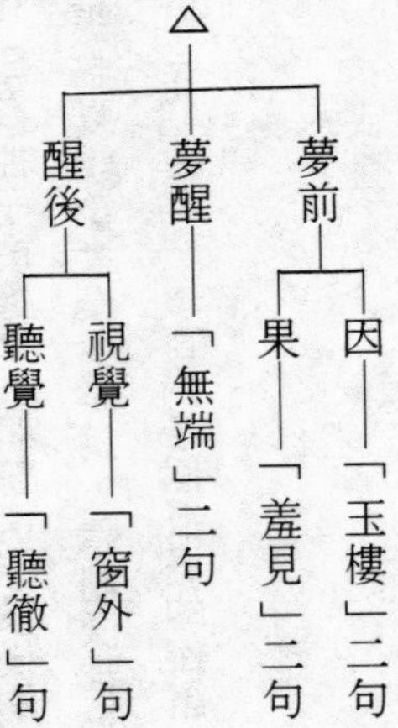

# 踏莎行

霧失樓臺，月迷津渡。桃源①望斷無尋處。可堪孤館閉春寒，杜鵑聲裡斜陽暮。驛寄梅花②，魚傳尺素③。砌成此恨無重數。郴江幸自繞郴山④，為誰流下瀟湘去。

## 注釋

①桃源：即桃花源。相傳在武陵郡，位於郴州西北。此處借指人間仙境。

②驛寄梅花：《荊州記》：「陸凱與范曄善，自江南寄梅花詣長安與曄，並贈詩曰：『折梅逢驛使，寄與隴頭人；江南無所有，聊贈一枝春。』」

③魚傳尺素：古樂府〈飲馬長城窟行〉：「客從遠方來，遺我雙鯉魚；呼兒烹鯉魚，中有尺素書。」

④郴江句：謂郴江本自繞郴山而流。郴江，源出湖南省郴縣黃岑山，在郴州東北流入耒水。

## 〔分析〕

這是一首抒寫旅恨的作品，用「先目後凡」的結構寫成。

上片頭三句，寫的是無處歸隱之恨；「可堪孤館閉春寒」兩句，寫的是不得還鄉之恨，這是「目」的部分。下片頭三句，則以寄梅傳書作爲媒介，將一篇的主旨「恨」拈出，以照應全篇；末兩句，又「引『郴江』、『郴山』，以喻人之分別」（唐圭璋《唐宋詞簡釋》），把「恨」字再作一次具體之襯托，這是「凡」的部分。如此依序寫來，使得全詞充滿著無重數的「恨」意，叫人不忍卒讀。

葉嘉瑩說：「這首〈踏莎行〉詞，則是以其天賦之銳敏善感之心性，更結合了平生苦難之經歷，然後透過其多年寫詞之藝術修養，而凝聚成的一種使詞境更爲加深了的象喻層次的開拓。」（《唐宋詞鑑賞集成》）對此詞作了極高的評價。

## 結構分析表

- △
  - 目
    - 無處歸隱——「霧失」三句
    - 不得還鄉——「可堪」二句
  - 凡
    - 疊恨
      - 因——「驛寄」二句
      - 果——「砌成」句
    - 襯托——「郴江」二句

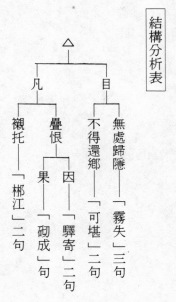

# 賀鑄

（一〇五二～一一二五）

字方回，衛州人。長七尺，貌奇醜，人稱賀鬼頭。喜談當世事，可否不少假借；雖貴要權傾一時，少不中意，即極口詆之無遺辭。又博學強記，工文辭，深婉麗密，如次組繡；尤長於度曲，掇拾人所遺棄，少加檃括，皆成新奇。元祐中，曾任泗州、太平州通判，晚年退居蘇州，有《東山詞》行世。

# 青玉案

凌波不過橫塘路①。但目送、芳塵去。錦瑟華年②誰與度。月橋花院，瑣窗朱戶，惟有春知處。碧雲冉冉蘅皋暮③。彩筆④新題⑤斷腸句。試問閒愁⑥都幾許。一川煙草，滿城風絮。梅子黃時雨⑦。

## 注釋

①凌波句：凌波，喻美人輕盈之步履。曹植〈洛神賦〉：「凌波微步，羅襪生塵。」橫塘，在蘇州城外。《中吳紀聞》：「賀方回本山陰人，徙姑蘇之醋坊橋，有小築在盤門之南十餘里，地名橫塘，方回往來其間。」

②錦瑟華年：喻青春年華。李商隱〈無題〉詩：「錦瑟無端五十絃，一絃一柱思華年。」

③碧雲句：江淹〈休上人怨別〉詩：「日暮碧雲合，佳人殊未來。」冉冉，緩動貌。蘅皋，指水邊風景區，蘅，香草；皋，澤岸。

④彩筆：《南史・江淹傳》：「淹少以文章顯，嘗宿於冶亭，夢一丈夫，自稱郭璞，謂淹曰：『吾

有筆在卿處多年，可以見還！』淹乃探懷中，得五色筆一以授之。爾後爲詩，絕無美句，時人謂之才盡。」

⑤新題：一作「空題」。

⑥閒愁：一作「閑情」。

⑦梅子句：陳肖岩《庚溪詩話》：「江南五月梅熟時，霖雨連旬，謂之黃梅雨。」

## 〔分析〕

這是首懷人之作，是用「先因後果」的結構寫成的。

「因」的部分，自篇首至「彩筆」句止。其中開端兩句，敍明自己所處的地方，並化用曹植「淩波微步，羅襪生塵」（〈洛神賦〉）的句子，寫自己候「美人不來，竟日凝佇」（見同上）的惆悵。「錦瑟」四句，先援用李商隱「錦瑟無端五十絃，一絃一柱思華年」（〈無題〉詩）的詩句，設問喚起，再以「月橋」三句作答，寫美人不來，無人共度良辰，只有春花慰藉的哀愁。下片開頭二句，又轉而引用江淹「日暮碧雲合，佳人殊未來」（〈休上人怨別詩〉）的詩句，並運用郭璞將彩筆借給江淹的典實，寫美人不來，惟有自題自解、滿紙憂傷的情事。

「果」的部分，爲結尾四句，採一問三疊答的方式，將滿身的「閑情」（即愁懷恨緒），依所見順序，譬作煙草、風絮與梅雨，作盡情的宣洩。這樣透過譬喻的方式「以景結情」，使得「閑情」更趣深長。

這首詞寫因美人不來而爲之斷腸，內容雖簡單，卻感人異常，受到相當多人的重視。鍾振振說：「詞的內容原很簡單，只是寫一場單相思。但卻那樣痴情、執著，纏綿悱惻，一唱三嘆，蕩氣迴腸。它一問世，便在當時文壇上引起了轟動效應：『人皆服其工，士大夫謂之「賀梅子」。』（宋周紫芝《竹坡詩話》）宋、金兩朝，和者凡二十七人（其中包括黃庭堅、張元幹、張孝祥、陳亮、元好問等名家），三十首之多，而無能出其右者，誠如清萬樹所言：『似此絕作，難爲和耳。』（《詞律》）」可見效應之大。

**結構分析表**

△
- 因
  - 因
    - 人去時——「淩波」二句
    - 人去後
      - 問——「錦瑟」句
      - 答——「月橋」三句
  - 果
    - 景——「碧雲」句
    - 情——「彩筆」句
- 果
  - 問（情）——「試問」句
  - 答（景）——「一川」三句

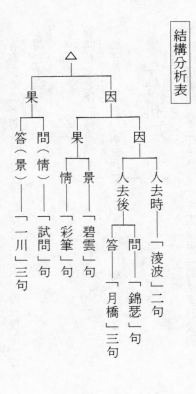

# 石州慢

薄雨收寒，斜照弄晴，春意空闊。長亭柳色纔黃，倚馬何人先折。煙橫水漫，映帶幾點歸鴻，平沙銷盡龍荒①雪。猶記出關來，恰如今時節。　將發。畫樓芳酒，紅淚清歌，便成②輕別。回首經年，杳杳音塵都絕。欲知方寸③，共有幾許新愁，芭蕉不展丁香結④。憔悴一天涯，兩厭厭⑤風月。

## 注釋

①龍荒：即龍沙，塞外之通稱，因其地荒寒不毛，故名。

②便成：一作「頓成」。

③方寸：指心。

④芭蕉句：李商隱〈代贈〉詩：「芭蕉不展丁香結，同向春風各自愁。」

⑤厭厭：同「懨懨」，煩愁貌。讀平聲。

## 〔分析〕

此詞旨在寫別情，是用「今、昔、今」的結構寫成的。

頭一個「今」的部分，自篇首至「平沙」句止，採「目、凡、目」的形式來寫景。在此，先以開端二句，寓雨霽（「春意空闊」之一），爲「目一」的部分。再以「春意」句，統括全景，爲「凡」的部分。然後依序以「長亭」三句，寫柳黃（「春意空闊」之二）；以「煙橫」二句，寫鴻歸（「春意空闊」之三）；以「平沙」句，寫雪銷（「春意空闊」之四），將「春意空闊」作進一層的描寫，爲「目二」的部分。「昔」的部分，自「猶記」句起至「便成」句止，採逆敍的手法來敍事。在此，先以「猶記」二句，寫自己出關時所見景色，正是「春意空闊」，與今相同；再以「將發」三句，寫出關前在畫樓上餞別的情況，以增強別情。後一個「今」的部分，自「回首」句起至篇末，採「先情後景」的順序來寫所感所見。在此，先以「回首」二句交代「因」，以「欲知」三句交代「果」，這是抒情的部分，對此，唐圭璋說：「『回首』兩句，轉到如今。『欲知』二句，一問一答，極見愁深念切。『芭蕉』句，原爲李義山詩，拈來與上句映射，恰到好處。」（《唐宋詞簡釋》）很有見地。然後以「『憔悴』兩句，以景收，寫出兩地相思，視前更進一層。」（見同上）

對這首詞的本事，吳曾曾交代說：「方回眷一姝，別久，姝寄詩云：『獨倚危闌淚滿襟，小園春色懶追尋；深恩縱似丁香結，難展芭蕉一寸心。』賀因賦此詞，先敘分別景色，後用所寄語，有『芭蕉不展丁香結』之句。」（《能改齋漫錄》）可供參考。

結構分析表

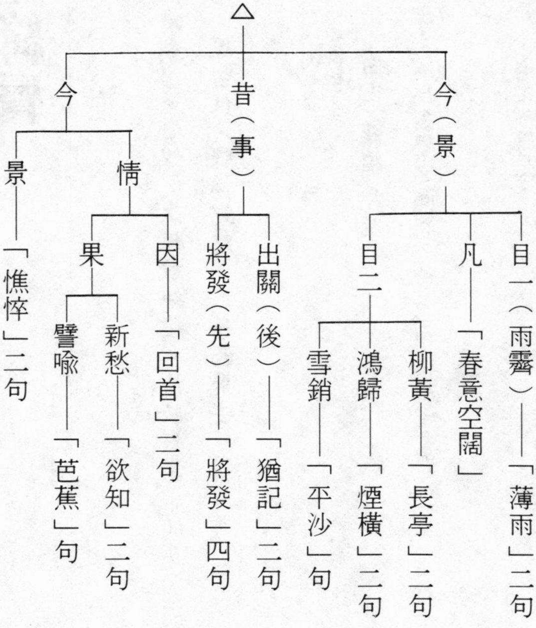

# 點絳脣

一幅霜綃①，麝煤②熏膩紋絲縷。掩妝無語，的是③消凝處。　薄暮蘭橈④，漾下蘋花渚。風留住，綠楊歸路，燕子西飛去。⑤

注釋

①霜綃：白色之絲絹。

②麝煤：本爲製墨之顏料，後多用以指墨。韓伺〈横塘〉詩：「蜀紙麝煤添筆媚，越甌犀液發茶香。」

③的是：眞是，確是。

④蘭橈：木蘭樹所製成之船槳。多用以代指舟、船。晏幾道〈武陵春〉詞：「秋水無情天共遠，愁送木蘭橈。」

⑤燕子西飛去：顧況〈短歌行〉：「紫燕西飛欲寄書。」

## 〔分析〕

　　賀鑄的詞，深婉而密麗。本詞雖不是他的代表作，但也有這種特色。

此詞頗爲含蓄，寫的是一位女子的相思之情。上片一、二句，作者首先展現一幅霜白的絲絹，在它的帶紋絲縷上熏染點點墨痕，很成功地藉這點點的墨痕透出無限的相思之意來。這兩句和柳永〈西施〉詞所寫的「將憔悴，寫霜綃。更添錦字，字字說情憀」，雖有一藏一露的不同，但意思卻是相近的。而三、四句，寫的是女子見絹上墨痕後，神凝魂銷的情景。「掩妝無語」，是女子見「霜綃」後的反應，預爲下句的「消凝」作了具體的描寫。「的是」，等於說「確是」。「消凝」，也作「銷凝」，多用以形容癡心懷想的樣子。柳永〈引駕行〉詞云：「消凝，花朝月夕，最苦冷落銀屏。想媚容，耿耿無眠。」又張鎡〈水調歌頭〉詞云：「平生感慨，況逢佳處輒銷凝。」很明顯地，無論作「消凝」或「銷凝」，其意義與用法是相同的。到了下片，作者在首二句，寫女子在黃昏時分，由於「消凝」，不得不弄舟排遣的情事。「風留住」句，承「漾下」而寫，將「風」擬人化，使「蘭橈」留住，不再下漾，以領出結尾兩句來，進一層的藉「歸程」所見，具寫「消凝」之情。

　　這闋詞委婉地敍寫了一位女子的相思消凝之情。消凝之情是抽象的，本身並不能產生多少感染力，因此作者在開端以一幅霜綃的墨迹，交代了消凝的根由後，即由女子本身「掩妝無語」、「弄舟」的情態，以及弄舟所見蘋花、綠楊與燕子西飛的景物將「消凝」之情具象化，使得外景與內情臻於交融的境地。周濟說：「方回鎔景入情，故穠麗。」（《宋四家詞選緒論》）證以此詞，是說得一點也不錯的。

**結構分析表**

△
- 實
  - 物——「一幅」二句
  - 人——「掩妝」句
- 虛——「的是」句
- 實
  - 事——「薄暮」二句
  - 景——「風留住」三句

# 李之儀

字端叔，號姑溪居士，滄州無棣人。神宗熙寧三年（一〇七〇）進士。哲宗元祐中，爲樞密院編修，從蘇軾於定州幕府。徽宗初年，以文章獲罪，編管太平州。卒年八十。有《姑溪詞》傳世。

# 卜算子

我住長江頭，君住長江尾。日日思君不見君，共飲長江水。　此水幾時休，此恨何時已。只願君心似我心，定不負相思意①。

注釋

①只願兩句：顧夐〈訴衷情〉詞：「換我心，爲你心，始知相憶深。」

〔分析〕

這是闋相思詞，是用「先事後情」的形式寫成的。

作者在上片，以起二句，寫相隔之遠，這是敍事的部分。以後二句，寫相思之久；換頭以後，則以前兩句，敍恨無已時；以結兩句，敍兩情不負；以上六句是抒情的部分。就這樣，以「長江」爲媒介，以「不見」爲根由，純用「虛」的材料，始終未雜以任何寫景的句子來襯托，卻將「思君」的情感表達得極其眞切深長，無論從其韻味或用語來看，都像極了古樂府。唐圭璋說它「意新語妙，直類古樂府。」（《唐宋詞簡釋》）是很有見地的。

## 結構分析表

- △
  - 事——「我住」二句
  - 情
    - 實寫
      - 因（相思久）——「日日」二句
      - 果（恨無已）——「此水」二句
    - 虛寫——「只願」二句

# 周邦彥

（一〇五七～一一二一）

字美成，自號清真居士，錢塘人。元豐初，遊京師，獻《汴都賦》萬餘言，多古文奇字，爲神宗所賞，自太學諸生一命爲太學正。後出爲溧水令。徽宗時，入拜秘書監，進徽猷閣待制，提舉大晟府。未幾，知順昌府，徙處州。卒年六十六。邦彥好音樂，能自度曲，詞集名《清真集》，又稱《片玉詞》。

# 瑞龍吟

章臺路①。還見褪粉梅梢，試花桃樹。愔愔坊陌②人家，定巢燕子，歸來舊處。

黯凝佇。因念箇人癡小③，乍窺門戶。侵晨淺約宮黃④，障風映袖，盈盈笑語。

前度劉郎⑤重到，訪鄰尋里，同時歌舞，惟有舊家秋娘⑥，聲價如故。吟牋賦筆，猶記燕臺句⑦。知誰伴、名園露飲，東城閒步⑧。事與孤鴻去⑨。探春盡是，傷離意緒。官柳低金縷，歸騎晚、纖纖池塘飛雨。斷腸院落，一簾風絮。

## 注釋

①章臺路：漢長安街名，爲歌樓妓館聚集之所，後世遂以爲歌樓妓館之代稱。

②愔愔坊陌：愔愔，深靜貌。坊陌，又作「坊曲」，妓女之所居。

③箇人癡小：箇人，猶言伊人，對所歡之暱稱。癡小，指癡情少女。白居易〈井底引銀瓶〉詩：

「寄言癡小人家女，愼勿將身輕許人。」

④宮黃：即額黃，塗黃於額也。一說點黃於面頰。

⑤前度劉郎：劉禹錫〈再遊玄都觀〉詩：「種桃道士歸何處，前度劉郎今又來。」作者在此蓋借劉郎以自喻。

⑥秋娘：唐代歌妓多以秋爲名，如杜牧有〈杜秋娘〉詩、李德裕有〈悼謝秋娘〉詞。

⑦吟箋二句：李商隱有〈燕臺〉詩春夏秋冬四首，洛中里娘名柳枝者，年十七，見而甚喜之。見李商隱〈柳枝詩序〉。

⑧知誰伴三句：用杜牧與歌妓張好好事。杜牧〈張好好詩序〉：「牧大和三年，佐故吏部沈公江西幕，好好年十三，始以善歌舞來樂籍中。後一歲，公移鎮宣城，復置好好於宣城籍中。後二歲，爲沈著作述師以雙鬟納之。後二歲，於洛陽東城，重覩好好，感舊傷懷。」

⑨事與句：杜牧〈題安州浮雲寺樓寄湖州張郎中〉詩：「恨如春草多，事與孤鴻去。」

## 〔分析〕

這是篇感懷詞，寫的是作者重返舊地「探春」的「傷離意緒」。

全詞共分三疊，在首疊裡，作者藉「歸來舊處」、「探春」所見的景物，來指明地方、時序，並蘊含「人面不知何處去，桃花依舊笑春風」的情思，預爲後二疊進一層的抒寫鋪路。而次疊則以「黯凝佇」承上啓下，引出「因念」兩字，與上疊的「還見」呼應，並藉以提舉下文，以追敘當年初見「箇人」的情景，把「箇人」的妝扮、舉止和神態都刻畫得極爲逼眞生動，大力的爲末叠蓄勢。至於末叠，乃總括的部分，爲全詞之重心所在；作者在此，先以六句，應首叠，順次用直筆與側筆寫自己如當年「劉郎」歸來舊處的失意與「人面不知何處去」的悲哀；再以五句，應次叠，借李商隱和柳枝、杜牧和張好好的韻事，以見初見「箇人」後彼此交往的情形；然後以「探春盡是，傷離意緒」一句把上意作個總結，落入本題，點出主旨；終以「官柳」五句，寫在「歸騎」上所見暮春寂寥的黃昏景物來襯托出「傷離意緒」；所謂「以景結情」，令人讀後倍覺淒切黯然。

雖然周濟說：「此不過桃花人面，舊曲翻新耳」（《宋四家詞選》），但藝術的技巧是極爲高明的。

結構分析表

△
- 景（事）
  - 先
    - 今——「章臺路」七句
    - 昔——「因念」五句
  - 後
    - 今——「前度」五句
    - 昔——「吟箋」五句
- 情——「探春」二句
- 景
  - 近——「官柳」二句
  - 遠——「斷腸」二句

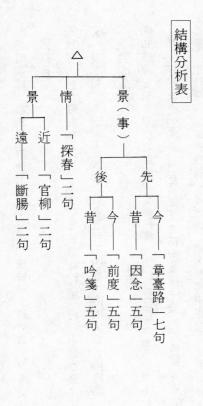

# 蘭陵王

柳

柳陰直，煙裡①絲絲弄碧。隋隄②上，曾見幾番，拂水飄緜送行色。登臨望故國③，誰識，京華倦客④。長亭路，年去歲來，應折柔條過千尺。　閒尋舊蹤迹。又酒趁哀絃，燈照離席。梨花榆火催寒食⑤。愁一箭風快，半篙波暖⑥，回頭迢遞便數驛，望人在天北。　悽惻，恨堆積。漸別浦⑦縈迴，津堠⑧岑寂。斜陽冉冉春無極。念月榭攜手，露橋聞笛⑨。沈思⑩前事，似夢裡，淚暗滴。

## 注釋

①煙裡：一作「煙縷」。

②隋隄：即汴河隄。隋煬帝開汴河，築隄植柳，後世因名隋隄。

③故國：指故鄉。杜甫〈解悶〉詩：「一辭故國十經秋，每見秋瓜憶故丘。」

④京華倦客：指作者自己。京華，京師之美稱。作者久宦京師，因自稱京華倦客。

⑤梨花句：謂梨花盛開，國火欲變，寒食將過。榆火，即榆柳火，古時四時變國火，清明取榆柳

之火。寒食在清明前一日或二日，古有禁火之俗，節後另取新火。

⑥半篙波暖：謂撐船之竹竿一半沒入溫暖之水中，使船前進。篙，指撐船用之竹竿；因時近暮春，天氣漸暖，故云波暖。

⑦別浦：指水叉道。《風土記》：「大水有小口別通曰浦。」

⑧津堠：水邊可供瞭望之土堡。古時水行，堠以記程。

⑨聞笛：一作「吹笛」。

⑩沈思：一作「追思」。

## 〔分析〕

此詞原題「詠柳」，而實際上，清眞卻託柳起興，以詠別情。

全篇分三疊，第一疊首先點題直起，寫「隋堤上」烟裡弄碧、拂水飄緜的柳色，然後緊承著頂上的「幾番」、「送行」，透過故園心眼，落於自家身上，借「年去歲來」的折柳送別來寫自己淹留京華的痛苦。第二疊是先以「閒尋」句收束上疊的詞意，再以「又酒趁」三句，刻畫此番餞別的情景，並點出當前的時令，而後用一「愁」字領起四句，「代行者設想」，虛寫行者船行之速，以表出依依不捨之離情。第三疊則首用「悽惻」兩句，將上疊的「愁」字加以渲染，以增強其意味；次用「漸別浦」三句，承上疊的末節來實寫行者離去後所見「別浦」周遭的情景，充分的流露出滿懷的離情別緒；末以「念月樹」兩句虛寫往事舊歡，以「沈思」三句，由過去拉回現在，寫實為愁所苦、淚下潸潸的情況。

這樣一實一虛的詠來，眞如周濟所說「不辨是情是景，但覺煙靄蒼茫」（《宋四家詞選》），有著無盡的韻味。

**結構分析表**

△
- 詠柳
  - 因（見柳）——「柳陰直」二句
  - 果（尋舊）
    - 目
      - 因（送行）——「隋隄」三句
      - 果——「登臨」三句
      - 因（折柳）——「長亭」三句
    - 凡——「閒尋」句
- 惜別
  - 實
    - 餞別——「又酒趁」二句
    - 時令——「梨花」句
  - 虛——「愁一箭」四句
  - 實
    - 今
      - 情——「悽惻」二句
      - 景——「漸別浦」三句
    - 昔——「念月樹」二句
    - 今——「沈思」三句

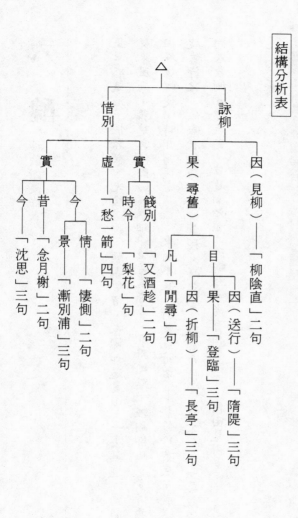

# 六醜

薔薇謝後作

正單衣試酒，悵客裡、光陰虛擲。願春暫留，春歸如過翼①，一去無迹。為問花何在？夜來風雨，葬楚宮傾國②。釵鈿③墮處遺香澤，亂點桃蹊，輕翻柳陌。多情為誰追惜。但蜂媒蝶使，時叩窗槅④。

東園岑寂，漸蒙籠暗碧⑤。靜繞珍叢底，成嘆息。長條故惹行客，似牽衣待話，別情無極。殘英小、強簪巾幘⑥，終不似、一朵釵頭顫裊⑦，向人欹側。漂流處、莫趁潮汐⑧。恐斷紅、尚有相思字⑨，何由見得。

## 注釋

①過翼：飛鳥。杜甫〈夜詩〉：「村墟過翼稀。」

②夜來二句：以美人比落花。韓偓〈哭花〉詩：「若是有情爭不哭，夜來風雨葬西施。」《後漢書・馬廖傳》：「楚王好細腰，美人多餓死。」李延年〈佳人〉歌：「一顧傾人城，再顧傾人國。」

③釵鈿：美人首飾，喻落花。徐夤〈薔薇〉詩：「晚風飄處似遺鈿。」

④窗槅：即窗。古人或稱窗爲槅子。

⑤蒙籠暗碧：謂綠葉成蔭也。郭璞〈遊仙〉詩：「綠蘿結高林，蒙籠蓋一山。」

⑥巾幘：布帽、頭巾。《北史・隋煬帝紀》：「武官平巾幘袴褶。」

⑦一朶句：杜牧〈山石榴〉詩：「一朶佳人玉釵上。」

⑧潮汐：潮爲通稱。分言之，則早潮爲潮，晚潮爲汐。《顏氏家訓・歸心》：「潮汐去還。」

⑨斷紅句：「暗用紅葉題詩事。范攄《雲溪友議》：「盧渥舍人，應擧之歲，偶臨御溝，見一紅葉，命僕搴來，葉上乃有一絕句云：『水流何太急，深宮竟日閒；殷勤謝紅葉，好去到人間。』」

## 〔分析〕

這是一首從追惜落花來「悵客裡光陰虛擲」的作品，是用「先凡後目」的結構寫成的。

全詞只分兩段，在前段裡，作者劈頭即直點作意——「悵客裡光陰虛擲，這是「凡」的部分。接著便藉「春歸」，亦即薔薇花的凋謝與飄飛，來描繪春天「一去無迹」的景況；然後以蜂蝶的「時叩窗槅」，慨歎無人追惜，而拍轉到「悵」字上作收。而換頭則先以兩句承上段的「春去無迹」，寫窗外薔薇落後「岑寂」的景象，再以九句應上段的「多情爲誰追惜」，寫詩人觸景「歎息」、「追惜」的情形；以上由「花已落者」寫到「花未落者」，一正一反，用以實寫「春歸」，是「目一」的部分，最後則由花之落設想到它的漂流，藉紅葉題詩的故事，對斷紅致深切的關懷之情；這用以虛寫「春歸」，爲「目二」的部分。

周濟說：「不說人戀花，卻說花戀人；不從無花惜春，卻從有花惜春；不惜已簪之殘英，偏惜欲之斷紅（《宋四家詞選》），周詞設想與安排之巧妙，由此可見一斑。

結構分析表

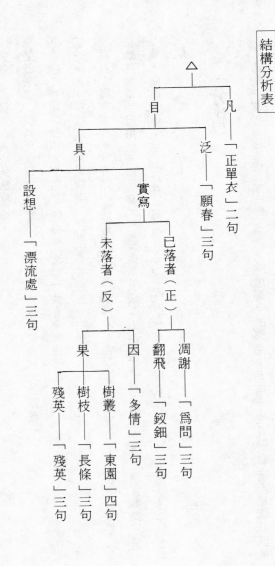

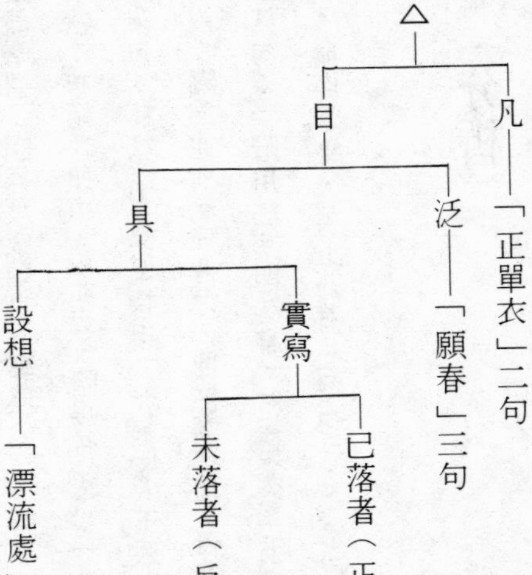

# 西河

## 金陵懷古

佳麗地①，南朝盛事誰記？山圍故國，繞清江、髻鬟對起。怒濤寂寞打孤城②，風檣遙度天際。斷崖樹，猶倒倚，莫愁艇子曾繫③。空餘④舊迹鬱蒼蒼，霧沈半壘。夜深月過女牆來，傷心⑤東望淮水。酒旗戲鼓甚處市？想依稀、王謝鄰里。燕子不知何世，入尋常、巷陌人家⑥，相對如說興亡，斜陽裡。

### 注釋

①佳麗地：指金陵。謝朓〈入朝曲〉：「江南佳麗地，金陵帝王州。」

②山圍三句：劉禹錫〈金陵〉詩：「山圍故國周遭在，潮打孤城寂寞回；淮水東邊舊時月，夜深還過女牆來。」

③莫愁句：古樂府〈莫愁樂〉：「莫愁在何處，住在石城西，艇子打兩槳，催送莫愁來。」莫愁，古女子。

④空餘：一作「空遺」。

⑤傷心：一作「賞心」，指賞心亭。《景定建康志》：「賞心亭在下水門城上，下臨秦淮，盡觀覽之勝。」

⑥想依稀三句：劉禹錫〈烏衣巷〉詩：「朱雀橋邊野草花，烏衣巷口夕陽斜；舊時王謝堂前燕，飛入尋常百姓家。」

## 〔分析〕

這是篇三段詞，旨在寫興亡之感，是用「先問後答」的形式組合而成的。「問」的部分，為開篇二句；「答」的部分，自「山圍」句起至篇末。其中起段寫的是「金陵帝王州」的形勢與風物，在「佳麗地」、「盛事」與「寂寞打孤城」的對比下，透出無限的滄桑之感；次段寫的是對歷史古迹的憑弔，經由「斷崖」的樹、「淮水」之月表出了深一層的慨歎；末段寫的是人事的代謝和金陵的岑寂，借「斜陽」下的燕子來訴說一齣歷史的興亡悲劇。

通觀這首詞，很顯然的，是檃括劉禹錫的兩首詩而成的，其一為〈石頭城〉，其二為〈烏衣巷〉，張炎《詞源》說：「美成採唐詩融化，如自己出，乃其所長」，本詞就是一個最好的例子。

**結構分析表**

- △
  - 問 ——「佳麗地」二句
  - 答
    - 形勢
      - 山 ——「山圍」二句
      - 水 ——「怒濤」二句
    - 古迹
      - 莫愁艇 ——「斷崖樹」三句
      - 城壘 ——「空餘」二句
      - 女牆 ——「夜深」二句
    - 人事
      - 王謝鄰里 ——「酒旗」二句
      - 尋常巷陌 ——「燕子」四句

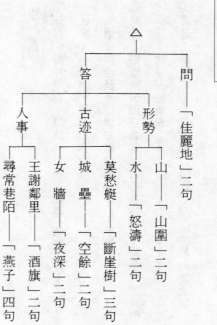

# 少年遊

并刀①如水，吳鹽②勝雪，纖指破新橙。錦幄初溫，獸香③不斷，相對坐調笙④。
低聲問：向誰行宿？城上已三更。馬滑霜濃，不如休去，直是⑤少人行！

注釋

①并刀：指并州刀，以鋒利出名。杜甫〈戲題王宰畫山水圖歌〉：「焉得并州快剪刀，剪取吳松半江水。」并州，即今山西太原。

②吳鹽：即淮鹽，以精細潔白稱。李白〈梁園吟〉：「玉盤楊梅爲君設，吳鹽如花皎如雪。」

③獸香：獸爐所噴出之香氣。古時香爐多作獸形，煙自獸口逸出，故云。

④調笙：吹笙。皇甫松〈夢江南〉詞：「雙髻坐吹笙。」

⑤直是：猶言總是。黃庭堅〈阮郎歸〉詞：「教人直是疑。」

## 〔分析〕

此詞寫美人之柔情。

上半闋首二句，先寫置於深閨裡的刀和鹽，並分別以「如水」、「勝雪」凸顯其鋒利、潔白，造形既美，對偶亦天成。而這些乃特爲款客之「橙」而設，於是緊接以「纖手破新橙」一句，由物及人，寫美人用「橙」款客之殷勤。然後以「錦幄初溫」三句，牽出作者自己，寫兩人對坐吹笙的情景，而以初溫之錦幄與不斷的獸香作陪襯，平添出無限的旖旎情調與氣氛來，爲下半闋的留客預作鋪墊。下半闋則別出心裁，專用以敍美人深夜留客之暱語，且由問而勸而期待，將纏綿依偎之情，表達得恰到好處。

周濟說此詞「亦本色佳製也。本色至此便足，再過一分，便入山谷惡道矣」（《宋四家詞選》），可謂得珠之論。

結構分析表

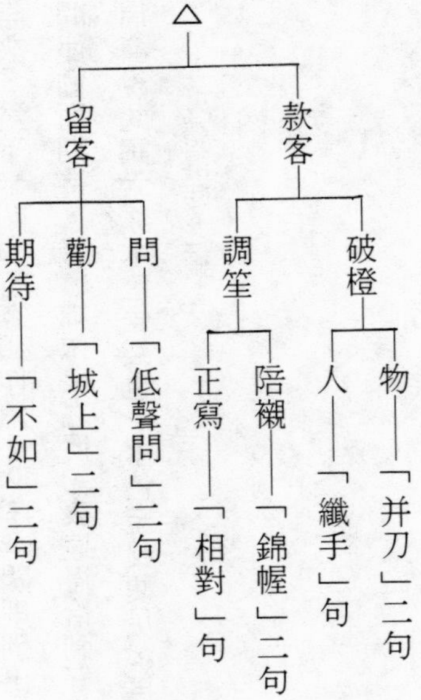

# 李清照

（一〇八一～一一四一）

號易安居士，濟南人。哲宗元符二年（一〇九九）嫁諸城趙挺之子明誠爲妻，時年十九歲。清照與明誠皆能文詞，嘗屏居鄉里十年，儲積經籍及三代鼎彝書畫，兩人共同校勘，誦讀唱和，樂在聲色狗馬之上。靖康建炎間，避兵轉徙，所藏盡失。明誠旋以疾卒，時清照年已五十。無子女，孑然一身，卜居金華以終。所爲詩文，超俊有奇氣，惜作品多散佚。詞集名《漱玉詞》，出於後人掇拾，所存不過五之一而已。

# 如夢令

昨夜雨疏風驟，濃睡不消殘酒。試問捲簾人，卻道海棠依舊①。知否？知否？應是綠肥紅瘦②。

注釋

①昨夜四句：韓偓〈懶起〉詩：「昨夜三更雨，臨明一陣寒；海棠花在否？側臥卷簾看。」捲簾人，指侍女。

②綠肥紅瘦：謂花瘦葉肥。綠指葉，紅指花。

## 〔分析〕

這闋小詞，才共七句，卻成功地勾勒出一幅極爲清奇、鮮活的畫面。

起首兩句，爲一因一果的句子，其中「昨夜」句爲因，「濃睡」句爲果，由昔而今地寫出作者昨夜擔心在「雨疏風驟」下的海棠而不得不借酒排遣，以致今晨一覺醒來，不消殘酒的情事。「試問」兩句，採一問一答的方式，承寫自己醒來對正在捲簾侍女之問，與侍女「海棠依舊」之答，而以「卻道」完全否定侍女的回答，以逗出結尾兩句來。結尾兩句，緊承上兩句，用提示的急切口吻，催促侍女再仔細地探看海棠經「昨夜雨驟」後的變化，含蓄地表出作者無限悽惋之情來。

此詞雖是由韓偓〈懶起〉詩「昨夜三更雨，臨明一陣寒。海棠花在否？側臥捲簾看」轉化而來，卻出以更曲折的形式，而賦予新的生命，顯得格外動人。黃蓼園說：「一問極有情，答以『依舊』，答得極澹，跌出『知否』二句來。而『綠肥紅瘦』，無限淒婉，卻又妙在含蓄。短幅中藏無數曲折，自是聖於詞者。」（《蓼園詞選》）將這闋詞的特色全部說出來了。

### 結構分析表

- △
  - 因——「昨夜」句
  - 果
    - 自身（醉酒）——「濃睡」句
    - 海棠（消瘦）
      - 實
        - 問——「試問」句
        - 答——「卻道」句
      - 虛——「知否」三句

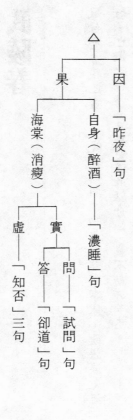

## 武陵春

風住塵香花已盡，日晚倦梳頭。物是人非事事休，欲語淚先流。　聞說雙溪①春尚好，也擬泛輕舟。只恐雙溪舴艋舟②，載不動許多愁。

### 注釋

①雙溪：在浙江金華，因東港、南港二溪合流得名。俞正燮《癸巳類稿》云：「易安於高宗紹興四年，避亂居金華。」

②舴艋舟：小船。《藝文類聚》引《宋元嘉起居注》云：「餘姚令何玢之作舴艋一艘，精麗過常。」

### 〔分析〕

此詞作於作者寡居時。

上片主要用以寫景，藉花盡香沈的外在景物與「日晚倦梳頭」、「欲語淚先流」的自身模樣，襯托出「物是人非事事休」的悽惋意緒，雖不說愁，卻字字悲愁入骨。下片全用以抒情。首先以「聞說」兩句，透過想像，承上片，寫「雙溪春好」、「擬泛輕舟」以銷愁的願望，來追懷自己生命的春天，但這是不可能的，於是再以結尾兩句，將這種虛幻的願望翻轉過來，仍扣緊「輕舟」，將自己無盡的「愁」宣洩而出。

陳弘治說：「在這首詞中，作者由『夫君的去世』、『晚景的淒涼』與『他鄉的漂泊』幾項不幸的遭遇，交織成一股濃濃的哀愁。」（《唐宋詞名作析評》）看法是很正確的。

**結構分析表**

- △
  - 景
    - 物——「風住」句
    - 人
      - 梳頭——「日晚」句
      - 流淚——「物是」二句
  - 情
    - 反——「聞說」二句
    - 正——「只恐」二句

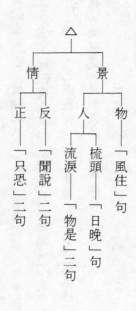

# 鳳凰臺上憶吹簫

香冷金猊①，被翻紅浪②，起來慵自梳頭。任寶奩③塵滿，日上簾鈎。生怕離懷別苦，多少事、欲說還休。新來瘦，非干病酒，不是悲秋。　休休④。這回去也。千萬遍〈陽關〉⑤，也則難留。念武陵人⑥遠，煙鎖秦樓⑦。惟有樓前流水，應念我、終日凝眸。凝眸處，從今又添，一段新愁。

注釋

①金猊：塗金或銅製之獅形香爐。猊，狻猊，即獅子。

②被翻紅浪：謂紅錦被亂攤於牀上，其皺如一起一伏之波浪。柳永〈鳳棲梧〉詞：「鴛鴦繡被翻紅浪。」

③寶奩：女子華美之鏡匣。李商隱〈垂柳〉詩：「寶奩抛擲久，一任景陽鐘。」

④休休：即戲劇中「罷罷」之口吻。

⑤陽關：即〈陽關曲〉，亦稱〈陽關三叠〉，源出王維〈送元二使安西〉詩，後歌入樂府，遂成通行之

送別曲。

⑥武陵人：用陶潛〈桃花源記〉中武陵人發現世外桃源之故事，喻指所思念之人在遙遠之所在。

⑦秦樓：借指自己所居之妝樓。杜牧〈梅〉詩：「若在秦樓畔，堪爲弄玉媒。」

## 〔分析〕

此詞旨在寫別恨，是用「先景後情」的結構寫成的。

「景」的部分，自篇首至「日上」句止，從物寫到人，透過物態和人的舉止，襯托出女主人翁幽怨慵懶的情思，不說「愁」（離懷別苦）而「愁」自現。「情」的部分，自「生怕」句起至篇末，採「先因後果」的順序來寫。「因」的部分，僅一句，即「生怕」句，爲全詞之重心所在，底下的敍寫，全由此生發。「果」的部分，先以「多少事」句，寫無言；次以「新來瘦」三句，寫憔悴；然後以「休休」句起至篇末，寫惜別。其中「休休」四句，寫別時；「念武陵」七句，依序藉人遠、樓空、凝眸、添愁，來寫別後。這些全針對「生怕離懷別苦」來寫，寫得情景交鍊，使作品充滿著「離懷別苦」，產生極大的感染力。

胡雲翼《宋詞選注》說：「這是李清照早期寫別情的詞。她在〈金石錄後序〉裡說趙明誠曾經屏居鄉里十年，此詞大約就在這個期間內夫婦離別時寫的。」看法很合理。

## 結構分析表

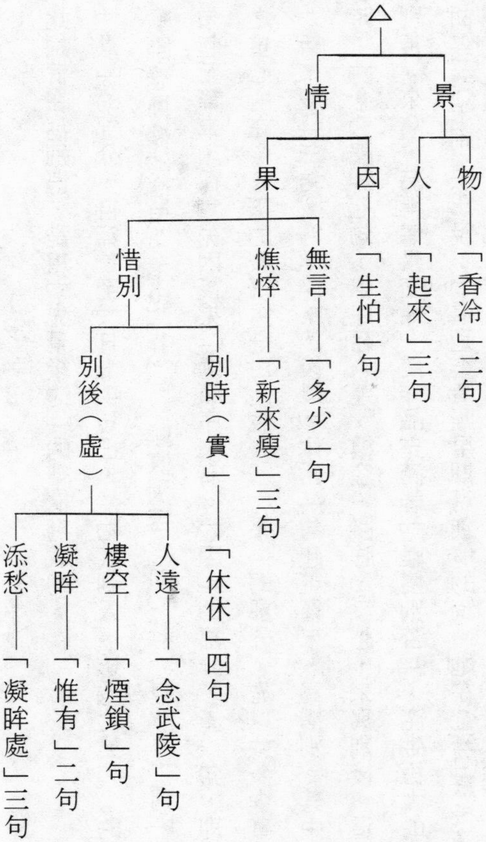
△
景
情
物
人
因
果
「香冷」二句
「起來」三句
「生怕」句
無言
憔悴
惜別
「多少」句
「新來瘦」三句
別時（實）
別後（虛）
「休休」四句
人遠
樓空
凝眸
添愁
「念武陵」句
「煙鎖」句
「惟有」二句
「凝眸處」三句

# 聲聲慢

尋尋覓覓，冷冷清清，悽悽慘慘戚戚。乍暖還寒時候，最難將息①。三杯兩盞淡酒，怎敵他、晚來風急。雁過也，最傷心，却是舊時相識。　滿地黃花堆積。憔悴損、如今有誰堪摘。守著窗兒，獨自怎生得黑。梧桐更兼細雨，到黃昏、點點滴滴。這次第②，怎一箇愁字了得。

## 注釋

①將息：排遣調息。王建〈寄劉蕡問疾〉詩：「年少病多應爲酒，誰家將息遇新春。」

②次第：猶言情形、光景。劉禹錫〈寄楊八壽州〉詩：「聖朝方用敢言者，次第應須舊諫臣。」

## 〔分析〕

這闋詞旨在寫愁，是用「先因後果」的結構寫成的。

「因」的部分，自篇首至「到黃昏」句止，主要採「目、凡、目」的形式來寫。「目一」的部分，爲「尋尋」三句，敍在秋涼時，因尋覓舊迹，舊迹依然而人事已非，故倍感淒涼，無法自已，爲下句之「最難將息」預築橋樑。「凡」的部分，爲「乍暖」二句，旣承上，也探下地作一總括，不言哀愁而哀愁自見。「目二」的部分，自「三杯」句起至「到黃昏」句止，先以「三杯」句，寫人事，並以「怎敵他」起至「如今」句，寫風急、雁過、花落等外景；後以「守著」二句，寫人事，並以「梧桐」二句，寫梧雨的外景；將「最難將息」進一層地作具體之描寫，爲結二句蓄力。「果」的部分，爲結二句，用「這次第」總結「因」的部分，從而拈出一個「愁」字，點醒主旨，以牢籠全詞，使全詞含著無盡之哀愁。

馮海榮說：「這首〈聲聲慢〉詞純用賦體寫成，滿紙嗚咽，愁情重疊。詞的起調用了十四個疊字連貫而下，如珠走玉盤，琴發哀聲。國破夫亡，金兵南侵浙東，女詞人孑然一身，飄泊東南。離鄉背井之苦，少依無靠之悲，一時湧集於心，令人難以釋懷。她渴望尋覓已失去的美好生活，以取得精神上的安慰，而四周一片冷冷清清，使其心境更陷入淒慘悲戚的深淵中。這裡有動作，有感覺，有心境，聲情急促，一氣貫注。」（《詞林觀止‧上》）扼要地敍述此詞寫作之背景、心情與特點。

## 結構分析表

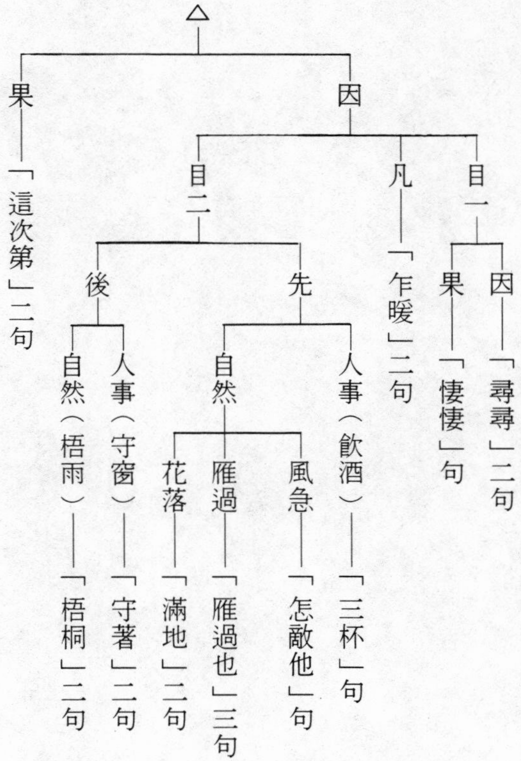
△
果
「這次第」二句
因
目一
因
「尋尋」二句
果
「悽悽」句
凡
「乍暖」二句
目二
先
人事（飲酒）
「三杯」句
自然
風急
「怎敵他」句
雁過
「雁過也」三句
花落
「滿地」二句
後
人事（守窗）
「守著」二句
自然（梧雨）
「梧桐」二句

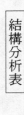

# 南宋篇

## 朱敦儒

字希真，號巖壑，洛陽人。志行高潔，屢辭薦辟。紹興初，臺諫言其深達治體，有經世才，召爲迪功郎，既至，奏對稱旨，賜進士。曾任兩浙東路提點刑獄。後罷官，居浙江嘉興。敦儒工詩及樂府，婉麗清暢，著有《巖壑老人詩文集》及《樵歌》。

# 卜算子

旅雁向南飛①，風雨羣相失。饑渴辛勤兩垂翅，獨下寒汀②立。　鷗鷺③苦難親，矰繳④憂相逼。雲海茫茫無處歸，誰聽哀鳴急。

## 注釋

①旅雁句：宋之問〈題大庾嶺北驛〉詩：「陽月南雁飛。」旅雁，羣雁，喻難民。

②汀：音聽，指水岸平處。《說文》：「汀，平也。」

③鷗鷺：喻閑居南方之人。

④矰繳：矰，短箭。繳，以生絲繫矢而射，亦稱弋射。李白〈鳴雁行〉：「畏逢矰繳驚相呼。」

## 〔分析〕

此詞藉詠失羣之雁來寫難民無依之哀苦，是用「目、凡、目」的結構寫成的。

頭一個「目」，指上片四句，寫雁子南飛失羣、垂翅獨立的痛苦，這主要在寫「矰繳憂相逼」的結果；而後一個「目」，指結二句，寫孤雁茫無所歸而又無人憐惜的痛苦，這主要在寫「鷗鷺苦難親」的結果。至於「凡」，則指下片開端二句，以「鷗鷺」句下開結二句，以「矰繳」句上收「旅雁」四句，充分發揮了總括的作用。

對於這首詞的喻意，陳弘治以爲它「所反映的是靖康大變亂發生時，南逃的難民饑寒交迫，妻離子散，慘不忍睹的情狀。在這裡，作者以雁羣比喻難民。所謂『旅雁向南飛，風雨羣相失』，是寫向南逃生的難民羣，在亂離中多與家人親朋相失散。『饑渴辛勤兩垂翅，獨下寒汀立』，是寫失羣的難民，身心疲憊，饑渴交迫，行走不動的情形。『鷗鷺苦難親，矰繳憂相逼』，寫擁有大量交通工具的豪貴（當指南方居民），既難攀援，而後面又有敵兵緊逼不捨。結尾『雲海茫茫無處歸，誰聽哀鳴急』，流露出孤雁茫無所歸，而又無人憐憫的哀苦心情。」（《唐宋詞名作評析》）很値得參考。

## 結構分析表

- △
  - 目一
    - 南飛失羣——「旅雁」二句
    - 垂翅獨立——「饑渴」二句
  - 凡
    - 鷗鷺難親——「鷗鷺」句
    - 矰繳相逼——「矰繳」句
  - 目二
    - 因——「雲海」句
    - 果——「誰聽」句

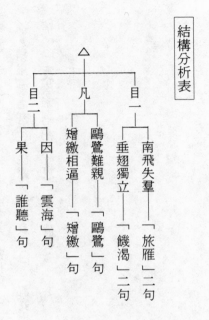

# 相見歡

金陵城上西樓，倚清秋①。萬里夕陽垂地，大江流②。
中原亂，簪纓③散，幾時收？試倩悲風吹淚，過揚州④。

## 注釋

①倚清秋：謂於清秋時節，倚樓西望。
②大江流：謝眺〈暫使下都夜發新林至京邑贈西府同僚〉詩：「大江流日夜，客心悲未央。」
③簪纓：貴人之冠飾，喻高官顯宦。《南史‧王弘傳論》：「簪纓不替。」
④揚州：當時屬南宋之前方，宋南渡時屢經兵亂，過此即爲淪陷區。

## 〔分析〕

此詞作於宋室南渡初年，爲一感懷故國之作，上片用以寫景（事），下片用以抒情。起首「金陵」兩句，記清秋時自己在金陵（今南京市）登樓遠眺的事，作爲敍寫的開端。「萬里」兩句，承寫登樓所見，以夕陽西下故國河山的壯麗，襯托出一己悲涼的心緒。謝眺〈暫使下都夜發新林至京邑贈西府同僚〉詩說：「大江流日夜，客心悲未央」，所謂「客心悲未央」不正是作者此刻的寫照嗎？換頭五句，寫登樓所感，其中「中原」三句，寫中原沈淪、仕族逃散，不知幾時再能收復的悲歎，暗暗地對南宋朝廷不圖恢復表示自己的憤懣與斥責；「試倩」兩句，採擬人手法，以「風」爲媒介，將自己與中原連成一體，表達出對中原百姓的關懷與家國淪亡的沈痛，寫得感情激越，熾熱動人。

曹明綱以爲此調「只有三十六字，却景象闊大，寄慨遙深。其上片寫景，從大處落墨，尤見視野開闊，襟懷曠遠。這與下片抒懷僅以『亂』、『散』二字高度概括金兵南侵、汴京失陷後的種種複雜局勢，正相應合。倩風吹淚，足見登臨者悲不自勝、感傷之極。金陵和揚州在當時已是宋金對峙的前沿重鎮，詞人將其分用於詞的首尾，可能出於巧合，但它們客觀上的前呼後應，更強調和突出了全詞離黍之悲的時代意義。」（《詞林觀止．上》）體會很眞切。

## 結構分析表

- △
  - 實
    - 事 ——「金陵」二句
    - 景
      - 陸地 ——「萬里」句
      - 水流 ——「大江流」
  - 虛（情）
    - 因 ——「中原亂」三句
    - 果 ——「試倩」二句

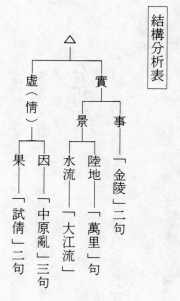

# 好事近

搖首出紅塵①，醒醉更無時節。活計綠蓑青笠②，慣披霜衝雪。　晚來風定釣絲閒，上下是新月。千里水天一色，看孤鴻明滅。

## 注釋

①紅塵：繁華塵世。在此指官場。

②活計句：謂以打魚爲生計。活計，一作「生計」。綠蓑青笠，爲漁人之裝具。張志和〈漁歌子〉：「青箬笠，綠蓑衣，斜風細雨不須歸。」

## 〔分析〕

這首詞歌詠的是作者晚年充當漁父的閑適生活，是用「先泛（事）後具（景）」的結構寫成的。

「泛」（事）的部分，爲上片四句，泛敍自己不得已而歸隱，從事漁釣的事實。所謂

「搖首」，所謂「醒醉無時節」，可看出作者無可奈何的心意。「具」（景）的部分，爲下片四句，具寫一次漁釣的經驗，先以「晚來」二句，寫新月在水面上下相映的靜景；再以「千里」二句，寫孤鴻在水天一色中出現、消失的動景。就在一靜一動中，構成了一幅極爲悠閑、美麗的畫面，令人神往。

不過，值得注意的是，在這個畫面裡出現了「孤鴻」，由作者看來，不是失散的難民的形影（見〈卜算子〉詞）嗎？這樣說來，作者此時的心境依然是不平靜的。

**結構分析表**

△
- 泛（事）
  - 因（出紅塵）——「搖首」二句
  - 果（作漁夫）——「活計」二句
- 具（景）
  - 靜景（新月）——「晚來」二句
  - 動景（孤鴻）——「千里」二句

# 岳飛

（一一〇三～一一四一）

字鵬舉，相州湯陰人。少負氣節，家貧力學，好《左氏春秋》、孫吳兵法。宣和中，以敢戰士應募，隸留守宗澤部下。以屢破金兵，高宗手書「精忠岳飛」四字，製旗以賜之。後大破金兵於朱仙鎮，欲指日渡河，時秦檜力主和議，乃一日降十二金字牌召飛還，復諷万俟卨等劾之，被捕下獄死，時年三十九。孝宗立，詔復飛官，以禮改葬，謚武穆。寧宗時，追封鄂王，改謚忠武。飛兼工詩詞，自抒懷抱，惜傳作不多。

# 滿江紅

怒髮衝冠①，憑闌處、瀟瀟雨歇。擡望眼、仰天長嘯，壯懷激烈。三十功名塵與土，八千里路雲和月。莫等閒②、白了少年頭，空悲切。

靖康恥③，猶未雪。臣子恨，何時滅。駕長車、踏破賀蘭山④缺。壯志饑餐胡虜肉，笑談渴飲匈奴血。待從頭、收拾舊山河，朝天闕⑤。

## 注釋

①怒髮衝冠：謂悲憤至極，使髮皆上指，欲衝去帽冠。《史記·廉頗藺相如傳》：「怒，髮上衝冠。」

②等閒：猶言輕易、隨便。皮日休〈襄州春遊〉詩：「等閒遇事成歌詠，取次衝筵隱姓名。」

③靖康恥：宋欽宗靖康二年（一一二七）金兵寇中原，破汴京，虜徽、欽二帝北去，囚於五國城，此乃宋之奇恥大辱。

④賀蘭山：在今寧夏省寧夏縣西，時為金人所佔領。《元和郡縣志》：「賀蘭山，樹木青白，望如

駮馬，北人呼駮馬曰賀蘭，故以此名。」

⑤朝天闕：謂朝覲帝都。朝愈〈贈刑部馬侍郎〉詩：「暫從相公平小寇，便歸天闕致康時。」天闕，指天子所居。

## 〔分析〕

此詞氣勢浩瀚，寫出了作者的滿腔忠憤。

開端四句，藉憑欄所見「蕭蕭雨歇」的外在景致與當時「怒髮衝冠」、「仰天長嘯」的本身形態，以具寫壯懷之激烈。「三十」兩句，由果而因，就過去，分敘「壯懷激烈」的頭一個原因在於征戰南北，勛業未成。「莫等閒」兩句，承上兩句，就未來，分敘「壯懷激烈」的另一個原因在於時日已無多，深悲自己會「等閒白了少年頭」。換頭四句，承上片的「壯懷激烈」，總括了上兩個分敘的部分，寫國恥未雪的憾恨，拈明一篇主旨，大力地將一片壯懷，噴薄傾吐。「駕長車」三句，則由實而轉虛，透過設想，虛寫驅車滅敵、湔雪國恥的情景，眞可謂「氣欲凌雲，聲可裂石」。結尾兩句，依然以虛寫的手法，進一層寫雪恥後朝見天子的理想結局，以反襯主旨作收。詠來眞可令人起頑振懦。陳廷焯說此詞「千載後讀之，凜凜有生氣焉」（《白雨齋詞話》），的確是如此，可說是呈現剛健之美的佳作。

由此可見此詞是採「先實後虛」的結構寫成的。葉麗琳說：「過去注家們較多地强調了

〈滿江紅〉詞激昂壯烈的一面，這自然是對的，但對詞中孕含著的悲憤以至怨恨的另一面有所忽視，則是不妥的。」（《中國歷代詩歌名篇鑑賞辭典》）這是很正確的看法。

**結構分析表**

△
- 實（猶未雪恥）
  - 果一——「怒髮衝冠」三句
  - 因——「壯懷激烈」句
  - 果二——「三十功名」二句
- 虛（何時滅恨）
  - 泛敘——「莫等閒」二句
  - 插敘
    - 因——「靖康恥」二句
    - 果——「臣子恨」二句
  - 細寫
    - 收復中原——「駕長車」三句
    - 朝見天子——「待從頭」二句

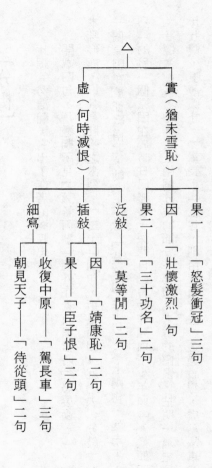

# 陸游

（一一二五～一二一〇）

字務觀，自號放翁，越州山陰（今浙江紹興）人。年十二，能詩文，蔭補登仕郎。二十九歲赴臨安，試禮部，應舉進士，名列秦檜孫秦塤之前，爲檜所嫉而顯黜之。檜死，始爲福建寧德主簿。孝宗即位，遷樞密院編修官，賜進士出身。曾通判建康府、隆興府、夔州。王炎撫川陝，辟爲幹辦公事。范成大帥蜀，任參議官，以文字交，不拘禮法。紹熙元年，遷禮部郎中，後以寶章閣待制致仕。游才氣超逸，尤長於詩，爲南宋著名詩人。其詩清新刻露，而出於圓潤，且愛國之心，至死不渝，後世目之爲愛國詩人。有《劍南詩稿》、《渭南文集》傳世。

# 釵頭鳳①

紅酥手②，黃縢酒③，滿城春色宮牆柳。東風惡，歡情薄。一懷愁緒，幾年離索④。錯！錯！錯！　春如舊，人空瘦，淚痕紅浥鮫綃透⑤。桃花落，閒池閣。山盟⑥雖在，錦書難託。莫！莫！莫⑦！

## 注釋

①釵頭鳳：周密《齊東野語》：「陸務觀初娶唐氏，閎之女也，於其母夫人爲姑姪。伉儷相得而弗獲於其姑，既出而未忍絕之，則爲別館時時往焉。姑知而掩之，雖先知挈去，然事不得隱，竟絕之，亦人倫之變也，唐後改適同郡宗子士程。嘗以春日出游，相遇於禹跡寺南之沈氏園。唐以語趙，遣致酒餚。翁悵然久之，爲賦〈釵頭鳳〉一詞，題園壁間。實紹興乙亥歲（一一五五）也。」《歷代詩餘》卷一百十八引夸娥主人：「陸放翁娶婦，琴瑟甚和，而不當母夫人意，遂至解褵。然猶餽遺殷勤，嘗貯酒贈陸，陸謝以詞，有『東風惡，歡情薄』之句，蓋寄聲〈釵頭鳳〉也。婦亦答詞云：『世情薄，人情惡，雨送黃昏花易落。曉風乾，淚痕殘。欲箋心事，獨語斜

闌。難！難！難！人成各，今非昨，病魂常似千秋索。角聲寒，夜闌珊。怕人尋問，咽淚裝歡。瞞！瞞！瞞！』未幾，以愁怨死。」

②紅酥手：謂手紅潤細嫩。

③黃縢酒：酒名，即黃封酒，爲官酒之一種。一說即藤黃，狀酒之顏色，與上「紅酥」對偶。

④離索：離羣索居，即分散之意。

⑤淚痕句：謂手絹爲胭脂與眼淚所濕透。浥，沾濕。鮫綃：絲織之手帕。

⑥山盟：舊日之誓約。古人重信義，凡盟誓，乃指如山岳之不可移易，故云山盟。

⑦莫：猶口語云「罷了罷了」，表示絕望之意。

## 〔分析〕

根據周密《齊東野語》和陳鵠《耆舊續聞》等書的記載，陸游初娶表妹唐琬，雖伉儷情篤，卻因得不到陸母的歡心而離異。後陸游另娶，而唐琬也改嫁趙士程。有一年春天，陸游與唐琬不期在紹興禹跡寺南的沈氏園見面，唐琬徵得趙士程之同意，遣致酒餚，陸游因而悵然不已，爲賦一詞，題於園壁，相傳即此〈釵頭鳳〉詞。

此詞體現作者對前妻唐琬的無比深情，是用「先昔後今」的順敍法所寫成的。

「昔」的部分，爲上片十句。先以「紅酥手」二句，寫唐琬當年勸酒的情景；再以「滿城」句，寫當年沈氏園的春色；然後以「東風惡」七句，由景轉情，寫出對當年美滿婚姻不能維持長久的悔恨，以及對唐琬的無盡思戀。其中「東風惡」二句，寫婚姻遭到破壞；「一懷」句，寫分離後之相思與傷痛；而「錯！錯！錯！」則强烈地表達了悔恨情緒。「今」的部分，爲下片十句。先以「春如舊」三句，寫眼前之人，說春雖依舊，而人卻不僅消瘦，並且也流著眼淚，就連手巾都沾濕了；接著以「桃花落」二句，寫花落閣閒之春日殘景，恰與當年「滿城春色」之春日盛景，作成强烈對比，以鮮明地反映出人事之變遷，將傷痛推深一層；最後以「山盟」三句，寫雖有愛情不渝之盟誓，卻因如今已各另有婚配，無法互通書信，因此只有忍痛作罷，所謂「莫！莫！莫！」表達了無限的傷痛與絕望之情。

這首詞以今昔對比的方式，寫出了作者無比的愛戀與悔恨，十分感人。耿百鳴說：「銘心刻骨的愛戀和被這離異的悔恨是貫穿全詞的感情基調。往日夫妻歡會的甜蜜回憶更映襯出今日邂逅的惆悵難堪，從『紅酥手』到『人空瘦』，鮮明的形象對比揭示出感情的創痛與折磨，從『滿城春色』到『桃花落』，景色的變化又絕好地反映出了人事的變遷。映襯對比的手法，配合著激憤宕蕩的情感、緊促急切的節奏，營造出一種深沉慨歎的氣氛，是詩人感情歷程的實錄。」（《詞林觀止・上》）把這種特點說明得很清楚。

結構分析表

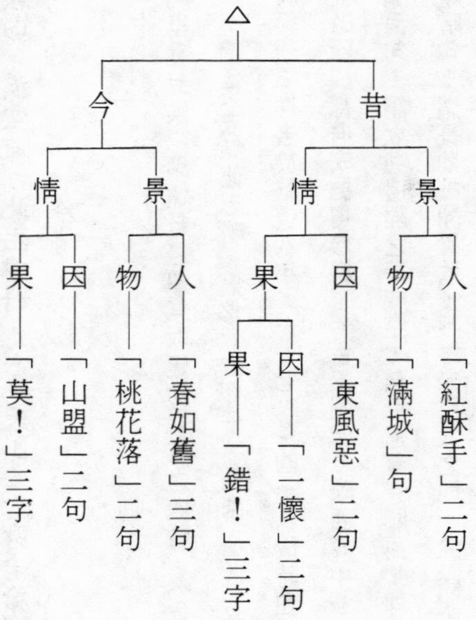
△
昔
今
景
情
景
情
人
物
因
果
物
人
因
果
「紅酥手」二句
「滿城」句
「東風惡」二句
因
「一懷」二句
果
「錯！」三字
「春如舊」三句
「桃花落」二句
「山盟」二句
「莫！」三字

# 訴衷情

當年萬里覓封侯①，匹馬戍梁州②。關河夢斷何處③？塵暗舊貂裘④。胡未滅，鬢先秋⑤，淚空流。此生誰料，心在天山⑥，身老滄洲⑦！

## 注　釋

①萬里覓封侯：謂遠赴邊疆覓取建功立業之機會。《後漢書・班超傳》：「少有大志，嘗投筆嘆曰：『大丈夫無他志略，猶當效傅介子、張騫，立功異域，以取封侯，安能久事筆硯間乎？』」

②戍梁州：作者於乾道八年（一一七二）四十八歲時在漢中任四川宣撫使司幹辦公事兼檢法官，旋改除成都府安撫司參議官。古梁州當今陝西漢中一帶，以梁山而得名。此處指南鄭。

③關河句：謂立功邊陲之夢成空，無可追尋。關河，即關塞河防。此處指梁州。

④塵暗句：謂長期投閒置散，英雄無用武之地。《戰國策・秦策》：「（蘇秦）說秦王書十上，而說不行。黑貂之裘弊，黃金百斤盡，資用乏絕，去秦而歸。」

⑤鬢先秋：謂鬢髮早白，一如秋霜。

⑥天山：即祁連山。《漢書．武帝紀》：「貳師將軍三萬騎出酒泉，與右賢王戰於天山。」顏師古注：「即祁連山也。匈奴謂天爲祁連，今鮮卑語尙然。」

⑦滄洲：猶言江湖，喩高士隱遁之處。謝脁〈之宣城出新林浦向板橋〉詩：「既懽懷祿情，復協滄洲趣。」

## 〔分析〕

此詞作於作者晚年隱居時期，旨在寫英雄無用武之地的悲哀。起二句，追敍當年效法班超投筆從戎、匹馬遠戍邊塞的壯擧。「關河」兩句，時間由過去拉回現在，藉「關河夢斷」、「塵暗貂裘」，具寫現在長期賦閑、英雄無用武之地的深切悲痛。換頭三句，承上片末兩句，仍就現在，進一層地寫國恥未雪、年齒老大、泫然淚落的感傷。結尾三句，總括全詞，以「心在天山」收起二句、「身老滄洲」收「關河」五句，寫出了一片愛國的赤忱與夢想無法實現的悲哀。這樣以「先目後凡」的形式寫來，寫得極爲悲壯滄涼，感人至深。

陳弘治說：「陸游參加抗金的時日雖然不多，但他那片愛國的赤忱卻是至死不渝。本詞即寫出了他衰老不堪的時候，那種爲國遠戍的夢想始終沒有磨滅的愛國熱情。詞情悲壯蒼涼，充滿了烈士暮年壯心不已的氣概。」（《唐宋詞名作析評》）這樣，譽爲「愛國詩人」，是一點也不爲過的。

## 結構分析表

- △
  - 目
    - 心在天山
      - 因——「當年」句
      - 果——「匹馬」句
    - 身老滄洲
      - 夢——「關河」句
      - 醒
        - 因
          - 正——「塵暗」句
          - 反——「胡未滅」句
        - 果——「鬢先秋」二句
  - 凡——「此生」三句

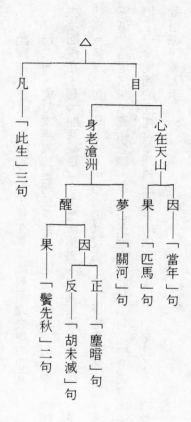

# 卜算子

詠梅

驛外斷橋邊，寂寞開無主。已是黃昏獨自愁，更著風和雨。　無意苦爭春，一任羣芳妒。零落成泥碾作塵，只有香如故①。

**注釋**

①零落二句：作者〈言懷〉詩：「蘭碎作香塵，竹裂成直紋。」

## 〔分析〕

此詞藉詠梅來表現自己品格之高潔，是用「由昔（開）而今（落）」的順敍法所寫成的。

就「昔」（開）的部分來說，自篇首至「一任」句止。先以「驛外」句，寫梅開在無人注意的「斷橋邊」，由於「無主」，所以「寂寞」；再以「已是」二句，寫它開後已是黃昏時分，且又遭到無情風雨的吹打，使它更自愁不已；然後以「無意」二句，寫它雖然沒有和浮花浪蕊爭豔的意思，卻受到浮花浪蕊的嫉妒。「今」（落）的部分，爲收尾二句，寫它凋落爲泥爲塵，依然保持著一樣的芳香。

由這種內容看來，作者詠梅，只是手段而已，而眞正的要表達的，是自己至死不變的高尚志節，所謂「香如故」，即指此而言。耿百鳴以爲「此詞托物自喻，寄慨深遠，作者濃墨勾畫梅花所處環境的嚴峻惡劣，以此襯托梅花的格調韻致。作者欣賞梅花的高潔孤傲，更欽佩她凜然特立，與環境抗爭的勇氣，在梅花身上寄予了深切讚賞之情。而在詞中，我們又分明可見詩人自己身世遭際的影子，詠物兼詠懷，使這首小詞在衆多的詠梅作品中獨具一格。」（《詞林觀止・上》）很有見地。

結構分析表

△
- 昔（開）
  - 開時
    - 地點——「驛外」句
    - 狀態——「寂寞」句
  - 開後
    - 遭遇一（著風雨）——「已是」二句
    - 遭遇二（羣芳妒）——「無意」二句
- 今（落）
  - 零落——「零落」句
  - 留香——「只有」句

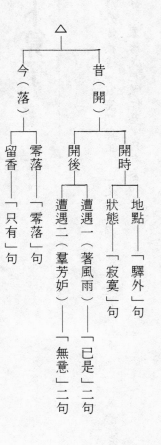

# 辛棄疾

（一一四〇～一二〇七）

字幼安，自號稼軒居士，齊之歷城人。少師亳州劉嵒老，與黨懷英同學，並有文才，號辛黨。紹興三十二年（一一六二）歸宋，授承務郎。孝宗時，歷任江西、湖北、湖南等路安撫使，屢以平盜、賑災立功。後以言者論列落職。寧宗時，起知紹興府，改鎮江，整頓鹽政、農政，皆著有成效。後詔除樞密都承旨，未受命，大呼殺敵數聲而卒，享年六十八歲。棄疾志切國讎，耿耿精忠，白首不衰；然以讒擯銷沮，在南渡後，强半閒廢，不爲時用，於是自詭林泉，將一腔忠憤全寄於詞上，悲壯激烈，於剪紅刻翠外，別立一宗。有《稼軒詞》傳世。

# 水龍吟

登建康賞心亭①

楚天千里清秋，水隨天去秋無際。遙岑遠目②，獻愁供恨，玉簪螺髻③。落日樓頭，斷鴻聲裡，江南遊子。把吳鈎④看了，闌干拍遍，無人會，登臨意。休說鱸魚堪膾，儘西風、季鷹歸未⑤。求田問舍，怕應羞見，劉郎才氣⑥。可惜流年，憂愁風雨，樹猶如此⑦。倩何人、喚取紅巾翠袖⑧，搵英雄淚。

## 注釋

①建康賞心亭：《景定建康志》卷二十二：「賞心亭在下水門之城上，下臨秦淮，盡觀覽之勝，丁晉公謂建。」建康，即今南京。

②遙岑遠目：謂極目遙山。韓愈〈城南聯句〉：「遙岑出寸碧，遠目增雙明。」

③玉簪螺髻：謂尖形之山如玉簪、圓形之山如螺髻也。韓愈〈送桂州嚴大夫〉詩：「水作青羅帶，山如碧玉篸。」篸，即簪。皮日休〈縹緲峯〉詩：「似將青螺髻，撒在月明中。」

④吳鈎：刀名，似劍而曲。杜甫〈後出塞〉詩：「少年別有贈，含笑看吳鈎。」

⑤休說三句：《世說新語．識鑒》：「張季鷹（翰）辟齊王東曹掾，在洛見秋風起，因思吳中菰菜羹，鱸魚膾，曰：『人生貴得適意爾，何能羈宦數千里以要名爵？』遂命駕便歸。俄而齊王敗，時人皆謂爲見機。」儘，極，盡。

⑥求田三句：《三國志．魏書．陳登傳》：「許汜與劉備共在荊州牧劉表坐，表與備共論天下人，汜曰：『陳元龍湖海之士，豪氣不除。』備問汜：『君言豪，寧有事耶？』汜曰：『昔遭亂，過下邳，見元龍，元龍無客主之意，久不相與語，自上大牀臥，使客臥下牀。』備曰：『君有國士之名，今天下大亂，帝王失所，望君憂國忘家，有救世之意；而君求田問舍，言無可采，是元龍所諱也，何緣與君語！如小人，欲臥百尺樓上，臥君於地，何但上下牀之間耶！』」劉郎，即劉備。

⑦樹猶如此：《世說新語．言語》：「桓公（溫）北征，經金城，見前爲琅邪時種柳，皆已十圍，慨然曰：『木猶如此，人何以堪？』攀枝執條，泫然流涕。」

⑧紅巾翠袖：女子妝飾，以代美人。

## 〔分析〕

此詞當作於孝宗淳熙元年（西元一一七四年），這一年，作者由司農主簿改調江東安撫司任參議官，於是重至建康，登亭遠眺，鬱悒有感，而賦了這闋詞。

開篇五句，寫清秋天空、水流、遠山的空闊景象，以初步襯托出一己之「愁恨」。「落日」七句，由景而及人，藉落日、斷鴻之外在景物與看了吳鈎、拍遍闌干的自身動作，寫自己流落江南、英雄無用武之地的境況，將「愁恨」又推深一層。

下片起首八句，一連用三個典故，續把「愁恨」作更進一步的宣洩。其中「休說」兩句，用張翰的典故，寫有家歸不得；「求田」三句，用許汜、陳登與劉備的典故，寫不屑於求田；「可惜」三句，用桓溫的典故，寫年事已老大。這樣，「愁恨」可說已深至無以復加，於是作者便於結尾兩句，發出世無知己與抱負不得一展的沈重悲歎，以回應「無人會，登臨意」兩句作收，收得眞是「豪氣濃情，一時並集，如聞垓下之歌」（唐圭璋《唐宋詞簡釋》）啊！

## 結構分析表

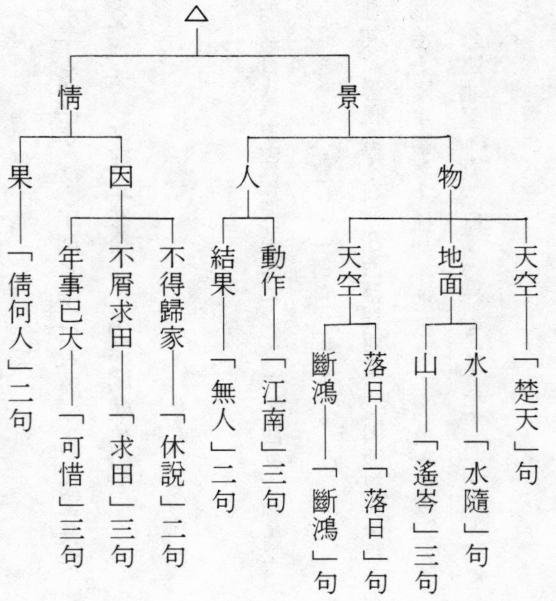
△
景
物
天空
「楚天」句
地面
水
「水隨」句
山
「遙岑」三句
天空
落日
「落日」句
斷鴻
「斷鴻」句
人
動作
「江南」三句
結果
「無人」二句
情
因
不得歸家
「休說」二句
不屑求田
「求田」三句
年事已大
「可惜」三句
果
「倩何人」二句

# 菩薩蠻

書江西造口①壁

鬱孤臺下清江水②，中間多少行人淚。西北望長安③，可憐無數山。　青山遮不住，畢竟東流去。江晚正愁余④，山深聞鷓鴣⑤。

## 注釋

①江西造口：《方輿紀要》卷八十七：「江西萬安縣南六十里皂口江，源出贛縣界二龍山，經上造、下造，流入贛江。」造口，即皂口。

②鬱孤句：鬱孤臺，在今江西贛縣西南。《輿地紀勝》卷三十二：「江南西路贛州南康郡，鬱孤臺在郡治，隆阜鬱然，孤起平地數丈，冠冕一郡之形勝，而襟帶千里之山川。唐李勉爲虔州刺史，登臨北望，慨然曰：『雖不及子牟，而心在魏闕也。』改鬱孤爲望闕。」清江水，即贛江水。

③西北句：西北，四卷本作東北。杜甫〈小寒食舟中〉詩：「雲白山青萬餘里，愁看直北是長安。」

④愁余：即愁予。《楚辭・九歌・湘夫人》：「目眇眇兮愁予。」注：：「予，屈原自謂也。」此處指稼軒自己。

⑤鷓鴣：鳥名，如鷄黑色，其鳴曰「行不得也哥哥」。

## 〔分析〕

此詞作於孝宗淳熙二、三年（西元一一七五、一一七六年）作者任江西提刑任內。這時作者已平定了茶寇之亂，卻未能如願地回朝晋用，而依然留在江西，於是藉著這闋詞來表達內心的無限悲憤。

作者首先以起首兩句，就近水，藉自己灑落台下清江水中的眼淚，初步襯托出悲憤之情來；再以「西北」兩句，就遠山，藉望長安中無數的青山，將它們譬作妨賢的許多小人，進一步地將悲憤之情加以推深；繼而以「青山」兩句，合山與水而爲一，寫青山遮不住清江東流的實景，以暗斥小人不能長久得意，並爲自身的滯留難歸發出慨歎，使得悲憤之情又趨濃一層；最後以結尾兩句，仍然將山與水打成一片，寫自己佇立江邊、愁聞鷓鴣的樣子，拈出一個「愁」（即悲憤之情）字，回抱全詞作收。層層寫來，寫得眞是「大聲鏜鞳」（梁啓超《藝蘅館詞選》），有著無盡的悲憤。

鄭騫曾解釋這首詞說：「行人謂己方居外任。長安指臨安言，正在贛州東北，鬱孤又名望闕，故『幼安自此起興』。望長安而青山無數，傷朝士之蔽賢也，即孔子『吾欲望魯兮，龜山蔽之』之意。『聞鷓鴣』之句，謂還朝晋用行不得也。贛江不受青山之遮，畢竟東流，己則終難東歸，置身十八灘頭，眞有蹙蹙靡騁之感矣。」（《詞選》）分析得極爲深刻。

結構分析表

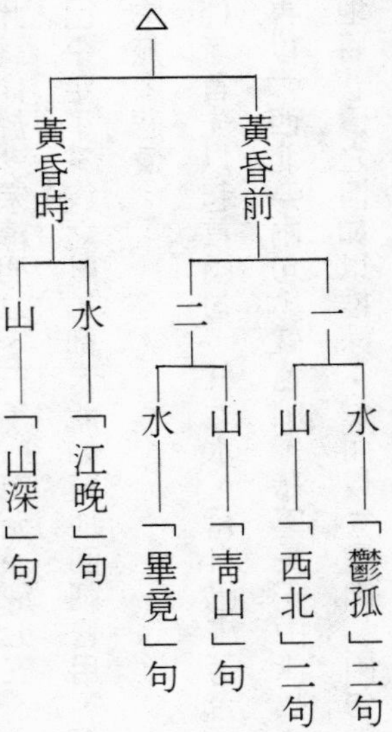

# 摸魚兒

淳熙己亥自湖北漕移湖南①，同官王正之置酒小山亭②，為賦。

更能消③、幾番風雨，匆匆春又歸去。惜春長怕花開早，何況落紅無數。春且住，見說道、天涯芳草無歸路。怨春不語。算只有殷勤，畫檐蛛網，盡日惹飛絮。

長門事，準擬佳期又誤，蛾眉曾有人妒。千金縱買相如賦，脈脈此情誰訴④。君莫舞，君不見、玉環飛燕⑤皆塵土。閒愁最苦。休去倚危闌，斜陽正在，煙柳斷腸處。

## 注釋

①淳熙句：淳熙己亥，即孝宗淳熙六年（一一七九），時稼軒四十歲，由湖北轉運副使調任湖南。漕，轉運副使之簡稱。

②同官句：王正之，名正己，浙江鄞縣人，時任湖北轉運副使。小山亭，在湖北轉運司衙門內。

③消：消受、禁得、經得起。

④長門五句：司馬相如〈長門賦序〉：「孝武皇帝陳皇后時得幸，頗妒，別在長門宮，愁悶悲思。聞蜀郡成都司馬相如天下工為文，奉黃金百斤為相如文君取酒，因於解悲愁之辭，而相如為文

以悟主上，陳皇后復得親幸。」

⑤玉環飛燕：玉環，即楊貴妃，安祿山亂起，賜死於馬嵬坡。飛燕，即趙飛燕，漢成帝后，後廢爲庶人，自殺。二人皆以善妒出名。蘇軾〈孫莘老求墨妙亭〉詩：「短長肥瘦各有態，玉環飛燕誰敢憎。」

## 〔分析〕

這是闋抒寫怨憤之作。上片寫景，而景中寓情；下片抒情，而情中帶景，一路情景交融地寫來，其姿態之飛動、情思之激切，千古罕見。

起首「更能消」兩句，泛寫春歸之速；「惜春」四句與「怨春」四句，依序藉無數落紅、天涯芳草及殷勤蛛網盡日惹絮的殘景，具寫春歸之速，以表出無限「惜春」、「怨春」之情，預爲下片的抒情鋪好路子。

下片開端五句，用漢朝陳皇后被禁冷宮，請司馬相如作賦以感悟孝武帝的典故，抒寫自己當有新除而又遭讒，以致落空的怨憤；「君莫舞」兩句，用漢后趙飛燕與唐妃楊玉環的典故，以痛斥小人必不會有好的下場，把怨憤之情再予推深；「閒愁」句，以「閒愁」（即怨憤之情）點明一篇主旨，以統攝全詞。結尾三句，以煙柳上的斜陽，暗喻日非的國運，藉景結情，結得悲涼沈鬱，無可倫比。

對這闋詞，梁啓超曾作解釋說：「詞意誠近怨望，『長門事』以下數句，至『脈脈此情誰訴』，語幾露骨矣。先生兩年來，由江陵帥、隆興帥轉任漕司，雖非左遷，然先生本功名之士，惟專閫庶足展其驥足，碌碌錢穀，當非所樂。此次去湖北任，謂當有新除，然仍移漕湖南，殊乖本望，故曰：『本擬佳期又誤』也。本年〈論盜賊箚子〉有云：『臣孤危一身久矣，荷陛下保全，事有可爲，殺身不顧。』又云：『生平剛拙自信，年來不爲衆人所容，恐言未脫口，而禍不旋踵。』則『蛾眉曾有人妒』，亦是實情。蓋歸正北人，驟躋通顯，已不爲南士所喜，而先生以磊落英多之姿，好譚天下大略，又遇事負責任，與南朝士大夫泄沓柔靡風習，尤不相容。前此兩任帥府，皆不能久於其任，或即緣此。詩（案：詩，疑當作詞）可以怨，怨固宜矣。」—（《辛稼軒先生年譜》）把詞義剖析得十分精當。

## 結構分析表

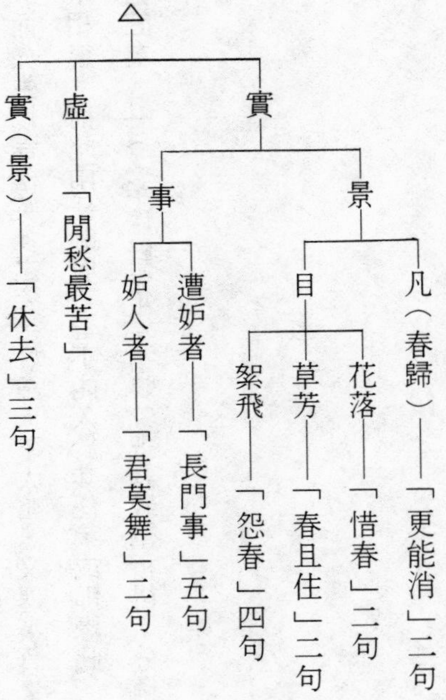
△
實
景
凡（春歸）——「更能消」二句
目
花落——「惜春」二句
草芳——「春且住」二句
絮飛——「怨春」四句
事
遭妒者——「長門事」五句
妒人者——「君莫舞」二句
虛——「閒愁最苦」
實（景）——「休去」三句

# 祝英臺近

晚春

寶釵分①，桃葉渡②，煙柳暗南浦③。怕上層樓，十日九風雨。斷腸片片飛紅，都無人管，更誰勸、啼鶯聲住④。　鬢邊覷。試把花卜歸期，纔簪又重數⑤。羅帳燈昏，哽咽夢中語。是他春帶愁來，春歸何處，卻不解、帶將愁去。

## 注釋

①寶釵分：分寶釵以贈別，喻夫婦別離。梁陸罩〈閨怨〉詩：「偏恨分釵時。」

②桃葉渡：在今南京秦淮河與青溪合流處。原爲王獻之與妾作別處，後用以泛指男女送別之所在。《古今樂錄》：「王獻之愛妾名桃葉，其妹曰桃根。獻之嘗臨渡，歌以送之，後人因名渡曰桃葉。」

③南浦：泛指送別之地。江淹〈別賦〉：「送君南浦，傷如之何。」

④更誰句：一作「倩誰喚、流鶯聲住」。

⑤試卜二句，謂頻數所簪花瓣數目，占卜離人之歸期。其法未詳。

## 〔分析〕

這是首寫暮春恨別的作品。

它由篇首三句，直接點出離別（寶釵分）與「晚春」（題目），分爲二軌，將全詞作個總括，這是「凡」的部分；由「怕上層樓」六句，承首的「煙柳暗南浦」（晚春），透過風雨下的飛紅與啼鶯，寫晚春的殘景，這是「目一」的部分，爲第一軌；由「鬢邊覷」五句，承篇首的「寶釵分」，透過卜花與入夢，寫別後相思的情狀，這是「目二」的部分，爲第二軌；由「是他春帶愁來」三句，以「春歸」上收「目一」的部分，以「愁」上收「目二」的部分，拈明「春愁」作結，這又是「凡」的部分。這種「凡、目、凡」的雙軌結構，出現在篇幅短小的詞裡，是很難能可貴的。

沈謙以爲「稼軒詞以激揚奮厲爲工，至『寶釵分，桃葉渡』，昵狎溫柔，魂銷意盡，才人伎倆，眞不可測。昔人論畫云：『能寸人豆馬，可作千丈松。』知言哉！」（《塡詞雜說》）的確是如此。

## 結構分析表

- △
  - 凡
    - 別離—「寶釵分」
    - 晚春—「桃葉」二句
  - 目
    - 晚春—「怕上」六句
    - 別離—「鬢邊」五句
  - 凡
    - 春歸—「是他」二句
    - 別恨—「卻不解」句

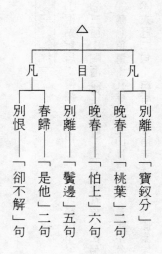

# 沁園春

帶湖新居將成①

三徑初成②，鶴怨猿驚③，稼軒未來。甚雲山自許，平生意氣；衣冠人笑，抵死塵埃④。意倦須還，身閑貴早，豈為蓴羹鱸膾⑤哉！秋江上，看驚弦雁避⑥，駭浪船回。東岡更葺茅齋，好都把、軒窗臨水開。要小舟行釣，先應種柳；疎籬護竹，莫礙觀梅。秋菊堪餐，春蘭可佩⑦，留待先生手自栽。沈吟久，怕君恩未許，此意徘徊⑧。

## 注釋

①帶湖新居：帶湖在江西上饒北郊北靈山下。辛幼安嘗營新居於此，題曰稼軒，並以爲號。

②三徑：陶潛〈歸去來辭〉：「三徑就荒，松菊猶存。」

③鶴怨猿驚：孔稚圭〈北山移文〉：「蕙帳空兮夜鶴怨，山人去兮曉猿驚。」

④衣冠二句：白居易〈遊悟寺〉詩：「斗擻塵埃衣，禮拜冰雪顏。」抵死，猶言老是、總是。

⑤蓴羹鱸膾：見前〈水龍吟〉詞注⑤。

⑥驚弦雁避：庾信〈周大將軍襄城公鄭偉墓誌銘〉：「麋興麗前，雁落驚弦。」

⑦秋菊二句：屈原〈離騷〉：「扈江離與辟芷兮，紉秋蘭以爲佩。」又：「朝飲木蘭之墜露兮，夕餐秋菊之落英。」
⑧怕君恩二句：稼軒時任江西安撫使，有退隱之意，恐不如願，故云。

## 〔分析〕

這是首抒寫去留難決之苦的作品。

它先以「三徑初成」三句，一面用以交代題目「帶湖新居將成」，一面又將自己未能急流勇退的事實作一泛敍，而由「三徑初成」、「稼軒未來」形成兩軌，以貫穿全篇，這是「凡」的部分；次以「甚雲山自許」十句，寫自己該來而未來，這是針對「稼軒未來」加以具寫的，爲「目一」的部分；其次以「東岡更葺茅齋」九句，寫修葺新居的種種打算，這是針對「三徑初成」加以具寫的，爲「目二」的部分；最後以「沉吟久」三句，點明自己「三徑初成」而「未來」的眞正原因，這又是「凡」的部分。

這樣用「凡、目、凡」的雙軌形式來寫，脈絡非常分明。

結構分析表

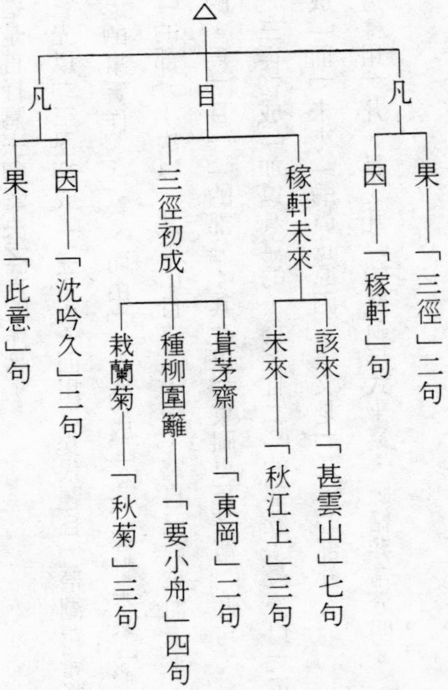
△
凡
果
「三徑」二句
因
「稼軒」句
目
稼軒未來
該來
「甚雲山」七句
未來
「秋江上」三句
三徑初成
葺茅齋
「東岡」二句
種柳圍籬
「要小舟」四句
栽蘭菊
「秋菊」三句
凡
因
「沈吟久」二句
果
「此意」句

# 醜奴兒

書博山①道中壁

少年不識愁滋味，愛上層樓②。愛上層樓，為賦新詞強說愁。　而今識盡愁滋味，欲說還休③。欲說還休，卻道天涼好箇秋！

## 注釋

①博山：《輿地紀勝》：「博山在永豐西二十里，古名通元峯，以形似廬山玉爐峯，故改今名。」

②層樓：高樓。王融〈三月三日曲水詩序〉：「層樓間起。」

③欲說還休：李清照〈鳳凰臺上憶吹簫〉詞：「生怕離懷別苦，多少事欲說還休。」

## 〔分析〕

此詞作於作者首度廢退年間，寫的是關懷國事、懷才不遇的哀愁。

上片寫「少年」，下片寫「而今」。一是由於「不識愁滋味」，所以愛「強說愁」；一是由於「識盡愁滋味」，所以「欲說還休」；在兩相對照之下，稼軒那難以言說的苦悶便恰到好處的表達出來了。

常國武說：「此作以『愁』字貫串全篇，採用今、昔對比、以昔襯今的手法，抒發了難以言喻的愁思。文字雖然明白如話，寓意卻十分豐富、深沉。」（《詞林觀止・上》）說出了這首詞的特點。

**結構分析表**

- △
  - 昔（反）
    - 因——「少年」句
    - 果——「愛上」二句
    - 因——「爲賦」句
  - 今（正）
    - 因——「而今」句
    - 果——「欲說」三句

# 醜奴兒近

博山①道中效李易安②體

千峯雲起，驟雨一霎兒價。更遠樹斜陽風景，怎生圖畫！青旗賣酒，山那畔別有人家。只消山水光中，無事過這一夏。　午醉醒時，松窗竹戶，萬千瀟灑。野鳥飛來，又是一般閑暇。卻怪白鷗，覷著人欲下未下。舊盟③都在，新來莫是，別有說話？

注釋

①博山：見前〈醜奴兒〉注①。

②李易安：即李清照。所作詞，善於將習用語，隨手拈來，而音律詼諧，意境清新，卓然爲宋代一大家。

③舊盟：稼軒於隱退帶湖初，有題作「盟鷗」之〈水調歌頭〉一闋。

〔分析〕

這是首即景抒情的作品。

它的綱領置於篇腹「只消山光水色中」二句，其中「山（水）光」爲一軌、「無事」爲一軌，這是「凡」的部分。作者爲了要具寫「山（水）光」，便以篇首「千峯雲起」六句，寫「博山道中」（題目）所見夏日雨後的景色，這是「目一」的部分；爲了要具寫「無事」，就在下片「午醉醒時」十句，藉松竹的蕭灑、野鳥的閑暇與盟鷗（作者有題作「盟鷗」的〈水調歌頭〉）的反應，寫自己的閑情，這是「目二」的部分。很明顯地，這又是採雙軌的「目、凡、目」結構所寫成的。

郁賢皓說：「全詞不疊用典故，不堆砌辭藻，純用尋常語言，白描手法，描寫了博山道中見到的難以圖畫的山光水色和作者熱愛山水的情態。意境清新、明朗、灑脫，形象鮮明生動，語言風趣流暢，筆調輕鬆活潑，是辛詞中別具一格的好詞。」（《唐宋詞鑑賞集成》）道出了本詞的好處。

結構分析表

- △
  - 目（山光）
    - 因 ——「千峯」二句
    - 果
      - 遠樹 ——「更遠樹」二句
      - 人家 ——「青旗」二句
  - 凡
    - 山光 ——「只消」句
    - 無事 ——「無事」句
  - 目（無事）
    - 松竹 ——「午醉」三句
    - 野鳥 ——「野鳥」二句
    - 白鷗 ——「欲怪」五句

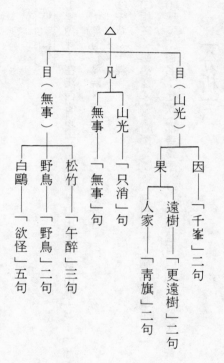

# 鷓鴣天

鵝湖寺①道中

一榻清風殿影涼，涓涓流水響回廊。千章②雲木鉤輈③叫，十里溪風穲稏④香。

衝急雨，趁斜陽，山園細路轉微茫。倦途卻被行人笑：只為林泉有底忙！

注釋

①鵝湖寺：在江西省鉛山縣東北鵝湖山山下。《鉛山縣志》：「鵝湖山在縣東北，周迴四十餘里。山麓有仁壽院，禪師所建，今名鵝湖寺。」

②千章：千棵。

③鉤輈：鷓鴣聲。《遯齋閑覽》：「鉤輈格磔，謂鷓鴣聲也。」

④穲稏：稻名：杜牧〈郡齋獨酌〉詩：「穲稏百頃稻，西風吹半黃。」

〔分析〕

這是一首記遊寫景的作品，是用「先目後凡」的結構寫成的。

上半闋四句，寫的是鵝湖寺道周遭的林泉勝景，首先是清風中的涼殿，其次是迴廊外的流水，再其次便是千章的雲木，最後是十里的稻香，景物由近而遠，寫得極其清新優美，這是就結句的「林泉」兩字來寫的，爲「目一」的部分。下半闋頭三句，寫的是「衝急雨」、「趁斜陽」、「轉微茫」的匆忙情形，這是就結句的「忙」字來寫的，爲「目二」的部分。結二句爲「凡」的部分，以「倦途卻被行人笑」一句承上啓下，借人之口引出「只爲林泉有底忙」的一句話來，以總括上兩個「目」的意思作結。很明顯的，這是用雙軌式歸納法寫成的。

**結構分析表**

△
- 目
  - 林泉
    - 內——「一楊」句
    - 外
      - 近——「涓涓」句
      - 遠——「千章」二句
  - 忙
    - 因——「衝急雨」二句
    - 果——「山園」句
- 凡——「倦途」二句

# 同調

鵝湖①歸，病起作。

枕簟溪堂冷欲秋，斷雲依水晚來收。紅蓮相倚渾如醉，白鳥無言定自愁。

書咄咄②，且休休③，一丘一壑也風流。不知筋力衰多少，但覺新來懶上樓！

## 注釋

①鵝湖：《鉛山縣志》：『鵝湖山在縣東北，周迴四十餘里。其影入於縣南西湖。諸峯聯絡，若獅象犀猊，最高者峯頂三峯挺秀。《鄱陽記》云：『山上有湖多生荷，故名荷湖。』東晉人龔氏居山蓄鵝，其雙鵝育子數百，羽翮成乃去，更名鵝湖。唐大曆中大義智孚禪師植錫山中，雙鵝復還。山麓有仁壽院，禪師所建，今名鵝湖寺。」

②書咄咄：《晉書．殷浩傳》：「浩雖被黜放，口無怨言，夷神委命，談詠不輟。雖家人不見有流放之感；但終日書空，作『咄咄怪事』四字而已。」

③且休休：《唐書．卓行傳》：「司空圖字表聖。本居中條山王官谷，有先人田，遂隱不出。作亭觀素室，悉圖唐興節士文人，名亭曰休休，作文以見志，曰：『休，美也。既休而美具。故量

才一宜休，揣分二宜休，耄而瞶，三宜休。又，少也墮，長也率，老也迂，三者非濟時用，則又宜休。』」

〔分析〕

此爲夏日病起、即景抒情之作。上片由內寫到外，寫的是溪堂內外的寂寥夏景，而下片由隱退寫到衰病，寫的則是作者晚年落寞的情懷。一實一虛，先後相應，把作者廢退後的失意心境，刻畫得非常生動。

依詞意看來，此詞當作於淳熙十三年（西元一一八六年）前後，題中所說的鵝湖，在鉛山附近，記遊該地之作，集中屢見不鮮。據題作「鵝湖道中」的一首〈鷓鴣天〉詞的描述，稼軒當時爲了趕路，曾「衝急雨，趁斜陽」，他的病或即緣此而起；「病起」後，獨對眼前溪堂周遭的寂寥夏景，想起自身被控以莫須有的罪名而落職的事，不由得也像晋朝的殷浩一樣，終日書空，發出失意的感歎來。稼軒此時情懷之落寞，於此可見一斑。

## 結構分析表

- △
  - 景
    - 內──「枕簟」句
    - 外
      - 天空──「斷雲」句
      - 水面──「紅蓮」二句
  - 情
    - 隱退──「書咄咄」三句
    - 衰病──「不知」二句

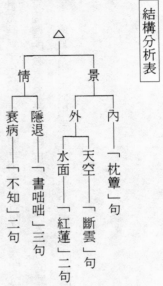

## 同調 有感

出處從來自不齊①。後車方載太公歸②；誰知寂寞空山裡，卻有高人賦采薇③。黃菊嫩，晚香枝，一般同是采花時。蜂兒辛苦多官府，蝴蝶花間自在飛。

### 注釋

①出處句：蘇軾〈送歐陽主簿〉詩：「出處年來恨不齊，一樽臨水記分攜。」

②後車句：《史記・齊太公世家》：「太公望呂尚者，東海上人。周西伯獵，果遇太公於渭之陽，與語，大說，曰：『吾太公望子久矣。』故號之曰太公望，載與俱歸，立爲師。」

③誰知二句：《史記・伯夷列傳》：「伯夷、叔齊，孤竹君之二子也。武王已平殷亂，天下宗周，而伯夷、叔齊恥之，義不食周粟，隱於首陽山，采薇而食之。及餓且死，作歌，遂餓死於首陽山。」

## 〔分析〕

這闋詞也作於作者首度廢退年間，是一篇感懷不遇的作品，採「先凡後目」的結構寫成。

在這闋詞裡，作者先用「出處從來自不齊」一句，揭出一篇的主旨，以統括全詞，爲「凡」的部分，然後針對主旨，分別列舉三樣「出處不齊」的例證來：在第一個例證裡，太公望相周，是「出」；伯夷、叔齊隱於首陽山，采薇而食，是「處」；這是就人類的「不齊」來說的，爲「目一」的部分。在第二個例證裡，黃菊始開，是「出」；晚香將殘，是「處」；這是就植物的「不齊」來說的，爲「目二」的部分。在第三個例證裡，蜂兒辛苦，是「出」；蝴蝶自在，是「處」；這是就昆蟲的「不齊」來說的，爲「目三」的部分。所謂「綱舉目張」，寫來條理清晰異常。

### 結構分析表

- △
  - 凡——「出處」句
  - 目
    - 人——「後車」三句
    - 花——「黃菊」三句
    - 蜂蝶——「蜂兒」二句

# 滿江紅

中秋寄遠

快上西樓，怕天放浮雲遮月。但平聲喚取、玉纖橫管，一聲吹裂①。誰做冰壺②涼世界，最憐玉斧修③時節。問嫦娥、孤令④有愁無？應華髮。雲液滿，瓊杯滑。長袖舞，清歌咽。歎十常八九，欲磨還缺。但願長圓如此夜，人情未必看承別⑤。把從前、離恨總成歡，歸時說。

## 注釋

①玉纖兩句：玉纖，女子之手指。橫管，指簫笛一類之樂器。葉夢得《石林詩話》卷上：「晏元獻公留守南都，王君玉爲府簽判。賓主相得，日以飲酒賦詩爲樂，佳時勝日未嘗輒廢。嘗遇中秋陰晦，齋廚夙爲備，公適無命。既至夜，君玉密使人伺公，曰：『已寢矣』。君玉亟爲詩以入，曰：『只在浮雲最深處，試憑絃管一吹開。』公枕上得詩大喜，即索衣起，逕召客治具，大合樂。至夜分，果月出，遂樂飲達旦。」

②冰壺：比喻清涼世界。

③玉斧修：指用玉斧以修月。《酉陽雜俎．天咫門》：「鄭仁本表弟遊嵩山，見一人枕一幞物，方眠熟，即呼之，且問其所自，其人笑曰：『君知月乃七寶合成乎？常有八萬二千戶修之，予即一數。』因開幞，有斤鑿數事。」

④孤令：即孤零。

⑤看承別：別樣看待之意。

## 〔分析〕

在稼軒今存的六首中秋詞中，純粹是賦以「寄遠」的，僅一見，即此〈滿江紅〉詞。此詞寫出了作者於某年中秋夜晚，客居異地，見月懷人所引起的悠悠「離恨」。

起筆兩句，爲一果一因的關係，各以「快」字、「怕」字領出，首先表達了作者急欲上樓賞月，以一抒相思的激切心情。接著是「但喚取」兩句，緊承「怕天放浮雲遮月」一句，用宋初晏元獻的故事，來寫喚取美人橫笛吹開浮雲的經過。晏元獻的故事，據《石林詩話》卷上的記載，是這個樣子的：當晏元獻留守南都時，有個叫王君玉的人，做他府裡的簽判；賓主兩人，日以飲酒賦詩爲樂，相處得極爲融洽。有一年中秋，湊巧陰晦不開，到了夜裡，君玉見元獻已寢，便趕忙吟著詩走入，說：「只在浮雲最深處，試憑絃管一吹開」，元獻聽了大喜，便召客治具、合樂，不久，果然月出，於是歡飲到天亮。

藉著這個故事，「浮雲」既被「吹裂」了，呈現在眼前的自是一片澄澈清涼的月世界，因此底下便接以「誰做冰壺涼世界」四句，以詰問的手法先後引用了玉斧修月和嫦娥奔月的神話故事，藉以寫中秋月亮的團圓皎潔和作者自身的孤零與哀愁。嫦娥奔月的故事，可說家喻戶曉，毋庸在此贅述；至於玉斧修月的故事，則出於《酉陽雜俎》一書的〈天咫門〉，據它的記載：從前有個叫鄭仁本的表弟去遊嵩山，見到有人枕著一包「幞物」（用頭巾包裹的東西）正在睡眠，便向前叫醒他，並問他是從那裡來的？那人笑著說：「你可曉得月亮是由七寶合成的嗎？算來經常有八萬二千戶在那兒修月，我就是其中的一個。」於是打開頭巾，赫然有斧鑿等器具擺在裡頭。根據這個神話，月亮既是合七寶而成的，則經玉斧修過以後，當然就圓滿無缺，特別光彩奪目，這就難怪作者要說「最憐玉斧修時節」了。

過片「雲液滿」四句，乃承上半闋「孤令有愁無」的「愁」字來寫，由此數句可知作者本是想藉著酒和歌舞來遣去哀愁的，結果卻沒有收到任何的效果，這可從「清歌」後下一個「咽」字看出來。為什麼會這樣呢？這當然是由於往日離多會少的緣故，若移就月亮而言，那就是指圓少缺多了，所以作者便說：「歎十常八九，欲磨還缺」來近應「咽」字，並遠應上片「最憐玉斧修時節」之句。接著是「但願長圓如此夜」兩句，文勢在此突然一轉，而時間也由過去、現在而伸向未來，暗含著蘇東坡〈水調歌頭〉詞「但願人長久，千里共嬋娟」和孔平仲〈八月十六夜翫月〉詩「只恐月光無顯晦，只緣人意有盈虧」的意思，表出自己對人月長圓的強烈願望，認爲能這樣，人意對月是不會有別樣的看待的。最後作者用「把從前、離恨總成歡，歸時說」兩句，道出了自己殷切期待著歸時化離恨爲歡聚的心理，以收束全詞，韻致是頗爲深沈的。

縱觀此詞，以時間而言，由現在寫到過去（實），再寫到未來（虛）；以月亮而言，由盈寫到虧，再寫到盈；以情緒而言，由怕寫到愁，再寫到歡；而從頭到尾，無論是一般的描寫或用典，沒有一處不是針對著月亮來寫，以流露出懷遠的濃摯情思，其章法之密，手法之高，是不得不讓人歎服的。

## 結構分析表

- △
  - 實
    - 今
      - 敍事
        - 上樓
          - 果——「快上」句
          - 因——「怕天」句
        - 月出
          - 因——「但喚取」二句
          - 果——「誰做」二句
      - 抒情——「問嫦娥」二句
      - 敍事
        - 飲酒——「雲液滿」二句
        - 歌舞——「長袖舞」二句
    - 昔——「歎十常」二句
  - 虛
    - 月（圓）——「但願」二句
    - 人（歸）——「把從前」二句

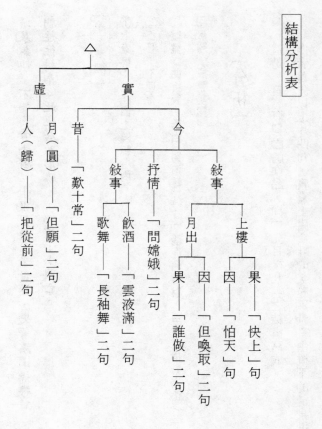

# 清平樂

題上盧橋①

清泉犇快，不管②青山礙。十里盤盤③平世界，更著溪山襟帶。　古今陵谷茫茫，市朝往往耕桑。此地居然形勝④，似曾小小興亡。

注釋

①上盧橋：在江西上饒縣境內。

②不管：不理會。

③盤盤：曲折貌。李白〈蜀道難〉詩：「清泥何盤盤，百步九折縈岩巒。」

④形勝：風景美麗。

## 〔分析〕

這是一首感慨興亡的作品，採「先目後凡」之結構寫成。

作者首先以上片四句，實寫上盧橋畔的美麗風景：由橋下的清泉推擴到周遭十里的沃野與沃野上的溪山，這是就結尾的「形勝」二字來寫的，爲「目一」的部分。接著以下片開端兩句，透過想像，虛寫陵谷、市朝的變幻，這是就結尾的「興亡」二字來寫的，爲「目二」的部分。然後在結尾處，以「此地居然形勝」一句，上收「目一」的部分；以「似曾小小興亡」一句，上收「目二」的部分，發出感慨收束；這是「凡」的部分。

這樣以先「目」、後「凡」的形式寫來，條理格外地清晰。

## 結構分析表

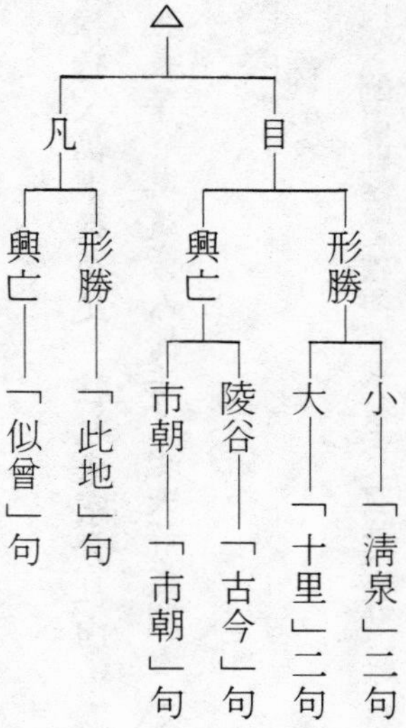

## 同調

檢校山園，書所見。

連雲松竹，萬事從今足。拄杖東家分社肉①，白酒牀頭初熟②。西風梨棗山園，兒童偷把長竿。莫遣旁人驚去，老夫靜處閑看。

注釋

①社肉：酬祭社神之牲肉。戴復古〈廬陵城外〉詩：「迎船分社肉，汲井種春田。」

②白酒句：李白〈南陵敍別〉詩：「白酒初熟山中歸，黃鷄啄麥秋正肥。」蘇軾〈天門冬酒熟予自漉之且漉且嘗遂以大醉〉詩：「自撥牀頭一甕雲。」白酒，色白之美酒。

〔分析〕

這是首抒寫喜情的作品。

其中次句「萬事從今足」，是一篇綱領之所在，爲「凡」的部分；而首句「連雲松竹」，寫自己「檢校山園」（題目）之所見，藉以先表出一份「萬事從今足」的喜悅，爲

「目一」的部分；接著「拄杖東家分社肉」二句，作者藉往分社肉、床頭酒熟來寫另一份「萬事從今足」的喜悅，這是「目二」的部分；然後以下片四句，藉靜看兒童偷偷打棗的情事，將「萬事從今足」的喜悅推到顛峯，這是「目三」的部分。

陳弘治說：「起筆『連雲松竹，萬事從今足』二句，立刻表現出他滿足於山林生活的心境。接著『拄杖東家分社肉，白酒牀頭初熟』二句，加足上文之意，具體地寫出村居生活的閑適實況。『東家分社肉，牀頭喝白酒』，充分顯示了生活的逍遙自適。換頭以下，黏貼題意，書寫巡視山園所見的事情。作者看見了兒童持著長竿，偷摘棗梨，非但不加以吆喝斥逐，還能『靜處閑看』，其心境之悠然，可以想見。」（《唐宋詞名作析評》）很能掌握作者的情意。

**結構分析表**

△
- 目（所足一）——有松竹——「連雲」句
- 凡——「萬事從今足」
- 目
  - 所足二
    - 有肉——「拄杖」句
    - 有酒——「白酒」句
  - 所足三
    - 果熟——「西風」句
    - 閒情——「兒童」三句

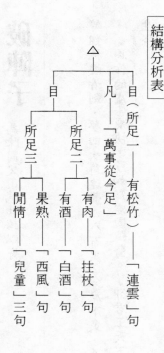

# 破陣子

為陳同父①賦壯語以寄

醉裡挑燈看劍，夢回吹角連營。八百里②分麾下炙，五十絃③翻塞外聲。沙場秋點兵。

馬作的盧④飛快，弓如霹靂⑤弦驚。了卻君王天下事，贏得生前身後名。可憐白髮生。

## 注釋

①陳同父：即陳亮。劉熙載《藝概》：「陳同父與稼軒爲友，其才相若，詞亦相似。今傳龍川詞。」

②八百里：謂牛。《世說新語・汰侈篇》：「王君夫（愷）有牛，名八百里駮，常瑩其蹄角。」蘇軾〈約公擇飲是日大風〉詩：「要當啖公八百里，豪氣一洗儒生酸。」

③五十絃：謂瑟。古瑟有五十絃。《漢書・郊祀志》：「泰帝使素女鼓五十絃瑟。」李商隱〈錦瑟〉詩：「錦瑟無端五十絃。」

④馬作的盧：謂馬如的盧也。的盧，快馬名。《相馬經》：「馬白額入口齒者，名曰榆雁，一名的

盧。」《三國志・蜀先主傳注》引《世說新語》謂：劉備於荊州，嘗騎的盧，一踊三丈而得脫險。

⑤弓如霹靂：霹靂本爲雷聲，此借喻射箭時弓弦響聲。《北史・長孫晟傳》：「突厥之內，大畏長孫總管，聞其弓聲，謂爲霹靂。」

## 〔分析〕

此詞疑作於孝宗淳熙末年。

從開頭到『贏得生前身後名』句止，極寫抗金部隊的壯盛軍容、橫戈躍馬的戰鬥生活，以及收復中原的偉大勝利。這種豪壯動人的場面，與末句那種『可憐白髮生』的凄涼情景，恰恰成强烈的對照。就在這種對照之下，把作者忠君愛國與個人功名的複雜思想，以及壯志不酬的悲憤心情，都和盤襯托出來了。

《宋史・陳亮傳》云：「陳亮字同甫，婺州永康人。生而目光有芒，爲人才氣超邁；喜談兵，議論風生，下筆數千言立就。志存經濟，重許可，人人見其肺肝，與人言必本於君臣父子之義。」可見陳氏與作者，性極接近，也是個豪傑之士，所以作者很看重他，曾和他「憩鵝湖之清陰，酌瓢泉而共飲，長歌相答，極論世事」（辛棄疾〈祭陳同甫文〉）。作者這闋詞，題作「賦壯詞以寄之」，並非沒有原因。詞中所謂「了卻君王天下事，贏得生前身後名」，既以期許陳氏，也可說是作者自道其畢生的壯志啊！

# 結構分析表

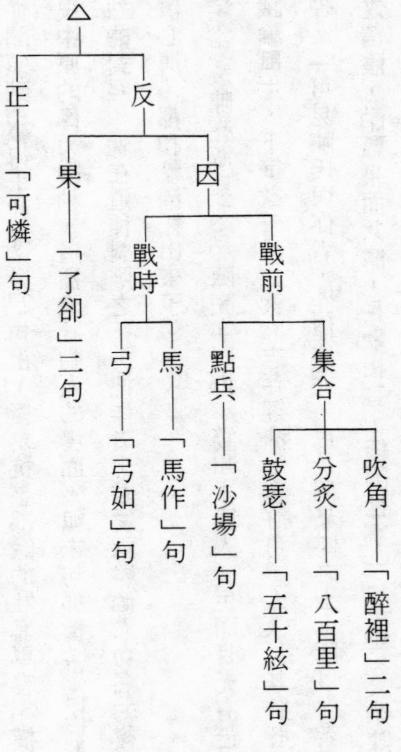

# 鷓鴣天

有客慨然談功名，因追念少年時事①，戲作。

壯歲旌旗擁萬夫，錦襜突騎②渡江初。燕兵夜娖銀胡䩮，漢箭朝飛金僕姑③。追往事，歎今吾，春風不染白髭鬚④。卻將萬字平戎策⑤，換得東家種樹書⑥。

## 注釋

①少年時事：指舉義、奉表南歸及縛取叛臣張安國等少年往事。《宋史》稼軒本傳：「金主亮死，中原豪傑並起，耿京聚兵山東，稱天平節度使，節制山東、河北忠義軍馬。棄疾爲掌書記，即勸京決策南向。……紹興三十二年，京令棄疾奉表歸宋，高宗勞師建康，召見，嘉納之。……併以節使印告召京。會張安國、邵進已殺京降金，棄疾還至海州，與衆謀曰：「我緣主帥命來歸朝，不期事變，何以復命？」乃約統制王世隆及忠義人馬全福等逕趨金營，安國方與金將酣飲，即衆中縛之以歸，金將追之不及。獻俘行在，斬安國於市。……棄疾時年二十三。」

②錦襜突騎：指精銳之錦衣騎兵。襜，襯在馬鞍上之裀褥。張孝祥〈水調歌頭〉：「少年荊楚客，突騎錦襜紅。」

③燕兵二句：謂入金營擒張安國事。娖，同「擉」，猶言整頓。胡簶，箭室。金僕姑，箭矢名，《左傳．莊公十一年》：「公以金僕姑射南宮長萬。」

④春風句：歐陽修〈聖無憂〉詞：「好景能消光景，春風不染髭鬚。」

⑤平戎策：治軍平敵之書策。稼軒屢有奏疏論對金事，如〈美芹十論〉、〈九議〉等。

⑥東家種樹書：《史記．秦始皇本紀》：「所不去者，醫藥卜筮種樹之書。」《漢書．王吉傳》：「吉少時，學問，居長安。東家有大棗樹，垂吉庭中。吉婦取棗以啖吉。吉後知之，乃去婦。東家聞而欲伐其樹，鄰里共止之，因共請吉令還婦。里中爲之語曰：『東家有樹，王陽婦去；東家棗完，去婦復還。』」韓愈〈送石洪〉詩：「長把種樹書，人言避世士。」

〔分析〕

這是首慨歎今昔的作品。其綱領爲篇腹「追往事，歎今吾」二句，這二句各以一句成軌，以收上啓下，這是「凡」的部分。作者爲此，先以上片「壯歲旌旗擁萬夫」四句，追述當年奉表南歸，並入金營擒張安國事，以實寫「追往事」，這是「目一」的部分；再以「春風不染白髭鬚」三句，寫自己被迫歸耕的事，以交代「歎今吾」，這是「目二」的部分。

常國武說：「這是一首追往嘆今的著名小令。上片回憶青年時代生擒叛徒張安國、率領萬衆義軍渡江南歸的往事，遣詞造語，雄健密麗，又以『燕兵』兩句對仗，渲染當年這一可歌可泣的敵我雙方追擊、還擊的場面，爲下片作充分的鋪墊。換頭兩句，承上啓下。往事已矣，人已老大，即便使萬物復蘇、萬象更新的春風，也不能讓自己恢復青春。這是一層意思。當年嘔心瀝血，寫了洋洋數萬言的敉平敵虜的論文上奏朝廷，然而今天徒然換得了退隱園田的結局。這是第二層意思。兩層意思，概括了他南歸後備受排擠、迭遭冷遇的經歷，也表達了他壯志未酬、年華已逝的悲憤。上下兩片，形成强烈的對照；歇拍兩句，又自成今昔對比，都是採用典型的反襯手法。」（《辛稼軒詞集導讀》）評析十分扼要而明白。

**結構分析表**

△
- 目（追往事）
  - 渡江——「壯歲」二句
  - 擒賊——「燕兵」二句
- 凡
  - 追昔——「追往事」
  - 歎今——「歎今吾」
- 目（歎今吾）
  - 年老——「春風」句
  - 歸耕——「卻將」二句

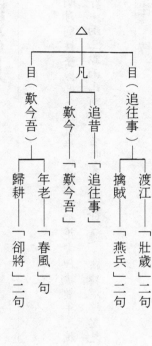

# 西江月

夜行黃沙①道中

明月別枝驚鵲②，清風半夜鳴蟬。稻花香裡說豐年，聽取蛙聲一片。 七八箇星天外，兩三點雨山前③。舊時茅店社林④邊，路轉溪橋忽見。

## 注釋

①黃沙：即黃沙嶺。《上饒縣志》：「黃沙嶺，在縣西四十里乾元鄉，高約十五丈；谽谺敞豁，可容百人；下有兩泉，水自石中流出，可溉田十餘畝。」

②明月句：蘇軾〈杭州牡丹〉詩：「天靜傷鴻猶戢翼，月明驚鵲未安枝。」別枝，分枝也。

③七八個星二句：何光遠《鑑誡錄》：「王蜀盧侍郎延讓吟詩，多著尋常容易言語，有松門寺詩云：『兩三條電欲爲雨，七八個星猶在天。』」

④社林：指土地廟旁之樹林，亦稱社木。

## 〔分析〕

此闋是寫夏夜村景的作品。

上片主要是寫夜行黃沙道時所聽到的各種聲音，先是別枝上的鵲聲，其次是清風中的蟬聲，最後是稻田裡的蛙聲；而下片，主要是寫夜行黃沙道中所見到的各種景物，先是遙天外的疏星，其次是山嶺前的小雨，最後是溪橋後的茅店。作者就這樣，先由小而大，再由遠而近的將自己在道中所聽到的聲音與見到的景物，很有次序的連綴起來，成爲一幅農村夜晚的恬靜畫面，從篇外表出主旨——自身的閒適心情來。

在此必須一提的是：此詞上片的末兩句，與下片的末兩句一樣，是倒裝句，即「聽取蛙聲一片」在「稻花香裡說豐年」，也就是說「說豐年」的該是蛙，而非一般人所認爲的農夫或作者友朋。因爲有蛙就有水，有水就有收成，所以古代便以蛙鼓來卜豐年。作者這樣寫，只不過是將蛙擬人化而已。

結構分析表

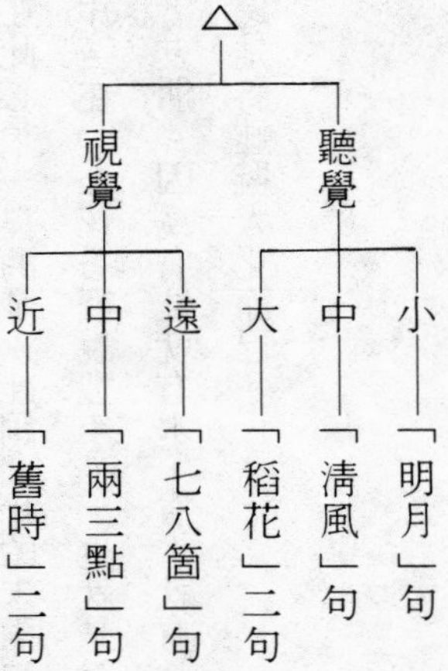

## 同調　遣興

醉裡且貪歡笑，要愁那得工夫。近來始覺古人書，信著全無是處①。

昨夜松邊醉倒，松問我醉何如？只疑松動要來扶，以手推松曰去！

**注釋**

①信著全無是處：《孟子．盡心下》：「盡信書，則不如無書。」

### 〔分析〕

這一首寫的是醉後的感觸。

作者在這首詞的上半闋，寫的是自己目前的感想，也可以說是對當世政治上沒有是非的現狀所發出的一種慨歎；而下半闋寫的則是昨夜的醉態與狂態，也可以說是對當時政治現實不滿的一種表示。這闋詞，就時間上來說，先敍目前，後敍昨夜，顯然已把由昔而今的自然展演順序顛倒過來了，所用的是逆敍的手法。

常國武說：「這是一首抒寫憤激之情的小詞。作者一向胸懷建功立業、匡時濟世的大志，自以爲這是遵循古人書中的遺訓來立身行事的。結果卻遭到排擠打擊，以至投閑置散，報國無路，因而才有『近來始覺古人書，信著全無是處』的憤激之語，要借酒來聊以忘憂。杜甫〈醉時歌〉云：『相如逸才親滌器，子云識字終投閣。先生早賦歸去來，石田茅屋荒蒼苔。儒術於我何有哉，孔丘盜跖俱塵埃。』此詞所抒之情似之。過片與上片首句呼應，寫醉後的神態和心理。『以手推松曰「去」』一句，在醉態的描寫中，流露了作者的倔强性格和對當權者的不滿，表現手法頗爲新穎生動。（《辛稼軒詞集導讀》）評析很精當。

結構分析表

△
- 昔（反）
  - 果——「醉裡」二句
  - 因——「近來」二句
- 今（正）
  - 醉態——「昨夜」二句
  - 狂態——「只疑」二句

# 瑞鷓鴣

膠膠擾擾①幾時休？一出山來不自由。秋水觀②中山月夜，停雲堂③下菊花秋。
緣道理應須會，過分功名莫強求。先自一身愁不了，那堪愁上更添愁。

隨

## 注釋

①膠膠擾擾：紛擾貌。蘇軾〈東園〉詩：「岑峨東園可散愁，膠膠擾擾夢神州。」
②秋水觀：作者瓢泉居第之一大建築。
③停雲堂：作者瓢泉居第之另一建築。

## 〔分析〕

此爲客中懷鄉之作，當是作者起廢帥浙東後所寫。詞中所謂的「山」，是指鉛山而言；至於秋水觀與停雲堂，則是作者在鉛山別墅裡的二所居第。

細繹此詞，很明顯的，起二句是敍目前官場生活的苦悶；而次二句，乃由現在倒回到過去，寫從前隱居生活的悠閒；下片則又從過去拉回到現在，回應首二句，寫出自己對二度出山的悔恨與壯志不酬的悲哀。今昔相間，寫來意味格外深長。

**結構分析表**

△
- 敘
  - 今——「膠膠」二句
  - 昔——「秋水觀」二句
- 論
  - 果——「隨緣」二句
  - 因——「先自」二句

# 永遇樂

京口北固亭①懷古

千古江山，英雄無覓，孫仲謀處②。舞榭歌臺，風流總被，雨打風吹去。斜陽草樹，尋常巷陌，人道寄奴③曾住。想當年、金戈鐵馬，氣吞萬里如虎④。

元嘉草草，封狼居胥，贏得倉皇北顧⑤。四十三年，望中猶記，烽火揚州路⑥。可堪回首，佛貍祠⑦下，一片神鴉社鼓⑧。憑誰問，廉頗老矣，尚能飯否⑨。

## 注釋

①京口北固亭：京口，即今江蘇鎮江。北固亭在鎮江東北北固山上，面臨長江；亦名北顧亭。

②英雄二句：謂無處覓如孫仲謀之英雄人物。孫仲謀即孫權，三國時吳帝，都建業，始於丹徒縣置京口鎮。

③寄奴：南朝宋武帝劉裕之小字。裕自高祖隨晉渡江，即居於晉陵郡丹徒縣之京口里。

④想當年二句：謂劉裕領兵北伐，馳騁於中原萬里之地，以其強兵壯馬，先後滅南燕、後秦，光復洛陽、長安，氣吞胡虜，壯如猛虎。

⑤元嘉三句：謂宋文帝劉義隆不能繼承父業，徒然好大喜功，以致北伐慘敗，見北方之追兵而慌張失色。元嘉，南朝宋文帝年號。草草，草率之意。封狼居胥，用漢霍去病追擊匈奴，至狼居胥，封山而還事，以喻北伐。倉皇，匆促驚慌貌。北顧，北望。《宋書・王玄謨傳》：「玄謨每陳北侵之策，上謂殷景仁曰：『聞玄謨陳說，使人有封狼居胥意。』」《宋書・索虜傳》：「（元嘉八年）上以滑臺戰守彌時，遂至陷沒，乃作詩曰：『惆悵懼遷逝，北顧涕交流。』」

⑥四十三年三句：稼軒於紹興三十二年（一一六二）率衆南歸，正值金主亮大舉南侵，烽火彌漫揚州一帶，至開禧元年（一二〇五）出守京口，恰爲四十三年。

⑦佛貍祠：後魏太武帝小字佛貍，於敗王玄謨後，引兵南下，直抵長江，且在瓜步山上建立行宮，即後之佛貍祠。陸游《入蜀記》：「瓜步山蜿延蟠伏，臨江起小峯，頗巉峻，絕頂有元魏（即後魏）太武廟。」

⑧一片句：謂烏鴉之鳴聲與鼓聲響成一片。比喻香火旺盛。

⑨憑誰問三句：《史記・廉頗傳》：「廉頗居梁，久之，魏不能信用。趙以數困於秦兵，趙王思復得廉頗，廉頗亦思復用於趙。趙王使使者視廉頗尚可用否，廉頗之仇郭開多與使者金，令毀之。趙使者既見廉頗。廉頗爲之一飯斗米，肉十斤，被甲上馬，以示尚可用。趙使還報王曰：『廉將軍雖老，尚善飯，然與臣坐頃之，三遺矢矣。』趙王以爲老，遂不召。」

〔分析〕

此詞作於寧宗開禧元年（西元一二〇五年），是一首懷古傷今的作品。

開篇六句，藉發迹於此的首位英雄孫權的典實，以發出如今抗敵無人的慨歎；「斜陽」五句，藉發迹於此的另一英雄劉裕的典實，以抒寫如今無人北伐的悲哀；「元嘉」三句，藉宋文帝草草北伐，致引進敵軍，倉皇北顧的典實，向朝廷提出不能草草用兵北伐的警告；「四十」三句，藉親自目睹四十三年前金兵火焚揚州城的事例，爲上三句的警告，提出有力的證據；「可堪」三句，藉魏太武帝在瓜步山建立行宮（即佛貍祠）的故實，進一層地指明敵勢未衰，不可輕侮，由「知彼」上見出不能草草用兵北伐的原因；「憑誰問」三句，藉戰國趙將廉頗的故實，把自己譬作廉頗，表示自己雖老，卻還可以大用，假以時日必能收復中原的意思。所謂「忠憤之氣，拂拂指端」（卓人月《詞統》），讀來感人異常。

對於這首詞，鄭騫曾解釋說：「高宗紹興辛巳壬午間，金主亮大舉南侵，稼軒即於此時率義軍七八千人渡江歸宋。至寧宗嘉泰（案：當是開禧之誤）乙丑知鎭江府，前後相距四十三年。登北固山可望揚州，其地爲金亮與宋對峙處，亦即稼軒率兵渡江處，故有『望中猶記，烽火揚州路』之語。京口英雄，仲謀之後，當推宋武；宋武一生事業，自以北伐爲首，稼軒亦主恢復之議，且自信有恢復之才，浮沈江左，四十年未得大用，牢騷孤憤，抑鬱可知。前章乃專寫此二人，望古遙集，聲情激越，此中蓋有歆羨與感慨兩種情調交織於懷也。劉宋文帝元嘉中，聽王玄謨諸人之議，出師北伐，國力未集，致遭敗衂。魏太武帝遂引兵南下，直抵長江，飲馬瓜渡，文帝登石頭城，北望敵軍甚盛，頗有懼色，遂悔北伐之草草。稼軒守鎮江時，韓侂胄當國，恢復之議甚盛。侂胄用人既不得當，軍事之佈置，財貨之徵集，亦欠週密。鹵莽出兵，輕舉妄動，其後卒致大敗，淮甸盡失。稼軒此時已隱憂事之不濟，故敍元嘉往事，以劉喻趙諷諭當局。『四十三年』以下純是個人身世之感，而仍與時事有關。此時金邦雖漸趨衰亂，餘勢尚盛，故有『佛貍祠下神鴉社鼓』之語。以視宋之主和者泄沓，主戰者輕躁，軍備財力，外强中乾，迥不相侔。稼軒中心鬱悶，可以想見。末二句有據鞍顧盼以示可用之意，其所謂烈士暮年，壯心未已乎！」（《稼軒詞校注》，姜林洙《辛棄疾傳》引）解釋詳盡，足供參考。

## 結構分析表

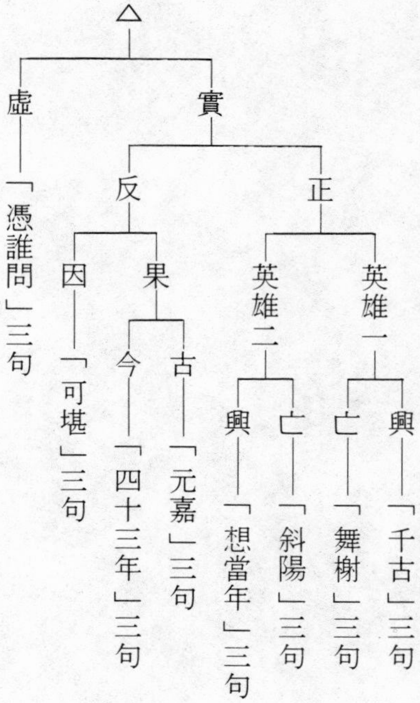
△
實
虛
正
反
英雄一
英雄二
果
因
興
亡
亡
興
古
今
「千古」三句
「舞榭」三句
「斜陽」三句
「想當年」三句
「元嘉」三句
「四十三年」三句
「可堪」三句
「憑誰問」三句

# 姜夔（一一五五～一二三五）

字堯章，號白石道人，鄱陽人。少孤貧，喜讀書，苦吟《知音》，通陰陽律呂，古今南北樂部，凡管絃雜調，皆能以詞譜其音。善言論，工翰墨，與范成大、樓鑰、吳潛諸人友善。其詩高朗疏秀，於諸大家外自成一格，有《白石集》行世。詞集名《白石道人歌曲》，凡自度曲皆附有旁譜，爲今日研究詞樂最重要之資料。

# 揚州慢

淳熙丙申①至日，余過維揚②。夜雪初霽，薺麥彌望。入其城，則四顧蕭條，寒水自碧，暮色漸起，戍角悲吟。余懷愴然，感慨今昔，因自度此曲。千巖老人③以為有〈黍離〉之悲④也。

淮左⑤名都，竹西⑥佳處，解鞍少駐初程。過春風十里，盡薺麥青青。自胡馬、窺江⑦去後，廢池喬木，猶厭言兵。漸黃昏，清角吹寒，都在空城。　杜郎俊賞⑧，算而今、重到須驚。縱豆蔻詞⑨工，青樓夢⑩好，難賦深情。二十四橋⑪仍在，波心蕩、冷月無聲。念橋邊紅藥，年年知為誰生。

## 注釋

①淳熙丙申：宋孝宗淳熙三年，時作者二十二歲。

②維揚：揚州之別名。《尚書．禹貢》：「淮海維揚州。」

③千巖老人：即蕭德藻，字東夫，福建閩清人，晚居湖州。以姪女嫁白石，事在作此詞以後。

④黍離之悲：指感慨今昔之悲。〈黍離〉，《詩經．王風》篇名。〈詩序〉：「周大夫閔周室之顛覆而作。」

⑤淮左：即淮東。宋置淮東路，亦稱淮左。

⑥竹西：揚州有竹西亭，在城北五里禪智寺側。杜牧〈題禪智寺〉詩：「誰知竹西路，歌吹是揚州。」

⑦胡馬窺江：高宗建炎三年、紹興三十年、三十一年，金兵屢次南侵。

⑧杜郎俊賞：謂揚州爲杜牧最愛賞之地。杜郎，即杜牧，曾客居揚州，詩酒淸狂，留下不少名作。

⑨豆蔻詞：杜牧〈贈別〉詩：「娉娉嫋嫋十三餘，豆蔻梢頭二月初，春風十里揚州路，卷上珠簾總不如。」

⑩青樓夢：杜牧〈遣懷〉詩：「落魄江湖載酒行，楚腰纖細掌中輕。十年一覺揚州夢，贏得青樓薄倖名。」

⑪二十四橋：橋名。《揚州畫舫錄》：「廿四橋即吳家磚橋，一名紅藥橋，在熙春臺後。」杜牧〈寄揚州韓綽判官〉詩：「青山隱隱水迢迢，秋盡江南草未凋；二十四橋明月夜，玉人何處教吹簫。」

## 〔分析〕

這是篇感懷今昔的作品，寫於宋孝宗淳熙三年（西元一一七六年），即金主完顏亮大學南犯後的十五年。由於這時揚州依然未從兵燹中恢復過來，於是作者在目睹揚州蕭條的景象後，便不禁傷今懷昔，而塡了這首詞，以寄托對揚州昔日繁華的追念與今日河山殘破的哀思。

起首三句，以「名都」、「佳處」，泛寫揚州昔日的繁華，從而交代自己所以選揚州爲旅程首站的原因。「過春風」八句，轉就揚州今日之荒涼，寫自己「過維揚」之所見所聞：其中「過春風」兩句，藉「薺麥青青」，寫城外的荒涼，「自胡馬」六句，藉廢池喬木、空城寒角，寫城內的荒涼，將情寓於景，以抒發無限的今昔之感。

下片開端五句，藉杜牧的〈贈別〉與〈遣懷〉兩詩，帶出揚州昔日的繁華，以「重到須驚」、「難賦深情」，側寫揚州今日的蕭條，在相互對比下，把無限的今昔之感又推深一層。「二十四橋」五句，就二十四橋和橋邊，寫盛景不再，以進一步抒發今昔之感作收。

縱觀此詞，以今昔之感貫串全篇，寫得悽愴至極，千巖老人以爲有〈黍離〉之悲，是一點也沒錯的。

結構分析表

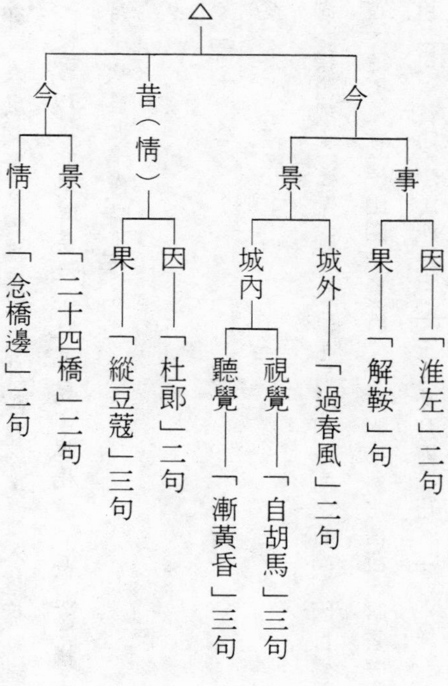
△
今
事
因
「淮左」二句
果
「解鞍」句
景
城外
「過春風」二句
城內
視覺
「自胡馬」三句
聽覺
「漸黃昏」三句
昔（情）
因
「杜郎」二句
果
「縱豆蔻」三句
今
景
「二十四橋」二句
情
「念橋邊」二句

# 暗香

辛亥①之冬，余載雪詣石湖②。止既月，授簡索句，且徵新聲，作此兩曲。石湖把玩不已。使工妓隸習之，音節諧婉，乃名之曰〈暗香〉、〈疏影〉③。

舊時月色。算幾番照我，梅邊吹笛。喚起玉人，不管清寒與攀摘④。何遜⑤而今漸老，都忘卻、春風詞筆。但怪得、竹外疏花，香冷入瑤席。

江國、正寂寂。歎寄與路遙⑥，夜雪初積。翠尊易泣，紅萼無言耿相憶。長記曾攜手處，千樹壓、西湖寒碧⑦。又片片、吹盡也，幾時見得。

## 注釋

①辛亥：宋光宗紹熙二年（一一九一）。

②石湖：指范成大。成大晚年築別業於蘇州城南之石湖，因自號石湖居士。

③暗香、疏影：林逋〈山園小梅〉詩：「疏影橫斜水清淺，暗香浮動月黃昏。」

④喚起二句：賀鑄〈浣溪沙〉詞：「玉人和月摘梅花。」

⑤何遜：南朝梁人，有〈詠早梅〉詩。杜甫〈和裴迪客逢早梅〉詩：「東閣官梅動詩興，還如何遜在揚州。」作者在此以何遜自況。

⑥寄與路遙：表示音問隔絕。陸凱寄范曄詩：「折梅逢驛使，寄與隴頭人。」

⑦千樹句：謂千樹紅梅與萬頃湖碧相映成趣。宋時杭州西湖之孤山梅花成林，故云千樹。蘇軾〈和秦太虛梅花〉詩：「江頭千樹春欲闇，竹外一枝斜更好。」

## 〔分析〕

這是首詠紅梅的作品，作於光宗紹熙二年（西元一一九一年）。

起首五句，初就梅花之盛，寫當年梅邊吹笛、喚人攀摘的雅事。「何遜」四句，再就梅花之衰，寫如今人老花盡、無笛無詩的境況。「江國」六句，承「何遜」四句，仍就梅花之衰，反用陸凱詩意，寫路遙雪深、無從寄梅的惆悵。「長記」兩句，承篇首五句，又就梅花之盛，藉當年携遊西湖孤山所見梅紅與水碧相映成趣的景致，以抒發無限懷舊之情。結尾兩句，末就梅花之衰，寫梅花落盡、舊歡難再的悲哀，回應「何遜」十句作結。

作者這樣以一盛一衰、一昔一今作成强烈對比的方式來寫，將自己滿懷的今昔之感、懷舊之情，表達得極爲宛轉回環，有著無盡的韻味。有人以爲此詞託喻君國，事與徽、欽二帝北狩有關，因無佐證，不予採納。

潘善祺以爲此詞「雖爲憶友，然贈梅、觀梅、落梅，始終貫穿全詞，環繞本題」，並說：「此詞由昔而今，又由今而昔，憶盛嘆衰，樂聚哀散。回環往復，如蛟龍盤舞，曲盡情意，確是大家手筆。」（《詞林觀止・上》）幾句話就指出了本詞的特色與成就。

結構分析表

△
- 因
  - 昔（盛）
    - 吹笛——「舊時」三句
    - 攀摘——「喚起」二句
  - 今（衰）
    - 室內
      - 人老（因）——「何遜」二句
      - 香冷（果）——「但怪得」二句
    - 室外
      - 花已疏（因）——「江國」二句
      - 無從寄（果）——「歎寄與」四句
- 果
  - 昔（盛）——「長記」二句
  - 今（衰）——「又片片」二句

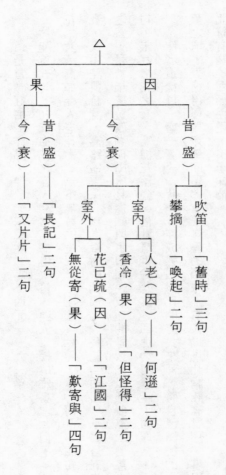

## 疏影

苔枝綴玉。有翠禽小小，枝上同宿。客裡相逢，籬角黃昏，無言自倚修竹①。昭君不慣胡沙遠，但暗憶、江南江北。想佩環、月夜歸來②，化作此花幽獨。

猶記深宮舊事，那人正睡裡，飛近蛾綠③。莫似春風，不管盈盈，早與安排金屋④。還教一片隨波去，又卻怨、玉龍哀曲⑤。等恁時、重覓幽香，已入小窗橫幅。

### 注釋

①無言句：此以美人喻梅。杜甫〈佳人〉詩：「天寒翠袖薄，日暮倚修竹。」

②昭君三句：用王建、杜甫詩意。王建〈塞上詠梅〉詩：「天山路旁一株梅，年年花發黃雲下；昭君已沒漢使回，前後征人誰繫馬？」杜甫〈詠懷古迹〉之三：「羣山萬壑赴荊門，生長明妃尚有村；一去紫臺連朔漠，獨留青塚向黃昏。畫圖省識春風面，環珮空歸月夜魂；千載琵琶作胡語，分明怨恨曲中論。」

③猶記三句：《太平御覽》引《雜五行書》：「宋武帝女壽陽公主，人日臥於含章殿簷下，梅花落公

主額上，成五出花，拂之不去。皇后留之，看得幾時，經三日，洗之乃落。宮女奇其異，竟效之，今梅花粧是也。」

④金屋：《漢武故事》：「長公主末指其女問曰：『阿嬌好否？』於是乃笑對曰：『好！若得阿嬌作婦，當作金屋貯之也。』」

⑤玉龍哀曲：謂笛曲梅花落。玉龍，笛名。李白〈與史郎中欽聽黃鶴樓上吹笛〉詩：「黃鶴樓中吹玉笛，江城五月落梅花。」

## 〔分析〕

此詞詠白梅，與〈暗香〉作於同時。

起首三句，以小小的「翠禽」作陪襯（賓），寫梅花的「幽獨」形貌（主）。「客裡」三句，採擬人的手法，取杜甫〈佳人〉詩意，寫梅花的「幽獨」境況。「昭君」四句，依序用王建〈塞上詠梅〉詩與杜甫〈詠懷古迹〉詩的意思，進一層地從梅花「幽獨」的形神上設想，將梅花擬作昭君，使「幽獨」的梅花含蘊昭君歸魂的無盡怨恨。換頭三句，用南朝壽陽公主的故事，寫「幽獨」梅花的飄落。「莫似春風」七句，寫「幽獨」梅花的歸宿；在這裡，作者先以「莫似」三句，用漢武、阿嬌的故事，寫梅花委於塵土的一種歸宿；再以「還教」二句，用「玉龍哀笛」襯托怨情，寫梅花隨波逐流的另一種歸宿；然後以結尾兩句，化實爲虛，寫梅花空入「橫幅」的末一種歸宿。

通觀此詞，由梅花的形神寫到它的飄落、歸宿，而一貫之以「幽獨」，使作者的幽獨懷抱流貫於字裡行間，其鎔鑄之妙，可說無以倫比。鄭文焯說：「此蓋傷心二帝（徽、欽二帝）蒙塵，諸后妃相從北轅，淪落胡地，故以昭君託喻，發言哀斷。」（鄭校《白石道人歌曲》）而唐圭璋也說：「『昭君』兩句，用王建〈詠梅〉詩意，抒寄懷二帝之情。」（《唐宋詞簡釋》）都以爲此詞與「二帝蒙塵」有關，因不無道理，特錄於此，以供讀者體會、參考。

**結構分析表**

△
- 開落
  - 開
    - 形貌
      - 主——「苔枝」句
      - 賓——「有翠禽」二句
    - 境況——「客裡」三句
    - 神魂
      - 因——「昭君」二句
      - 果——「想佩環」二句
  - 落——「猶記」三句
- 歸宿
  - 實
    - 委塵土——「莫似」三句
    - 逐水流——「還教」二句
  - 虛（入橫幅）——「等恁時」二句

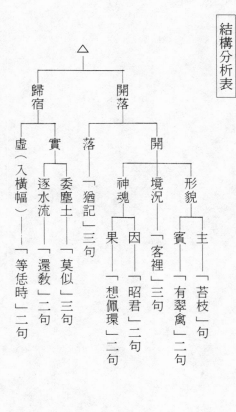

# 吳文英

（約在一二〇〇～一二六〇間）

字君特，號夢窗、覺翁，四明人。本姓翁氏。紹定中，入蘇州倉幕。景定時，爲榮王府中門客，受知於丞相吳潛，與史宅之、賈似道等皆有交誼。常往來於蘇杭兩州，題詠甚多。著有《夢窗詞》甲乙丙丁四稿。

# 唐多令

何處合成愁？離人心上秋。縱芭蕉、不雨也颼颼①。都道晚涼天氣好，有明月，怕登樓。

年事夢中休，花空煙水流。燕辭歸、客尚淹留②。垂柳不縈裙帶住，漫長是，繫行舟。

## 注釋

①颼颼：風吹物聲。白居易〈效陶潛體〉詩：「明月愁殺人，黃蒿風颼颼。」

②燕辭歸句：曹丕〈燕歌行〉：「羣燕辭歸雁南翔，念君客游多思腸。慊慊思歸戀故鄉，君何淹留寄他方。」

## 〔分析〕

此詞首先採一問一答方式，將「秋」與「離人心」合爲一「愁」字，以爲一篇之綱領，然後藉「縱芭蕉不雨」三句與「花空煙水流」、「燕辭歸」句寫「秋」，用「怕登樓」、

「年事夢中休」與「客尚淹留」四句寫「離人心」。這樣以「先凡後目」的結構來組合，使全詞從頭到尾無不流貫著濃濃離愁。

張炎說：「此詞疏快，卻不質實，如是者集中尚有，惜不多耳。」（《詞源》）雖有詞評家不同意這種看法，但這一首確是用心之作，與其他一些堆砌詞藻者，是有所不同的。

結構分析表

- △
  - 凡
    - 問——「何處」句
    - 答——「離人心上秋」
  - 目
    - 目一
      - 秋——「縱芭蕉」三句
      - 離人心——「怕登樓」二句
    - 目二
      - 秋——「花空」二句
      - 離人心——「客尚」四句

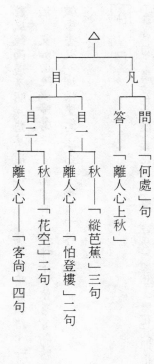

# 風入松

聽風聽雨過清明。愁草〈瘞花銘〉①。樓前綠暗分攜路，一絲柳、一寸柔情。料峭春寒中酒，交加②曉夢啼鶯。

西園日日掃林亭，依舊賞新晴。黃蜂頻撲鞦韆索，有當時、纖手香凝。惆悵雙鴛③不到，幽階一夜苔生。

注釋

①愁草句：謂含愁草擬〈葬花詞〉。瘞，音易，埋葬。瘞花銘即指本詞而言。

②交加：紛多雜亂貌。黃庭堅〈望海潮〉詞：「正絮翻蝶舞，芳思交加。」

③雙鴛：鴛鴦成對，以喻美人之鞋。趙師俠〈菩薩蠻〉詞：「裙邊微露雙鴛並。」

〔分析〕

這首詞悽艷迷離，令人腸斷。此意集中屢見，是夢窗極經意的作品。陳洵曾說：「思去妾也，渡江雲題曰西湖清明，是邂逅之始。此則別後第一個清明也。樓前綠暗分攜路，此時覺翁當仍寓西湖。風雨新晴，非一日間事，除了風雨，即是新晴。蓋云：我如此度日掃林亭，猶望其還賞，則無聊消遣，見秋千而思纖手，因蜂撲而念香凝，純是癡望神理。雙鴛不到，猶企望其到，一夜苔生，竟然蹤跡全無，則惟日日惆悵而已。」（《海綃說詞》）

夢窗因妾的離去，每當春晨秋夕，不免生愁。此闋愁緒深，孤心經營更爲細膩。起首二句是寫清明時節落花之可哀。「樓前」以下，寫分攜後之無限離情，情景交鍊，曲折有致。換頭寫園景雖還保持靜潔，而伊人卻不來。望著黃蜂撲著秋千索，彷彿見到伊人在懸盪飛舞，神光離合，癡情欲絕。「雙鴛不到」，既隱含去妾不歸，而靜靜的石階前已長滿了很多青苔，又暗中帶出春雨，使詞意更趨深厚。

陳廷焯認爲這篇作品情意深而用語極其純雅，爲詞中高格調的境界（《白雨齋詞話》）；譚復堂以爲此篇有五代詞人遺留的迴響，結語很溫厚（《譚評詞辨》）；看法是相當正確的。

## 結構分析表

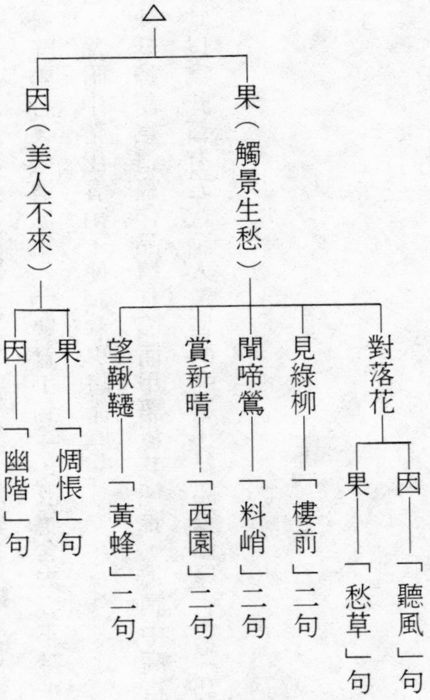
△
因（美人不來）
因
「幽階」句
果
「惆悵」句
果（觸景生愁）
對落花
因
「聽風」句
果
「愁草」句
見綠柳
「樓前」二句
聞啼鶯
「料峭」二句
賞新晴
「西園」二句
望鞦韆
「黃蜂」二句

## 點絳脣 試燈夜①初晴

捲盡愁雲，素娥臨夜新梳洗。暗塵不起，酥潤淩波地②。　輦路③重來，彷彿燈前事。情如水。小樓熏被，春夢笙歌裡。

注釋

①試燈夜：指農曆正月十四夜。《日下舊聞考》：「《宛署雜記》曰：『十四日夜試燈，十五日正燈，十六日罷燈。』」

②暗塵二句：謂初晴夜，月光如水，地面酥潤，彷彿見嫦娥微步其上，纖塵不揚。曹植〈洛神賦〉：「淩波微步，羅襪生塵。」

③輦路：即輦道，指天子御車所經道路。此借指京師道路。李頎〈送李回〉詩：「十月寒花輦路中。」

## 〔分析〕

此詞寫賞燈之感。

上片寫試燈夜初晴景色。起二句指上元月夜清朗，天空潔淨如洗。「暗塵」二句言月照地面，亦淨無纖塵；月光似水，地面酥潤，故說「淩波地」。換頭「輦路重來」二句，陡入舊情，帶出當年燈市情景。而篇末「情如水」三句，則從撫今追昔中，寫出無限傷感來。大家都知道詩、詞、曲都是經過濃縮再濃縮之文體，唯有將空間擴大、時間延長才能容納綿綿無盡的情意，使所表達的情感更濃更重，產生更大的感染力。此詞除寫現在外，又追想過去，自然的將新愁與舊恨合而爲一了。而以「水」來形容「哀愁」是很早就有的——劉禹錫的〈竹枝詞〉中有兩句說：「花紅易衰似郎意，水流無限似儂愁。」歐陽修的〈踏莎行〉詞也說：「離愁漸遠漸無窮，迢迢不斷如春水。」李後主的〈虞美人〉詞中亦云：「問君能有幾多愁，恰似一江春水向東流。」例子眞是多得不勝枚舉。

夢窗善於言情，而詞筆詭譎。張炎曾說：「夢窗如七寶樓台，眩人眼目，拆碎下來，不成片段。」（《詞源》），證諸這首〈點絳脣〉詞，卻也未必是如此。

結構分析表

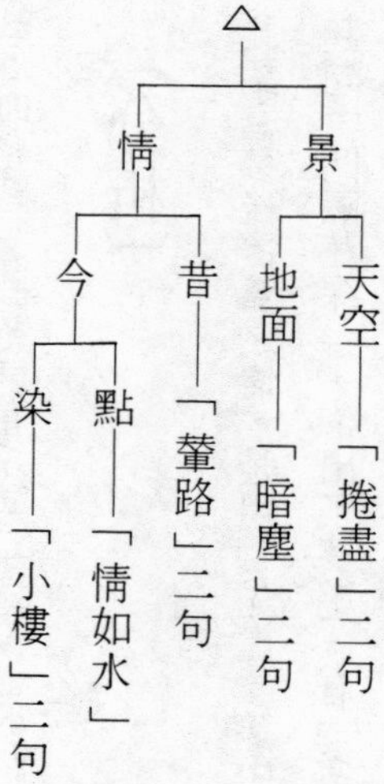

# 浣溪沙

門隔花深夢舊遊，夕陽無語燕歸愁，玉纖①香動小簾鉤。　落絮無聲春墮淚，行雲有影月含羞，東風②臨夜冷於秋。

## 注釋

①玉纖：指美人之手瑩澤柔細。古詩：「娥娥紅粉粧，纖纖出素手。」

②東風：即春風。劉威〈早春〉詩：「一夜東風起，萬山春色歸。」

## 〔分析〕

此詞寫夢後懷舊之情，是用「先虛（夢中）後實（夢後）」的順序寫成的。起句「門隔花深」，帶出了夢遊，有「室邇人遠」之意。夢後捲簾，見無語之夕陽與歸燕，所得之愁自然就格外多了。下半段首二句，是借景抒情，「春墮淚」與「月含羞」，擬人如此，懷人之感，見於言外。「東風」一句，帶有情感移人的作用，仍以景結，而情自不盡。

陳邦炎說：「這是一首懷人感夢之作。其所懷之人，應是作者深深愛戀而後來辭去的姬人；其所感之夢，則是夢到這位去姬的故居而未見其人。陳洵謂此篇全從張泌〈寄人〉詩『化出』，並云：『須看其遊思縹緲、纏綿往復處。』（《海綃說詞》）張詩也是一首懷人感夢之作。如果以詩與詞兩相對照比較：詩的前半首『別夢依依到謝家，小廊回合曲干斜』與詞的上片云云，都是寫夢到其地，而詞中的境界更爲迷離惝恍；詩的後半首『多情只有春庭月，猶爲離人照落花』與詞的下片云云，都是寫暮春月夜，而詞中的意象更爲縹緲空靈。」（《詞林觀止．上》）這樣來看待這首詞，也很合情合理，特錄於此，以供參考。

結構分析表

△
- 夢中（虛）——「門隔」句
- 夢後（實）
  - 自然（燕歸）——「夕陽」句
  - 人事（捲簾）——「玉纖」句
  - 自然
    - 絮落——「落絮」句
    - 月羞——「行雲」句
    - 風臨——「東風」句

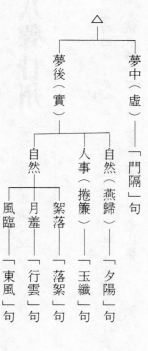

# 八聲甘州

靈巖①陪庾幕諸公遊

渺空煙四遠，是何年、青天墜長星？幻蒼崖雲樹，名娃金屋，殘霸宮城。箭徑②酸風射眼，膩水染花腥。時靸雙鴛響③，廊葉秋聲。　宮裡吳王沉醉，倩五湖倦客④，獨釣醒醒。問蒼波無語，華髮奈⑤山青！水涵空、闌干高處，送亂鴉，斜日落漁汀。連呼酒，上琴臺去，秋與雲平。

## 注釋

①靈巖：指靈巖山，即古之石鼓山。在吳縣西三十里，上有吳館娃宮、琴臺、響屧廊；山前十里有采香徑。《吳郡志》：「靈巖山前有采香徑，橫斜如臥箭。」

②箭徑：《蘇州府志》：「采香徑在香山之旁，小溪也。吳王種香於香山，使美人泛舟於溪以采香，今自靈巖山望之，一水直如矢，故俗名箭徑。」

③靸雙鴛：靸音他，又讀灑。同趿字，謂拖曳雙鞋。

④五湖倦客：指范蠡。《吳越春秋》：「范蠡乘扁舟，出三江，入五湖，人莫知其所適。」韋昭

注：「胥湖、蠡湖、洮湖、滆湖、就太湖而五。」

⑤柰：音奈，本果名，或借爲奈何之奈。本詞「柰山青」，即「奈青山何」之意。

## 〔分析〕

這篇是夢窗游靈巖所作，亦《夢窗集》中名篇。《絕妙好詞》選十六調，以此爲首。

起頭兩句破空而來，幻寫山的由來，似太白詩，又像東坡詞。第三句以幻字點醒。「名娃」兩句，是說此地吳宮故址、英雄美人，同歸冥漠。山下有箭徑、劍水，用射、腥形容，皆荒寒驚人。響屧廊以秋聲興懷古之情。下半段以「醒醒」兩字，籠罩江山興亡之恨。而前片所言館娃宮、采香徑、響屧廊，俱已化爲烏有，今則山自青，水自碧，亂鴉盤空而已。末尾陡然興起，呼酒登臺，秋空高朗，人與雲平。寫來眞是波瀾壯闊，筆力奇橫。

吳熊和、吳蓓以爲「這首詞無論是煉字還是立意，風格都明顯受到李賀樂府的影響。以『箭徑酸風射眼，膩水染花腥』而言，不但『酸風射眼』來自李賀詩句，『染花腥』也是從李賀『溪女洗花染白雲』中化出。而詞中用非現實乃至超現實的幻覺來詠懷古事，也承自李賀〈金銅仙人辭漢歌〉這類詩作。這種奇譎、誇誕、冷雋的風格，在詞中原甚少見，至吳文英此風始暢。」（《詞林觀止．上》）這是很有見地的。

結構分析表

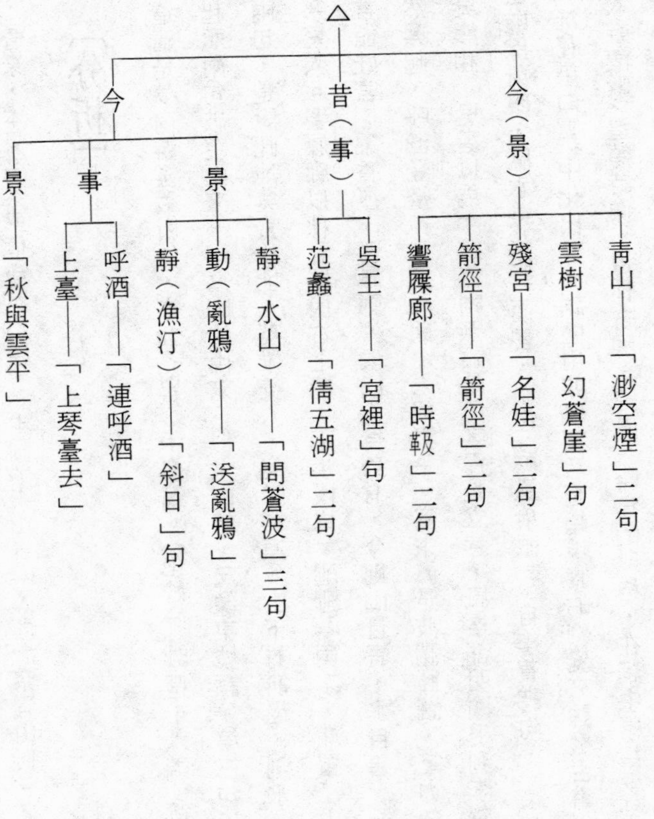

△
今（景）
青山——「渺空煙」二句
雲樹——「幻蒼崖」句
殘宮——「名娃」二句
箭徑——「箭徑」二句
響屧廊——「時靸」二句
昔（事）
吳王——「宮裡」句
范蠡——「倩五湖」二句
今
景
靜（水山）——「問蒼波」三句
動（亂鴉）——「送亂鴉」
靜（漁汀）——「斜日」句
事
呼酒——「連呼酒」
上臺——「上琴臺去」
景——「秋與雲平」

# 周密

（一二三二～一二九八）

字公謹，號草窗、弁陽嘯翁、四水潛夫，濟南人。流寓吳興，居弁山。淳祐中，爲義烏令。宋亡不仕，客遊四方，以著述爲業。有《草窗詞》，一名《蘋洲漁笛譜》。又選南宋人詞集爲《絕妙好詞》行世。

# 聞鵲喜

吳山①觀濤

天水碧，染就一江秋色。鰲②戴雪山龍起蟄③，快風吹海立。

數點烟鬟青滴，一杼④霞綃紅濕。白鳥⑤明邊帆影直，隔江聞夜笛。

注釋

①吳山：山名，在今浙江杭州西湖東南。春秋時屬吳國，故名。因吳山雄踞江側，居高臨下，錢塘江口歷歷在目，爲觀濤絕佳之處。

②鰲：傳說中大魚。亦作「鼇」。

③蟄：伏藏。

④杼：織布梭之形狀。形容其長。

⑤白鳥：白羽之鳥，指鷗、鷺之類。辛棄疾〈鷓鴣天〉詞：「紅蓮相倚渾如醉，白鳥無言定自愁。」

〔分析〕

這闋詞詠錢塘江潮，是按時間的先後，由潮起（先）寫到潮過（後）的。寫潮起（先）的部分，爲上片。先以起二句，寫江天一碧的秋色，爲潮起設下遠大的背景。後以「鰲戴」二句，寫潮水陡起的迅猛景象；作者在此，除用鰲背雪山、龍騰水底來加以形容外，又以「快風」來推波助瀾，這樣當然就使「海」凭空高立了。而寫潮過（後）的部分，爲下片。它先以「數點」二句，寫潮過後的遠山和雲霞，在煙水上，一青一紅，顯得格外綺麗。後以「白鳥」二句，就視覺，寫帆影邊的鷗鷺；就聽覺，寫隔江傳來的夜笛。作者就這樣以平和的靜景，和上片所寫潮來時壯觀的動景，形成强烈對比，產生了映襯的最佳效果。

李祚唐分析此詞說：「上片依人的視覺，由遠及近，潮來時雷霆萬鈞之勢，已全在眼前。下片復由上片的劇烈動態轉爲平緩，逐漸消失爲靜態。」又針對著下片說：「這種平靜，正是在洶湧喧囂過後，才體驗得分外眞切；而它反過來，不也襯托出錢塘江潮的格外壯觀嗎？詞人寫潮，即充分借助了這種靜與動的相互對比和彼此轉換，因而著語雖不多，效果卻非常明顯。」（《詞林觀止・上》）體會得很眞切。

結構分析表

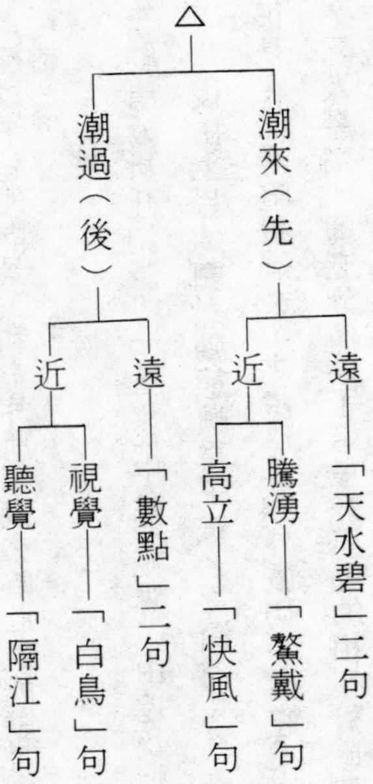

## 王沂孫

字聖與，號碧山、中仙，會稽人。宋亡入元，爲慶元路學正。與張炎、周密等互相唱和。詞集名《碧山樂府》，又名《花外集》。

# 眉嫵

新月

漸新痕懸柳，澹彩穿花，依約破初暝①。便有團圓意，深深拜②，相逢誰在香徑？畫眉未穩③，料素娥猶帶離恨。最堪愛、一曲銀鉤小④，寶簾掛秋冷。千古盈虧休問！歎慢磨玉斧，難補金鏡⑤。太液池猶在⑥，淒涼處、何人重賦清景？故山夜永，試待他窺戶端正⑦。看雲外山河，還老桂花影⑧。

注釋

①初暝：猶言初夜。

②深深拜：李端〈新月〉詩：「開簾見新月，即便下階拜，細語人不聞，北風吹裙帶。」唐代婦女有拜新月之風俗。

③畫眉未穩：謂新月細微一彎，猶婦女畫眉未妥。

④一曲句：喻一彎新月。

⑤歎慢磨二句：用玉斧修月故事，見段成式《酉陽雜俎》。辛棄疾〈滿江紅〉詞：「誰做冰壺涼世

界，最憐玉斧修時節。」金鏡，喻月之圓明。

⑥太液池：漢唐宮中池名。此借指南宋宮苑。宋盧多遜〈詠月〉詩：「太液池頭月上時，晚風吹動萬年枝；何人玉匣開清鏡，露出清光些子兒。」

⑦端正：端正月，即中秋月也。韓愈〈和崔舍人詠月二十韻〉詩：「三秋端正月，今夜出東溟。」

⑧桂花影：謂月影。古人相傳月中有桂樹，故云。

## 〔分析〕

此詞藉詠新月以寓亡國之痛、故國之思，是用「先實（如今）後虛（未來）」的結構寫成的。

「實」（如今）的部分，自篇首至「何人」句止，針對著「新月」，即景抒感。「即景」一截，自「漸新痕」句起至「寶簾」句止，它首先以「漸新痕」三句，寫新月初生的動態，寫得極其細緻；其次以「便有」三句，寫拜新月，這種動作傳達的是殷切的期待，充滿著希望，但加上了「相逢誰在香徑」後，卻蒙上了一份離人的惆悵，預爲下面的「離恨」鋪路；以上是偏就客觀一面來寫的。又其次以「畫眉」二句，透過料想，指月中嫦娥有著離恨，這顯然化用了李商隱〈嫦娥〉詩「嫦娥應悔偷靈藥，碧海青天夜夜心」的詩意，由此牽出國仇家恨；然後以「最堪愛」二句，將新月比喻成一彎小小的銀色簾鉤，掛在高寒的秋空裡，既愛其美，又憐其高寒，隱約地從「愛」中生出「恨」來，以上是偏就主觀一面來寫的。「抒感」一截，自「千古」句起至「何人」句止，它首先以「千古」句，「忽將上半闋意，一筆撇去，有龍跳虎臥之奇」（陳廷焯《白雨齋詞話》），這是因爲悲憤山河已破碎的緣故。然後以「歎慢磨」二句，寫缺月難圓的傷今之情；以「太液池」二句，寫誰人賦月的弔古之悲；暗暗透露山河已破碎的意思，以交代「盈虧休問」的原因，將今昔盛衰之感寫得極深沈。

而「虛」（未來）的部分，則自「故山」句起至篇末。它以「故山」二句，寫等待月圓；以「看雲外」二句，寫圓月下破碎的山河與衰老的月桂；所謂「樹猶如此，人何以堪」（《世說新語．言語》），表達了自己已衰老，將無法目睹祖國重光的哀痛。

王筱芸說：「在這首詞中，由於作者準確地把握了月亮盈虧的自然規律與人世盛衰的社會規律的相類之處，故能言在此而意在彼，借詠新月寓托故國淪亡的沉痛感情；而思路則是由月之圓缺聯想到人之悲歡離合，再由人之悲歡離合進一步衍伸到國家的興亡。故譚獻《復堂詞話》云：『蹊徑顯然。』這首詞又將新月和拜月之俗置於今昔盛衰的不同背景上，由望新月而及拜月，由拜月而盼望月圓，從而形成强烈的對比，使新月成爲興衰盛亡的見證者，具有深刻的悲劇意味，很有典型意義。」（《唐宋詞鑑賞集成》）體會十分深入。

## 結構分析表

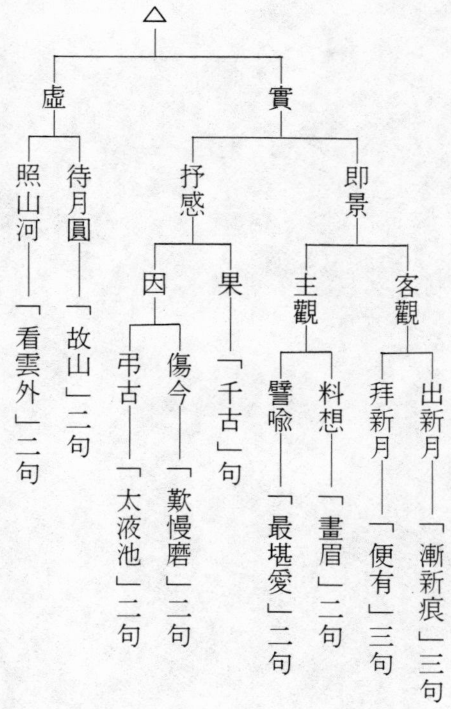
△
實
即景
客觀
出新月
「漸新痕」三句
拜新月
「便有」三句
主觀
料想
「畫眉」二句
譬喻
「最堪愛」二句
抒感
果
「千古」句
因
傷今
「歎慢磨」二句
弔古
「太液池」二句
虛
待月圓
「故山」二句
照山河
「看雲外」二句

# 張炎

（一二四八～一三二〇）

字叔夏，號玉田、樂笑翁，原西秦人，張俊之孫，後居臨安。宋亡，在四明設卜市，又曾居燕京。工於音律，有《詞源》二卷，爲論詞要籍。常與同時詞家吳文英、王沂孫、周密等往來，故多酬唱之作，大抵即景抒情，借寫家國身世之感，蒼涼激楚，非徒以剪紅刻翠爲工也。有《山中白雲集》傳世。

# 高陽臺

西湖春感

接葉巢鶯①，平波卷絮，斷橋②斜日歸船。能幾番游？看花又是明年。東風且伴薔薇住，到薔薇、春已堪憐。更悽然，萬綠西泠③，一抹荒煙。　當年燕子知何處？但苔深韋曲，草暗斜川④。見說新愁，如今也到鷗邊。無心再續笙歌夢，掩重門、淺醉閒眠。莫開簾！怕見飛花，怕聽啼鵑。

## 注釋

①接葉巢鶯：謂枝葉濃密，遮蔽鶯巢。杜甫〈陪鄭廣文遊何將軍山林〉詩：「卑枝低結子，接葉暗巢鶯。」

②斷橋：在西湖白沙隄東。《方輿勝覽》：「西湖在州西，周迴三十里，山川秀發，四時畫舫遨游，歌鼓之聲不絕；好事者嘗命十題，有曰：平湖秋月，蘇隄春晚、斷橋殘雪。」

②西泠：橋名，在西湖白沙隄西，爲裡湖、外湖分界處。又名西林橋。

④苔深二句：韋曲在長安城南明德門外，唐韋氏世居此，與杜曲同爲都城名勝。斜川在江西星子

縣南湖渚中，陶潛有〈遊斜川〉詩並序。此借西湖。

## 〔分析〕

這闋詞藉詠西湖來抒發亡國之痛，是用「先因後果」的順序寫成的。

「因」的部分，自篇首至「如今」句止，寫作者「無心再續笙歌夢」的原因。它先以「接葉」三句，寫自己回船經過斷橋時所見暮春殘景；再以「能幾番遊」四句，由景及情，感歎花期已過，要再賞花只有等待明春了，強烈地流露出一份春逝而無可挽住的哀愁；接著以「更悽然」三句，寫歸船經過西泠橋時所見暮春殘景，進一層地襯托出這種春逝的哀愁；然後以「當年」五句，採「先實（實見）後虛（見說）」的形式，藉當年杜甫韋曲、陶潛斜川來比擬從前文士遊覽西湖的盛況，和眼前所見西湖苔深、草暗、鷗鷺的冷落景象，作成鮮明對比，以深化春逝之愁。

而「果」的部分，則自「無心」句起至篇末。由於在「因」的部分，已交代了遊西湖時之所見、所感，便順勢地寫到「果」。在此，先以「無心」三句，直接表示唯有借酒來澆除連「笙歌夢」都「無心續」的哀愁；再以「莫開簾」三句，由飛花、啼鵑回應前面之「巢鶯」、「看花」，進一步地將春逝之愁推深到極處，很技巧地表現出亡國的無限哀痛。

劉文忠說：「張炎的這首詞，從內容上看當寫於宋亡之後，作者北遊燕、薊，襆被南歸，重遊杭州西湖時所作。詞人借題詠西湖，抒發自己亡國破家的哀感，全詞內容淒涼幽怨，風格婉麗、空靈，是張炎的代表作。」又說：「因詞題爲〈西湖春感〉，詠物賦景，緊扣西湖暮春之景，又善於選擇苔深、草暗的慘景，來增加景物的荒寒氣氛。作者對景物，不作純客觀的描繪，處處注意突出一個『感』字，其中有惜春、傷春之感，今昔之感，家國興亡之感。」（《唐宋詞鑑賞集成》）很簡要地說出了本詞的義蘊與寫作特點。

## 結構分析表

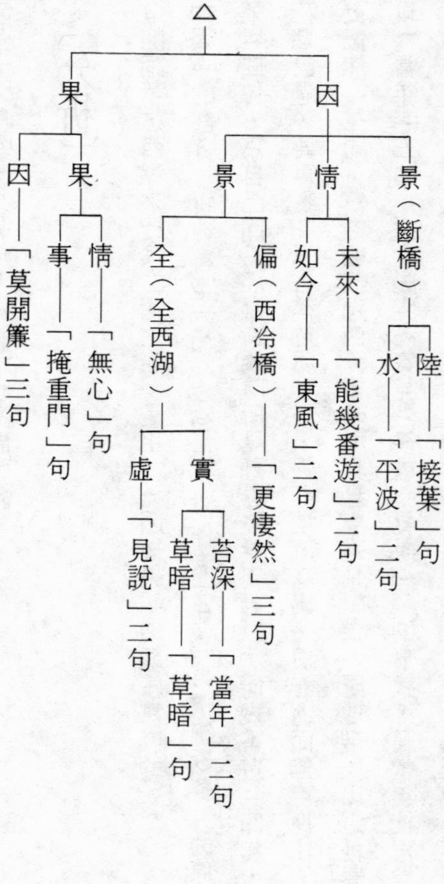

# 解連環

孤雁

楚江空晚，悵離羣萬里，怳然①驚散。自顧影、欲下寒塘②，正沙淨草枯，水平天遠。寫不成書，只寄得、相思一點③。料因循誤了，殘氈擁雪④，故人心眼。　誰憐旅愁荏苒⑤，謾長門夜悄⑥，錦箏彈怨⑦。想伴侶、猶宿蘆花，也曾念春前，去程應轉。暮雨相呼⑧，怕驀地玉關⑨重見。未羞他、雙燕歸來，畫簾半捲。

**注釋**

①怳然：失意貌。一作「恍然」。

②欲下寒塘：崔塗〈孤雁〉詩：「暮雨相呼失，寒塘欲下遲。」

③寫不成書二句：羣雁飛行，隊形如字，孤雁排不成字，故云寫不成書。雁可傳書，孤雁只有一點，故云「只寄得相思一點」。

④殘氈擁雪：用蘇武使匈奴事。《漢書．蘇武傳》：「幽武，置大窖中，絕不飲食。天雨雪，武臥，齧雪與氈毛並咽之，數日不死。」

⑤荏苒：謂旅愁如日月之漸增。

⑥長門夜悄：漢武帝時，陳皇后失寵，退居長門宮，愁悶悲思，乃奉黃金百斤，得司馬相如爲作〈長門賦〉，以悟主上。事見《漢書．司馬相如傳》。杜牧〈早雁〉詩：「仙掌月明孤影過，長門燈暗數聲來。」

⑦錦箏彈怨：謂以箏聲宣洩哀怨。箏有十三柱，斜列如雁字橫空，哀悽如雁唳高寒，故云。

⑧暮雨相呼：見注②。

⑨玉關：即玉門關，在今甘肅省敦煌縣西，陽關在其東南。二者並爲古時通西域之要道。《後漢書．班超傳》：「臣不敢望到酒泉郡，但願生入玉門關。」在此泛指北方。

## 〔分析〕

此詞藉詠孤雁以抒發作者國破家亡、到處流浪的哀痛，是用「先實（如今）後虛（未來）」的結構寫成的。

「實」（如今）的部分，自篇首至「錦箏」句止，寫孤雁因失羣而孤單而流淚的情事。其中「楚江」三句，用以寫「失羣」。「自顧影」句起至「故人」句止，用以寫「孤單」，在此，採「先因後果」的順序來寫，其中先以「自顧影」三句，透過無盡的水天之間那種「沙淨草枯」的淒涼景物，成功地襯托孤雁身影之孤單；再以「寫不成書」二句，說孤雁排不成字，無法完整地藉以寄相思，以交代「誤故人心眼」的原因；然後由因而果地以「料因循」三句，藉蘇武雁足繫書的故事，說孤雁耽誤了傳遞音訊的工作，以致久困北地的故人沒有傳來任何的信息。而「誰憐」三句，則用以寫「流淚」，很有技巧地藉漢武帝將陳皇后幽閉於長門宮的故事，來寫被棄而流淚的哀愁。

至於「虛」（未來）的部分，自「想伴侶」句至篇末，分三層來寫：首層爲「想伴侶」三句，說孤雁想到從前的伙伴們，在來春也將飛回北方；次層爲「暮雨」二句，說彼此在暮雨中將相呼而重逢；末層爲「未羞他」二句，說這樣一來，當雙燕飛歸舊樓前窗簾時，將不再爲形單影隻而感傷不已了。由於這些設想終歸是虛幻的，所以反而使孤雁眼前的孤單之情更趨深濃了。

曹濟平說：「這首詞的主要特色是，不單寫孤雁的形與神，而是巧妙地把雁與人融合爲一體，全篇始終緊扣住『孤』字，層層展開，烘托渲染，而用事如『雁足傳書』，又非常貼切。作者從地域背景、旅愁、長夜、錦箏以及以雙燕相形來描述雁的孤單，不僅使孤雁的形象生動，而且借以比喻自己的飄泊生涯，蘊含著國破家亡的無限哀傷。」（《詞林觀止．上》）評析得很精當。

# 結構分析表

- △
  - 實（如今）
    - 因（失羣）——「楚江」三句
    - 果
      - 孤單
        - 因
          - 自顧影——「自顧影」三句
          - 不成行——「寫不成書」二句
        - 果（誤傳書）——「料因循」三句
      - 流淚——「誰憐」三句
  - 虛（未來）
    - 因
      - 待回程——「想伴侶」三句
      - 望相逢——「暮雨」二句
    - 果（不孤單）——「未羞他」二句

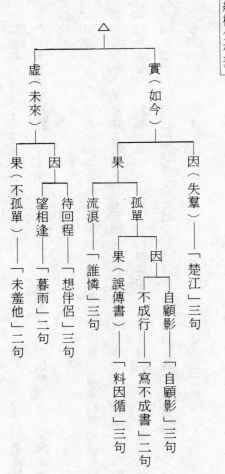

# 附　錄

# 附錄㈠：詞之認識

## 一、詞的起源

一種新文體的產生，往往有其悠久的歷史；而其體勢的完成，亦受多方面的影響。我國詩歌，發展到了唐代，無論古體近體，都已達到登峯造極的境地。依文學演進的公例，此際必另有一種新體起而代之，這是文體發展的自然趨勢。我們試看，由楚辭而漢賦而六朝駢文，更可明瞭這種興衰轉變的因果性。由近體詩衰歇轉變而起的新文體，即是「詞」。詞，雖大行於五代、兩宋，但其醞釀的時期，則由來已久。關於它的起源，舊說頗多，綜揆諸說，可得下列三端：

㈠承樂府之遺風——王灼《碧雞漫志》云：「古歌變爲古樂府，古樂府變爲今曲子（詞的別稱），其本一也。」王國維《戲曲考源》也說：「詩餘（即詞）之興，齊梁小樂府先之。」他們這種議論，都認定了詞與樂府的共同性。因爲，合於後世所稱標準形式的詞體，雖自盛唐以後才成立，但近於詞底形式的歌辭，則自樂府便有了。譬如南朝樂府裡某些長短句的歌辭，如梁武帝的〈江南弄〉，沈約的〈六憶辭〉，其辭都是七言、五言和三言相雜的定句定字，早已開了塡詞的先聲。故朱弁《曲洧舊聞》說：「詞起於唐人，而六代已濫觴也。」

㈡受胡樂之影響——我國自西晉末年永嘉之亂以來，胡樂不斷地輸入漢地，至李唐而極盛；而所謂「古音」「雅樂」，則漸趨淪亡。據郭茂倩《樂府詩集》及《新唐書·禮樂志》所載，唐初十部樂中，除讌樂與淸商二部外，其餘西涼、天竺、高麗、龜茲、安國、疏勒、高昌、康國八部，均爲異國之音。所用樂器，絲有琵琶、五絃、箜篌、箏；竹有觱篥、簫、笛；匏有笙；革有杖鼓、腰鼓、大鼓；土有鞚；木有拍板、方響。到了玄宗天寶年間，更詔前世新聲淸樂與胡部合奏，總名爲「宴樂」。於是歌者雜用胡夷里巷之曲。李頎詩曾云：「南山截竹爲觱篥，此樂本自龜茲出。流傳漢地曲傳奇，涼州胡人爲我吹。」胡樂傳入中國的普遍現象，由此可見一斑。樂器既多，曲調必繁，而五七言的固定句法，很難控御一切新聲樂曲的抑揚抗墜之旋律，非句有長短無以宣其氣而達其音，故嶄新的長短句便不得不應運而生。因此，詞體的產生乃是適時的自然的進展，是追逐於新聲之後的必然現象。

㈢變唐詩之形貌——自開元天寶以降，胡夷里巷之曲盛行後，與此種新聲樂曲發生關係的文學，當推近體詩中的絕句，李白的〈淸平調〉、王之渙的〈涼州詞〉，均曾播之於聲律，所謂「唐世樂府，多取當時名人之詩唱之，而音調名題各異」（楊愼《升菴詩話》）是也。但絕句的格律有定限，與樂曲配合不易，欲求其節奏之和諧，不得不添「泛聲」「和聲」，以資補救。如唐玄宗之〈好時光〉，原爲一首整齊句的五言詩，樂工添入襯字「偏」「蓮」「張敞」「箇」等字，即成長短句：「寶髻偏宜宮樣，蓮臉嫩體紅香。眉黛不須張敞畫，天教入鬢長。莫倚傾國貌，嫁取箇有情郎。彼此當年少，莫負好時光。」就五言、七言詩增減字句，以爲長短句，其跡象皆可徵諸初期詞調而得之，如張志和〈漁歌子〉、段成式〈閒中好〉、韓翃〈章臺柳〉等。其後進而倚聲製詞，泛聲和聲皆塡實字，遂盡變五七言而成長短句，唐代之新聲樂辭，從此解除近體所加的桎梏，得以自由發展，於是詞體乃正式誕生。《朱子語類》與《全唐詩》論詞，對此都有精闢扼要的議論，故張惠言〈詞選序〉云：「詞者，蓋出於唐之詩人，採樂府之音以制新律，因繫其辭，故曰詞。」

## 二、詞的定名

(一)詞初無固定名稱——詞，這種唐宋間新興的可歌的樂曲，雖爲五代、兩宋的代表文學，與唐詩、元曲並稱，但其爲體，初無定名。五代兩宋之際，或稱爲「曲子」，或稱爲「曲子詞」，或稱爲「小歌詞」，或稱爲「倚聲」，或稱爲「小調」。張舜民《畫墁錄》：「柳三變（永）既以詞忤仁廟，吏部不放官，三變不能堪，詣政府。晏公（殊）曰、賢俊作曲子麼？三變曰、祇如相公，亦作曲子。」此乃以「曲子」稱詞之例。孫光憲《北夢瑣言》：「晉相和凝，少時好爲曲子詞，布於汴洛。洎入相，專託人收拾焚燬不暇。」此乃以「曲子詞」稱詞之例。李清照詞論:「至晏元獻、歐陽永叔、蘇子瞻,學際天人,作爲小歌詞,直如酌蠡水於大海,然皆句讀不葺之詩耳。」此稱詞爲「小歌詞」之例。陸游〈跋花間集〉:「故歷唐季五代,詩愈卑,而倚聲者則簡古可愛。」此稱詞爲「倚聲」之例。晏幾道云:「先君(指晏殊)平日小調雖多,未嘗作婦人語也。」此又以「小調」來稱詞了。

㈡元曲代起乃有詞之專名——綜觀上述諸例,可知「詞」原是與「曲」相對的名稱。自音樂關係言之,樂譜爲「曲」,配樂曲的文字爲「詞」;稱「曲子」者,指其樂曲;稱「小歌詞」者,指其文字;稱「曲子詞」者,則合歌辭與樂曲而言;而稱「倚聲」者,乃依曲製詞之意。故「詞」原爲配曲之文辭,不含曲譜的意義在內。宋代的文人所以不用「詞」這個字來當作文體的名稱,即因爲它不能包涵樂譜與文辭雙重內容的緣故。劉熙載《藝概》云:「未有曲(指元曲)時,詞即是曲。」宋翔鳳《樂府餘論》也說:「宋元之間,詞與曲一也,以文寫之則爲詞,以聲度之則爲曲。」都可說明當時詞曲是不分的。等到南宋淪亡,詞的音樂性漸次喪失,元曲代起,遂擅歌壇。誠如《四庫提要》所云:「宋人歌詞之法,至元又不傳,而曲調作焉。」後人爲別於元曲,又見宋人選集如《花菴詞選》、《樂府雅詞》、《絕妙好詞》等,均有一詞字,乃就「曲子詞」一語中,以別名爲總名,截取依曲製成之「詞」,爲宋代歌曲的代稱。因爲此時宋詞已不可歌,故名爲「詞」,所歌者惟元曲而已,故以「曲」名之。因此,「詞」的定名,當在金元院本既出、歌詞之法淪亡以後,這是我們所可斷言的。

## 三、詞的別稱

兩宋以前，詞既無定名，因而也就沒有統一的名稱，所以除了上文所舉的幾種稱謂外，還有詩餘、樂府、長短句等其他的名稱。茲分釋如次：

㈠詩餘——大致謂古詩變爲律絕，律絕又變爲詞，故稱詞爲詩餘。（此猶宋詞變而爲元曲，故稱曲爲詞餘，同一道理。）俞彥《爰園詞話》云：「詞何以名詩餘？詩亡然後詞作，故曰餘也。」宋翔鳳《樂府餘論》云：「謂之詩餘者，以詞起於唐人絕句。如太白之〈清平調〉即以被之樂府，〈憶秦娥〉〈菩薩蠻〉皆絕句之變格，爲小令之權輿。……則詞實詩之餘，遂名詩餘。」二人的議論，都是此說的最佳說明。在宋人詞集中，以詩餘爲名者，有廖行之《省齋詩餘》、吳則禮《北湖詩餘》等。

㈡樂府——樂府之名，始於西漢，本指審音度曲之官署，類似唐宋之教坊，今日國家之音樂院。其職責在採取文人詩頌或民間歌謠，協律製譜，施之郊廟朝宴。其後遂將樂府所唱之詩歌，亦名之爲樂府，亦即由官署的名稱變而爲古代合樂歌辭之代稱，凡一切詩歌之協樂者，皆可名之曰樂府。詞本是可歌的一種詩體，所以古人也就稱它作樂府，如張文潛稱道賀方回：「樂府妙絕一世。」（見〈東山詞序〉）即是其例。在宋人詞集中，以樂府爲名者，有蘇軾《東坡樂府》、賀鑄《東山寓聲樂府》等。

㈢長短句——長短句本爲樂府詩中的一種雜言體，句式長短不齊。我國詩歌，自六朝以降，歌行雜作。降及李唐，其體盛興，李白〈蜀道難〉、〈將進酒〉等篇，極參差變化之致。及至張志和、白居易輩出，割五七言而爲〈漁歌子〉、〈憶江南〉，詞體於是乎成立。此後之長短句遂傾向於詞，故宋元人多稱詞爲長短句，如《宋史．周邦彥傳》云：「邦彥好音樂，能自度曲，製樂府長短句。」就是一例。在宋人詞集中，以長短句爲名者，有秦觀《淮海居士長短句》、辛棄疾《稼軒長短句》等。

㈣其他——詩餘、樂府、長短句三者，是詞的別稱中最常見的稱法。此外，尚有稱「歌曲」者，如姜夔《白石道人歌曲》；有稱「琴趣」者，如黃庭堅《山谷琴趣》；有稱「樂章」者，如柳永《樂章集》；有稱「遺音」者，如石孝友《金谷遺音》；有稱「樵歌」者，如朱敦儒《敦儒樵歌》；有稱「別調」者，如劉克莊《後村別調》；有稱「漁唱」者，如陳允平《日湖漁唱》；有稱「漁笛譜」者，如周密《蘋洲漁笛譜》；亦有稱「語債」「語業」「痴語」「百詠」「曲林」「鼓吹」等等。凡此，皆文人好標新立異，任意取名，遠離了詞的本意，並無什麼深義在內。

## 四、詞的體制

詞，因其「調有定格，字有定數」（徐師曾《文體明辨》），每個詞牌的調格字數，各自不同，乃有種種體製的區別。宋之詞體，散見於當時文人詞話筆記者，名目繁瑣，且今詞與音樂分離，其說難得而詳。若就現存詞調予以歸納分析，則可括為三點言之：

㈠就字數多寡言，可分小令、中調與長調——小令即短調小曲之意，指全詞字數在五十八字以內者。中調又稱「引」「近」（引謂由小令微引而長之，近謂以音調相近，從而引之也），指詞之字數自五十九字至九十字者。長調一名「慢詞」（慢即聲調靡曼之意），指詞之字數在九十一字以上者。此種分法，始見於《草堂詩餘》，而萬樹《詞律．發凡》以為：「若以少一字為短，多一字為長，必無是理。如〈七娘子〉有五十八字者，有六十字者，將名之曰小令乎、抑中調乎？如〈雪獅兒〉有八十九字者，有九十二字者，將名之曰中調乎、抑長調乎？」其實，詞有襯字，前人早已言之，某個詞牌字數稍有出入，則當以少者為準，萬樹之問難亦不難找出答案。固然，詞之分令、引、近、慢，其所以然者，雖以音律為主，視調中之韻拍多寡而定，然今詞之唱法既亡，韻拍云云，殊難考訂，而調既有小、中、大之分，若不拘執字數以為劃界，又將如何分別呢？況宋翔鳳《樂府餘論》有云：「詞之分小令、中調、長調者，以當筵伶伎依字之多寡，分調之長短，以應時刻之久暫，如今京師演劇分大齣、中齣、小齣相似。」又云：「不曰令、曰引、曰近、曰慢，而曰小令、中調、長調者，取流俗易解，又能包括衆題也。」說最允當。

(二)就分段情形言，可分單調、雙調、三疊、四疊——所謂「單調」，謂詞之祇一段者，如〈漁歌子〉、〈憶江南〉等是。所謂「雙調」，謂詞之前後有二段者，如〈西江月〉、〈虞美人〉等是。所謂「三疊」，謂全詞共有三段者，如〈瑞龍吟〉、〈西河〉等是。所謂「四疊」，謂全詞共有四段者，如〈鶯啼序〉、〈勝州令〉等是。在今傳八百多個詞調（據詞譜而言）中，以雙調爲最多，單調與三疊次之，四疊者極少。

(三)就音樂性質言，有歌頭、攤破、添聲、減字、偸聲等——「歌頭」是指某一整套曲之第一樂章，如〈水調歌頭〉，即〈水調歌〉套曲之首章樂曲。所謂「攤破」，將一句裂爲兩句謂之破，字數略有增加謂之攤，如〈攤破浣溪沙〉：「菡萏香銷翠葉殘，西風愁起綠波間，還與韶光共憔悴，不堪看。細雨夢回雞塞遠，小樓吹徹玉笙寒，多少淚珠何限恨，倚欄杆。」（南唐中主詞）若將前後闋第三、四兩句中攤破的增飾字除去，則成「韶光憔悴不堪看」與「淚珠何限倚欄杆」，而回復爲〈浣溪沙〉原調了。所謂「添聲」，即就原調增添音節字數，如〈楊柳枝〉原爲單調四句，每句七字，而〈添聲楊柳枝〉乃在原調每句下各增添一句三字句，且分成上下兩闋，而成爲雙調詞。所謂「減字」，即就原詞中減去字數，如〈減字木蘭花〉，係就〈木蘭花〉原調前後闋之第一、三兩句，由七字句減爲四字句而成。所謂「偸聲」，即偸取拼湊數調不同音節而成的一種詞調，如偷取拼湊〈木蘭花〉及減字〈木蘭花〉數句音節，而成〈偷聲木蘭花〉。詞繁從略。

## 五、詞的調譜

㈠調體之數目——詞在初起時，只是一種樂歌，專供歌者們在賓筵別席上來遣情助興的，並沒有什麼調體可言。唐初的合樂歌曲，五七言律絕而已，中葉以後，漸變爲長短句，且形成固定的型式，然後詞調方才產生。及至五代兩宋，製作紛起，調日以繁，由是「調有定格，字有定數，韻有定聲」，後人括調爲譜，於是依譜塡詞之事遂起。詞調之著錄爲譜，始自明朝張南湖之《詩餘圖譜》，嗣後，學者多所述作，迨清朝萬樹起而著《詞律》，悉心鈎稽，恪守繩墨，考訂前訛，發明新旨，凡得調譜六百六十，調體一千一百八十餘。而康熙年間王奕清等奉敕所編之《欽定詞譜》（簡稱《詞譜》），增調至八百二十六，增體至二千三百零六。《詞律》與《詞譜》即今著錄詞調（詞牌）最完備的兩部書。

㈡調名之緣起——我們現在所唸的詞，每一首詞都有它的詞牌，詞牌即是調名。詞的調名猶如現今歌曲的歌名。關於調名的緣起，前人的詩話或詞話，頗有論述，然多涉附會，且時相衝突。固然，每個詞調之得名，居今未必盡可尋源，但是，就現存文獻歸納稽考，約得下列數端：⑴以「地」名者：如〈揚州慢〉，乃姜白石過揚州，感慨今昔，因自度此曲。又如

〈金明池〉，據《歷代詩餘》所說，是宋代汴京遊幸名地。(2)以「人」名者：如〈何滿子〉，《詞律》云：「此調因開元中滄州歌者臨刑，進此曲以贖死，竟不免，而世傳其曲。」又如〈念奴嬌〉，元微之〈連昌宮詞〉自注云：「念奴，天寶名唱，善歌。」(3)以「物」名者：如〈蘇幕遮〉，原是西域婦人之帽，舞者之飾，唐教坊作戲，取以名曲。又如〈一色蓮〉，詞譜云：「即詠一色蓮，此曹勛自度曲。」(4)以「事」名者：如〈一斛珠〉，乃唐玄宗命封珍珠一斛，密賜江妃，妃不受，賦詩云：「柳葉雙眉久不描，殘粧和淚汚紅綃，長門盡日無梳洗，何必珍珠慰寂寥。」付使者曰，爲我進御。玄宗覽詩，不樂，令樂府以新聲度之，號〈一斛珠〉。又如〈阮郎歸〉，用「阮肇入天臺山採藥，幸遇二仙女，因相款待，被留半年，求歸至家，子孫已七世」之故事，故名。(5)詠「本意」者：如〈天仙子〉賦天臺仙子，〈臨江仙〉賦水媛江妃，〈女冠子〉詠女道士等。(6)以「體」名者：如〈十六字令〉，全首十六字，故名。又如〈字字雙〉，全首七言四句俱用韻，因句有疊字，故名〈字字雙〉。(7)以「本詞取句」名者：如〈一葉落〉，後唐莊宗詞，取首句以爲調名。又如〈如夢令〉，亦後唐莊宗所製，本名〈憶仙姿〉，後因詞中有「如夢，如夢」之句，改名爲〈如夢令〉。(8)取「前人詩意」名者：如〈西江月〉，調名本於李白〈蘇臺覽古〉詩「只今惟有西江月，曾照吳王宮裡人」。又如〈青玉案〉，本於張衡〈四愁〉詩「何以報之青玉案」。(9)取「其他經史子集」名者：如〈于飛樂〉、〈高山流水〉、〈高陽臺〉等。由此看來，命名之始，各有所本，及至格調既立，後人借調衍聲，則變而爲符號，而命名之原意，便非所計了。

## 六、詞的聲韻

四聲與平仄——平仄是一種聲調的關係。相傳沈約最早發現在漢語裡共有四個聲調，就是平聲、上聲、去聲、入聲。《宋書・沈約傳》說：「約撰四聲譜，以爲在昔詞人，累千載而不悟，而獨得胸襟，窮其妙旨，自謂入神之作。武帝雅不好焉，問周捨曰：『何謂四聲？』捨曰：『天子聖哲』是也。」「天子聖哲」四字恰好包含了「平上去入」四聲。一般而言，平聲是長的，不升不降的；上去入三聲是短的，或升或降的。「仄」就是「側」，也就是「不平」的意思，仄聲就是上去入三聲的總名，用以與平聲相對立。在詞的標示平仄方法中，傳統上有兩種簡易的符號來作代表：一種是以白圈代表平，以黑圈代表仄，以半白半黑代表可平可仄。另一種是以「一」代表平，以「｜」代表仄，以「┬」「┴」代表可平與可仄。不論用圓圈或用線條，都標示於正文的右邊。

(二)分部與押韻——格調既立之詞，除講求平仄而外，又須分辨四聲(《詞律・發凡》云、論聲雖以一平對三仄，論歌則當以去對平上入也)，有時尚且還要辨陰陽，故其聲律，較詩爲嚴。相反的，在押韻方面，則較詩爲寬。現行詩韻(即平水韻)，共分一百零六韻，其間雖有彼此可通用者，終究爲數不多。詞則不然，目前通行的詞韻專著，有附見於淸怡王所刊白詞譜之後的《晚翠軒詞韻》，及戈載的《詞林正韻》，二書皆分平上去聲爲十四部，入聲五部，共十九部。而前十四部中，每部之平聲韻獨押，上去韻可通押。因此，塡詞用韻，比起詩來，要寬廣得多。至於詞調用韻之方法，有押平聲韻者，有押仄聲韻者，亦有平仄韻換押者，那就要看每個詞牌的平仄譜而定了。

（節錄自陳弘治〈詞的認識與欣賞〉）

# 附錄(二)：詞牌平仄譜（二十五例）

## 〈憶秦娥〉　李白

簫聲咽均　秦娥夢斷秦樓月叶　秦樓月疊三字　年年柳色句　灞陵傷別叶　樂遊原上清秋節叶　咸陽古道音塵絕叶　音塵絕疊三字　西風殘照句　漢家陵闕叶

## 〈菩薩蠻〉　李白

平林漠漠煙如織均　寒山一帶傷心碧叶　暝色入高樓換平　有人樓上愁叶平　玉階空竚立三換仄　宿鳥歸飛急叶三仄　何處是歸程四換平　長亭連短亭叶四平

## 〈漁歌子〉

張志和

西塞山前白鷺飛均　桃花流水鱖魚肥叶　青箬笠句　綠蓑衣叶　斜風細雨不須歸叶

## 〈憶江南〉

白居易

江南好句　風景舊曾諳均　日出江花紅勝火句　春來江水綠如藍叶　能不憶江南叶

## 〈長相思〉

白居易

汴水流均　泗水流叶　流到瓜州古渡頭叶　吳山點點愁叶　思悠悠叶　恨悠悠叶　恨到歸時方始休叶　月明人倚樓叶

## 〈更漏子〉

溫庭筠

玉爐香句　紅蠟淚均　偏照畫堂秋思叶　眉翠薄句　鬢雲殘換平　夜長衾枕寒叶平　梧桐樹三換仄　三更雨叶三仄　不道離愁正苦叶三仄　一葉葉句　一聲聲四換平　空階滴到明叶四平

## 〈蝶戀花〉

馮延巳

誰道閒情拋棄久均　每到春來句　惆悵還依舊叶　日日花前常病酒叶　不辭鏡裡朱顏瘦叶
河畔青蕪堤上柳叶　爲問新愁句　何事年年有叶　獨立小橋風滿袖叶　平林新月人歸後叶

## 〈相見歡〉

南唐後主

林花謝了春紅均　太匆匆叶　無奈朝來寒雨豆　晚來風叶　胭脂淚換仄　相留醉叶仄　幾時重叶平　自是人生長恨豆　水長東叶平

## 〈虞美人〉

南唐後主

春花秋月何時了均　往事知多少叶　小樓昨夜又東風換平　故國不堪回首月明中叶平　雕欄玉砌應猶在三換仄　只是朱顏改叶三仄　問君能有幾多愁四換平　恰似一江春水向東流叶四平

## 〈浪淘沙〉

南唐後主

簾外雨潺潺均 春意闌珊叶 羅衾不耐五更寒叶 夢裡不知身是客句 一晌貪歡叶 獨自
莫凭欄叶 無限江山叶 別時容易見時難叶 流水落花春去也句 天上人間叶

## 〈踏莎行〉

晏殊

小徑紅稀句 芳郊綠遍均 高臺樹色陰陰見叶 春風不解禁楊花句 濛濛亂撲行人面叶
翠葉藏鶯句 珠簾隔燕叶 鑪香靜逐遊絲轉叶 一場愁夢酒醒時句 斜陽卻照深深院叶

## 〈浣溪沙〉

晏殊

一曲新詞酒一杯均 去年天氣舊池臺叶 夕陽西下幾時回叶 無可奈何花落去句 似曾
相識燕歸來叶 小園香徑獨徘徊叶

## 〈蘇幕遮〉

范仲淹

碧雲天句　黃葉地均　秋色連波句　波上寒煙翠叶　山映斜陽天接水叶　芳草無情句　更在
斜陽外叶　黯鄉魂句　追旅思叶　夜夜除非句　好夢留人睡叶　明月樓高休獨倚叶　酒入
愁腸句　化作相思淚叶

## 〈采桑子〉

歐陽修

羣芳過後西湖好句　狼藉春紅均　飛絮濛濛叶　垂柳闌干盡日風叶　笙歌散後遊人去
句　始覺春空叶　垂下簾櫳叶　雙燕歸來細雨中叶

## 〈天仙子〉

張先

水調數聲持酒聽均　午睡醒來愁未醒叶　送春春去幾時回句　臨晚鏡叶　傷流景叶　往事
後期空記省叶　沙上並禽池上暝叶　雲破月來花弄影叶　重重翠幕密遮燈句　風不定
叶　人初靜叶　明日落紅應滿徑叶

## 〈玉樓春〉

宋祈

東城漸覺風光好均　縠皺波紋迎客棹叶　綠楊煙外曉寒輕句　紅杏枝頭春意鬧叶　浮生
長恨歡娛少叶　肯愛千金輕一笑叶　爲君持酒勸斜陽句　且向花間留晚照叶

## 〈臨江仙〉

晏幾道

夢後樓臺高鎖句　酒醒簾幕低垂均　去年春恨卻來時叶　落花人獨立句　微雨燕雙飛叶
記得小蘋初見句　兩重心字羅衣叶　琵琶絃上說相思叶　當時明月在句　曾照綵雲歸叶

## 〈鷓鴣天〉

晏幾道

彩袖殷勤捧玉鍾均　當年拚卻醉顏紅叶　舞低楊柳樓心月句　歌盡桃花扇底風叶　從別
後句　憶相逢叶　幾回魂夢與君同叶　今宵賸把銀釭照句　猶恐相逢是夢中叶

## 〈八聲甘州〉

柳永

對蕭蕭暮雨灑江天句 一番洗清秋均 漸霜風凄緊句 關河冷落句 殘照當樓叶 是處紅衰綠減句 苒苒物華休叶 惟有長江水句 無語東流叶 不忍登高臨遠句 望故鄉渺邈句 歸思難收叶 嘆年來踪跡句 何事苦淹留叶 想佳人豆 妝樓長望句 誤幾回豆 天際識歸舟叶 爭知我豆 倚闌干處句 正恁凝愁叶

## 〈水調歌頭〉

蘇軾

明月幾時有句 把酒問青天均 不知天上宮闕句 今夕是何年叶 我欲乘風歸去句 又恐瓊樓玉宇句 高處不勝寒叶 起舞弄清影句 何似在人間叶 轉朱閣句 低綺戶句 照無眠叶 不應有恨句 何事常向別時圓叶 人有悲歡離合句 月有陰晴圓缺句 此事古難全叶 但願人長久句 千里共嬋娟叶

## 〈卜算子〉 蘇軾

缺月挂踈桐句 漏斷人初靜均 時見幽人獨往來句 縹緲孤鴻影叶 驚起卻回頭句 有恨
無人省叶 揀盡寒枝不肯棲句 寂寞沙洲冷叶

## 〈青玉案〉 賀鑄

淩波不過橫塘路均 但目送豆 芳塵去叶 錦瑟年華誰與度叶 月樓花院句 綺窗朱戶
叶 惟有春知處叶 碧雲冉冉蘅皋暮叶 綵筆空題斷腸句叶 試問閒愁都幾許叶 一川煙
草句 滿城風絮叶 梅子黃時雨叶

## 〈點絳脣〉 李清照

寂寞深閨句 柔腸一寸愁千縷均 惜春春去叶 幾點催花雨叶 倚遍闌干句 祇是無情
緒叶 人何處叶 連天衰草叶 望斷歸來路叶

## 〈好事近〉

朱敦儒

搖首出紅塵句 醒醉更無時節均 生計綠蓑青笠句 慣披霜衝雪叶 晚來風定釣絲閒句 上下是新月叶 千里水天一色句 看孤鴻明滅叶

## 〈西江月〉

辛棄疾

萬事雲烟忽過句 百年蒲柳先衰均 而今何事最相宜叶 宜醉宜遊宜睡換仄叶 早趁催科了納句 更量出入收支叶平 乃翁依舊管些兒叶平 管竹管山管水換仄叶

# 附錄㈢：《詞林正韻》常用字表

## 第一部

平聲：一東、二冬、三鍾通用

【東】東通同童瞳銅桐籠櫳朧瓏蓬篷濛怱聰葱驄叢洪紅鴻虹空公工功攻翁豐風楓充終戎絨中衷忠仲虫蟲沖隆融雄熊弓躬宮穹窮

【冬】冬彤鼕農儂鬆宗淙悰

【鍾】鍾松舂衝慵茸蹤松從蜂鋒烽峯封逢縫重龍濃穠容庸榕蓉溶恭胸凶洶

上聲：一董、二腫通用

【董】桶動總孔蓊鬆

【腫】種踵冗竦悚聳捧冢寵隴勇湧恐拱擁

去聲：一送、二宋、三用通用

【送】送湅棟痛洞慟弄鞚控空甕夢鳳衆

【宋】宋綜統

【用】用俸縱頌誦訟種重共

# 第二部

平聲：四江、十陽、十一唐通用

【江】江釭降逄缸邦雙窗腔

【陽】陽揚徉洋颺楊羊芳妨方坊房防亡忘望廂箱湘槍漿詳祥翔牆檣商觴傷湯昌章彰常裳嘗霜愴
莊妝裝牀張長腸場良量糧粱梁涼娘香鄉疆強央鴦秧王惶狂韁

【唐】唐堂塘棠瑭郎廊浪狼囊旁傍芒茫忙倉蒼藏康岡昂航杭行荒光黃皇惶簧篁凰榔

上聲：三講、卅六養、卅七蕩通用

【講】講港項棒蚌

【養】養象像槳兩仰想掌爽敞響享丈杖壤賞網惘枉往長上

【蕩】蕩盪朗榜莽吭幌廣

去聲：四絳、四十一漾、四十二宕通用

【絳】降幢撞

【漾】漾樣恙放忘望將餉向唱障嶂上壯創狀帳漲悵暢仗杖亮釀況

【宕】浪傍喪葬曠

# 第三部

平聲：五支、六脂、七之、八微、十二齊、十五灰通用

【支】枝肢卮施吹炊差垂陲兒斯雌隨知池離鸝籬醨璃披陂碑皮卑移迤岐歧窺羈奇曦騎漪宜涯爲麾萎危

【脂】脂師衰誰蕤私咨姿追遲纍尼彝惟維帷伊飢肌龜悲眉湄

【之】之緇詩時而思絲孜孳滋詞辭祠慈癡治持頤嬉熙欺姬基其醫疑期棋旗

【微】微薇霏菲妃非扉飛肥機磯歸希稀暉輝揮徽衣依威譏違幃闈圍

【齊】齊西棲嘶犀妻萋凄悽梯低題嗁提隄蹄泥瓈雞谿溪蹊蜺閨攜畦篦迷荑

【灰】灰隈瑰回徊槐桅嵬追堆推雷催醅培陪枚梅媒杯

上聲：四紙、五旨、六止、七尾、十一薺、十四賄通用

【紙】紙咫弛侈是邇屣蕊此紫髓企綺妓倚蟻委毀婢弭被邐

【旨】旨指矢視水死雉履壘軌晷鄙否美比

【止】止沚齒始市耳史使駛士涘子似祀恥峙里俚裡李鯉已矣喜起己紀你理

【尾】尾悱緯偉煒葦卉鬼

【薺】洗米底體弟悌禮啓涕

【賄】悔塊罪餒

去聲：五寘、六至、七志、八未、十二霽、十三祭、十四太（半）、十八隊、二十廢通用

【寘】翅啻吹瑞智累易戲寄騎倚義議爲

【至】至視二恣粹翠醉穗悴地致緻稚治利膩墜類淚棄器位愧寐轡媚駟

【志】志識幟試熾侍餌事思寺字異記忌意笥

【未】未味沸氣既謂卉貴慰畏

【薺】霽濟細砌劑閉帝蒂第睇遞麗荔唳繫計繼髻慧惠蕙桂

【祭】際歲脆世勢製誓逝憩衞滯勵礪綴銳藝蔽敝袂

【貝】貝蛻霈沛最會繪檜外

【隊】隊逮對退輩配佩背碎潰誨悔晦

【廢】廢肺穢

# 第四部

平聲：九魚、十虞、十一模通用

【魚】魚漁虛歔墟居車渠徐蔬梳書舒初鋤蜍如除閭驢余歟輿餘予廬

【虞】愚娛隅盱竽汙紆區嶇驅軀駒衢膚扶夫無蕪廡鬚樞芻珠儒襦株姝躕廚愉覦榆臾萸

【模】蒲蘇酥徂都徒途塗圖屠盧奴壺瓠糊湖狐孤姑鴣枯吾齬梧烏浮鋪鑪鱸

上聲：八語、九麌、十姥通用

【語】語許舉莒炬序緒嶼阻俎楚暑鼠黍渚杵處墅汝佇杼旅侶女與醑

【麌】嫗詡羽雨宇府腑斧武舞嫵取聚主炷乳柱縷鵡

【姥】浦補譜圃部祖組覩土吐肚虜櫓虎苦古鼓股賈戶五午否母畝艣隖

去聲：九御、十遇、十一暮通用

【御】御馭去據踞絮助庶處署曙箸慮譽翥覷

【遇】遇寓煦屨句付賦霧鶩趣聚戍注炷樹數駐住

【暮】暮慕墓布步素訴妬兔度渡路露鷺怒護袴顧故固汙誤悟婦負阜富

# 第五部

平聲：十三佳（半）、十四皆、十六咍通用

【佳】佳街涯牌釵差柴鞋

【皆】偕階揩骸懷淮齋儕排埋霾

【咍】開孩哀埃臺苔來萊題猜哉栽裁才材財災

上聲：十二蟹、十三駭、十五海通用

【蟹】解擺罷買灑

【駭】駭楷

【海】海改采採綵彩宰待怠

去聲：十四太（半）、十五卦（半）、十六怪、十七夬、十九代通用

【太】太泰帶賴籟奈害蓋靄外

【卦】懈隘派賣債

【怪】怪簣塊壞界拜

【夬】快敗邁

【代】代黛袋態戴耐賽再載在慨溉愛礙

# 第六部

平聲：十七真、十八諄、十九臻、二十文、廿一欣、廿三魂、廿四痕通用

【眞】眞身伸紳瞋辰晨神人仁辛新親津濱頻顰蘋民貧珍陳塵鄰粼因茵巾垠鱗
【諄】春純醇脣遵旬巡循馴椿倫綸淪輪匀鈞筠
【臻】臻榛莘
【文】文紋聞芬紛分氛雲芸耘氳熏薰勳君軍羣裙醺曛
【欣】欣殷斤勤
【魂】魂渾溫昏閽坤奔噴盆門孫村尊罇存論
【痕】痕根恩吞

上聲：十六軫、十七準、十八吻、十九隱、廿一混、廿二很通用

【軫】忍盡憫敏緊引窘
【準】準蠢筍尹允
【吻】吻忿粉憤揾
【隱】隱謹近
【混】混袞穩本損

【很】很懇墾

去聲：廿一震、廿二稕、廿三問、廿四焮、廿六圂、廿七恨通用

【震】振慎刃認鬢信進燼趁陣印

【稕】瞬順潤峻俊

【問】問忿奮運暈韻慍

【焮】近

【圂】困奔遜寸頓遁嫩褪

【恨】恨

# 第七部

平聲：廿二元、廿五寒、廿六桓、廿七刪、廿八山、一先、二仙通用

【元】元原源園猿喧鴛冤言軒翻幡繁湲

【寒】寒看干乾竿安鞍珊餐殘單丹灘檀彈闌欄蘭瀾難

【桓】桓完丸紈歡寬官冠觀盤磐瘢蟠漫酸攢端團鸞巒漙

【刪】刪潸關彎灣還環寰鬟姦顏班斑般蠻

【山】山潺閑閒艱殷頑慳

【先】先千阡箋前邊編眠顛天田鈿年蓮憐弦絃烟咽姸涓鵑懸淵

【仙】仙鮮遷韆煎錢氈蟬然纏連嫣延筵褰鞭篇翩緜棉旋全泉川船傳緣娟圓權拳

上聲：二十阮、廿三旱、廿四緩、廿五潸、廿六產、廿七銑、廿八獮通用

【阮】婉苑遠綣捲偃反返晚

【旱】散傘嬾

【緩】緩澣盌管滿伴拌短斷卵暖

【潸】板阪

【產】剗琖限簡眼

【銑】眄典靦顯繭犬泫

【獮】鮮淺翦選軟辨免娩勉展輦轉篆遣卷捲

去聲：廿五願、廿八翰、廿九換、三十諫、三十一襉、三十二霰、三十三線通用

【願】願勸怨獻健萬

【翰】翰汗瀚漢看幹岸散粲旦炭歎憚爛難

【換】換喚煥館惋腕婉玩半絆畔幔漫攢算斷段亂

【諫】諫晏鴈慣患宦慢棧

【襉】間澗幻盼

【霰】霰蒨薦殿電甸練鍊見宴燕硯眩徧片綻

【線】線箭濺羨賤扇戰顫囀轉傳戀絹院眷倦面變串

## 第八部

平聲：三蕭、四宵、五爻、六豪通用

【蕭】蕭簫貂雕凋條迢條聊寥撩嬈瀟

【宵】宵消霄綃銷焦蕉樵飆標飄苗描燒招饒朝潮遙搖瑤腰翹夭囂驕嬌喬橋瓢嶠

【爻】肴交郊苞拋茅梢鞘巢嘲

【豪】豪毫號壕蒿高臯羔膏袍毛騷操嘈刀滔濤桃勞醪絛

上聲：廿九篠、三十小、三十一巧、三十二晧通用

【篠】鳥窕了繚嫋嬈杳窈曉皎裊

【小】小悄少沼擾繞遶兆渺杪表

【巧】巧飽爪

【晧】好媼寶保抱埽草早藻倒道稻老腦惱葆

去聲：三十四嘯、三十五笑、三十六效、三十七號通用

【嘯】嘯釣眺調料竅叫

【笑】笑肖峭俏少照繞燎耀要嶠妙廟
【效】效孝覺泡貌櫂鬧棹
【號】耗告懊傲報暴帽噪譟到倒蹈

# 第九部

平聲：七歌、八戈通用
【歌】歌柯何河荷莪娥峨鵝蛾娑多駝跎羅蘿酡
【戈】戈過窠渦和波坡磨梭緺蓑
上聲：三十三哿、三十四果通用
【哿】舸可坷我左嚲娜那
【果】果裹顆火禍麼鎖瑣坐朶墮裸躲
去聲：三十八箇、三十九過通用
【箇】箇個坷賀餓佐作那
【過】過臥破挫坐唾涴

## 第十部

平聲：十三佳（半）、九麻通用

【佳】佳涯娃蛙

【麻】麻葩琶些嗟奢賒車遮沙砂紗杈茶遐霞嘉加蝦家笳葭牙芽衙華譁花誇瓜窪

上聲：三十五馬

【馬】馬把寫瀉捨者社惹灑野也冶下夏廈雅寡瓦舍

去聲：十五卦（半）、四十禡通用

【卦】卦挂畫

【禡】怕卸瀉借謝榭射麝夜暇下夏駕架價嫁稼亞訝話化姹

## 第十一部

平聲：十二庚、十三耕、十四清、十五青、十六蒸、十七登通用

【庚】更羹行横觥棚兵平明盟鳴生笙京荊驚卿擎迎英榮嶸瑩兄

【耕】耕鶯櫻莖轟錚爭箏丁橙

【清】清精晶菁旌情晴名聲征成城誠貞程酲盈嬴輕纓營傾縈瀛

【青】青星醒瓶屏萍冥銘丁聽汀庭亭停婷靈零鈴齡馨熒螢
【蒸】蒸繩升冰凭繒陵膺鷹憑
【登】登燈騰藤能崩朋鵬僧增層
上聲：三十八梗、三十九耿、四十靜、四十一迥、四十二拯、四十三等通用
【梗】梗杏猛冷省影景境永
【耿】耿幸倖
【靜】靜省井整逞領嶺頸頃屏
【迥】迥炯並茗醒頂鼎艇酊
【拯】拯
【等】等肯
去聲：四十三映、四十四諍、四十五勁、四十六徑、四十七證、四十八隥通用
【映】映竟鏡行病命慶競迎詠泳
【諍】迸
【勁】勁併聘性淨靚正政盛令
【徑】徑罄磬瑩暝定聽
【證】勝稱賸孕興應凝

【隥】凳贈亘

# 第十二部

平聲：十八尤、十九侯、二十幽通用

【尤】尤休貅邱求裘球牛憂呦由遊悠油疇稠留流脩羞秋楸囚收周州洲舟酬柔颼愁浮謀眸

【侯】侯猴喉謳甌鷗鉤溝頭樓

【幽】幽糾繆

上聲：四十四有、四十五厚、四十六黝通用

【有】有友朽九久韭牖否酒首手守受肘柳壽

【厚】厚後口垢狗偶耦藕剖畝藪走斗

【黝】黝

去聲：四十九宥、五十候、五十一幼通用

【宥】又救舊秀繡岫袖就獸咒綬壽瘦縐皺驟胄溜嗅酎

【候】候堠後厚詬寇構奏鬭透豆漏陋

【幼】幼柚繆

## 第十三部

平聲：廿一侵獨用

【侵】侵浸心尋深斟任森岑砧沈林臨淫愔音陰吟衾今金襟禁琴禽簪潯

上聲：四十七寑

【寑】寑枕甚稔恁品凜錦噤飲

去聲：五十二沁

【沁】沁浸枕任禁蔭

## 第十四部

平聲：廿二覃、廿三談、廿四鹽、廿五沾、廿六咸、廿七銜、廿八嚴、廿九凡通用

【覃】潭嵐南參堪含涵諳庵毿鬖

【談】藍籃三慚甘酣

【鹽】檐厭纖尖漸潛蟾帘奩簾炎

【沾】沾添恬拈兼

【嚴】嚴

【咸】函喃

【銜】銜巖衫杉攙

【凡】凡帆

上聲：四十八感、四十九敢、五十琰、五十一忝、五十二儼、五十三豏、五十四檻、五十五范通用

【感】感頷慘萏

【敢】敢澹淡覽攬

【琰】醫閃染苒斂險臉掩颭

【忝】點簟歉

【儼】儼

【豏】減黯

【檻】檻艦

【范】範犯

去聲：五十三勘、五十四闞、五十五豔、五十六㮇、五十七驗、五十八陷、五十九鑑、六十梵通用

【勘】憾暗

【闞】暫淡澹纜

【豔】豔焰灩厭漸占

【㮇】店念

【驗】驗斂劍

【陷】陷賺

【覽】鑑

【梵】梵泛

## 第十五部

入聲：一屋、二沃、三燭通用

【屋】屋哭縠轂谷殼斛卜木沐鶩速簌簇族讀犢獨碌角轆幅伏馥目肅宿蹙蹴熟肉竹逐軸六陸育菊掬燠

【沃】鵠酷篤

【燭】燭束觸辱粟促足續俗躅綠淥浴曲局玉

## 第十六部

入聲：四覺、十八藥、十九鐸通用

【覺】覺角學握幄嶽邈朔捉琢濁濯

【藥】藥躍縛削鵲雀鑠爍勺酌杓弱若著略掠卻腳約虐攫

【鐸】鐸託落絡樂諾博泊薄箔幕漠寞索錯作昨怍鶴閣格惡萼廓郭壑

## 第十七部

入聲：五質、六術、七櫛、二十陌、廿一麥、廿二昔、廿三錫、廿四職、廿五德、廿六緝通用

【質】失室日唧疾畢筆密帙逸溢

【術】述出卒律

【櫛】瑟

【陌】陌拍魄百迫白帛坼拆宅澤摑客格碧索窄隙戟屐

【麥】麥脈策冊幘摘謫隔

【昔】昔惜磧積脊迹席夕藉釋尺隻石擲益驛易役璧汐

【錫】淅戚寂壁覓的鏑滴笛歷礫瀝敵
【職】織識飾食側仄色測惻息直力匿翼憶臆抑極域逼
【德】德得勒北黑刻國
【緝】集濕執汁立粒泣急檝

## 第十八部

入聲：八勿、九迄、十月、十一沒、十二曷、十三末、十四黠、十五牽、十六屑、十七薛、廿九葉、三十帖通用

【勿】物拂沸屈鬱䫛
【迄】乞屹
【月】月越闕歇竭髮發伐韈
【沒】沒突忽窟骨兀
【曷】褐喝渴葛割遏
【末】抹活闊鉢脫撥
【黠】黠滑八殺煞
【牽】刮帕

【屑】屑切竊節鐵頁結潔噎咽血闋鴂瞥
【薛】雪絕設折舌熱說啜拙爇哲徹轍澈列烈冽裂輟劣悅缺傑滅別
【葉】葉靨妾接楫睫霎涉獵
【帖】帖牒疊蝶頰篋愜莢

## 第十九部

入聲：廿七合、廿八盍、三十業、三十二洽、三十三狎、三十四乏通用

【合】合閤雜答沓踏靸
【盍】闔榻臘蠟
【業】業怯劫
【洽】洽峽狹夾插
【狎】狎匣甲壓鴨
【乏】乏法

國家圖書館出版品預行編目資料

詞林散步：唐宋詞結構分析　／陳滿銘著.
-- 初版-- 臺北市：萬卷樓, 民 89
面；　　公分

ISBN 957 - 739 - 256 - 3 (平裝)

833.4　　　　88018174

# 詞林散步

唐宋詞結構分析

著　　者：陳滿銘
發 行 人：許錟輝
出 版 者：萬卷樓圖書有限公司
臺北市羅斯福路二段 41 號 6 樓之 3
電話(02)23216565・23952992
FAX(02)23944113
劃撥帳號 15624015
出版登記證：新聞局局版臺業字第 5655 號
網站網址：http://www.wanjuan.com.tw
E-mail：wanjuan@tpts5.seed.net.tw
經銷代理：紅螞蟻圖書有限公司
臺北市內湖區舊宗路二段 121 巷 28 號 4F
電話(02)27953656(代表號)　傳真(02)27954100
E-mail：red0511@ms51.hinet.net
承印廠商：晟齊實業有限公司
定　　價：400 元
出版日期：民國 89 年 1 月初版
民國 91 年 6 月初版二刷

（如有缺頁或破損，請寄回本公司更換，謝謝）

◎版權所有　翻印必究◎

ISBN 957 - 739 - 256 - 3